Laura Adrian

Wie ein Schmetterling in Schwarz-Weiß

Leben mit Magersucht

Bibliografische Information der Deutschen Nationalbibliothek:
Die Deutsche Nationalbibliothek verzeichnet diese
Publikation in der Deutschen Nationalbibliografie;
detaillierte bibliografische Daten sind im Internet über
http://dnb.dnb.de abrufbar.

Herstellung und Verlag:
BoD – Books on Demand, Norderstedt

ISBN: 978-3-75191-883-1

1. Eröffnung

Mit traurigem Blick schaute ich zu meiner Nichte. Jedes Mal, wenn wir uns sahen, schien sie noch dünner geworden zu sein. Ich verstand nicht, wieso dieses wundervolle, hübsche und intelligente Mädchen sich selbst so zu Grunde richtete.

Wenn sie von sich sprach, konnte ich kaum fassen, dass sie über denselben Menschen sprach, den ich kannte. Ich fand ihre Haare nicht zu dünn, ihre Oberschenkel waren nicht zu dick, ihre Stimme passte zu ihr und ich verurteilte sie auch nicht dafür, dass sie nur die Zweitbeste in ihrem Jahrgang war. Doch Celine sah das anders ... Sie hasste sich. Anders konnte ich ihr Verhalten nicht beschreiben. Wenn sie in den Spiegel sah, musste sie ein Monster sehen. Alles bemängelte sie. Nichts war ihr gut genug. Wobei ... das war falsch. Nichts an ihr war *ihr* gut genug. Andere Menschen sah sie durchweg positiv. Sie schaffte es, selbst traurigen Menschen ein Lächeln ins Gesicht zu zaubern, sie wusste, wie man hoffnungslosen Leuten Mut machte, sie hatte immer ein offenes Ohr ... doch diese positiven Eigenschaften übersah sie. Sie wollte die gesamte Welt retten und tat in vielen Bereichen Gutes – aber eine Person vergaß sie beim Retten der Welt: sich selbst. Ihr eigenes Ich war es laut ihrer Aussage nicht wert, beachtet oder gar wertgeschätzt zu werden.

»Martin, wo ist die Küchenwaage«, riss sie mich aus meinen Gedanken.

»Äh ...«, ich fühlte mich überrumpelt. »Wofür brauchst du eine Küchenwaage?«

Ihre Mimik spannte sich an. Offenbar war das die falsche Antwort. Genervt drehte sie sich um und gestikulierte dabei hektisch mit ihren Armen. »Das ist doch egal. Ich brauche sie einfach.«

Entschuldigend hob ich die Hände. »Okay, ich muss schauen, wo sie ist.«

Ich kannte mich in meiner eigenen Küche kaum aus. Ich wusste, wo ich Teller, Gläser, Tassen und Besteck fand, aber das war es auch. Für den Rest war meine Frau zuständig, die aktuell noch unterwegs war.

In der ersten Schublade fand ich nichts. Im Augenwinkel sah ich, wie Celine ungeduldig wurde.

»Ihr habt doch eine Küchenwaage, oder?«

Noch immer hatte ich keine Ahnung, was sie damit wollte, doch es schien wichtig zu sein.

In der zweiten Schublade lagen Backutensilien. So weit es mein nicht vorhandenes Fachwissen zuließ, kam ich der Küchenwaage näher. Ich zog an der dritten Schublade. Dort lag sie. Ich holte sie heraus und überreichte sie meiner Nichte.

»Das darfst du nicht Mama sagen«, warnte sie mich.

Erst überlegte ich, Einwände zu äußern, doch dann dachte ich darüber nach, was man wohl Gefährliches oder Verbotenes mit einer Küchenwaage anstellen konnte. In meinen bisherigen 42 Lebensjahren hatte ich noch nie von einer ernsthaften Bedrohung durch eine Küchenwaage gehört. Also nickte ich stumm und wartete, was passieren würde.

Celine ging zum Kühlschrank, öffnete ihn, holte die Karotten heraus, die meine Frau auf ihren Wunsch hin eingekauft hatte, und legte sie einzeln auf die Waage.

Celine wollte heute bei uns übernachten. Als Kind hatte sie das häufiger getan. Doch je älter sie wurde, desto seltener blieb sie über Nacht. Wir lebten auf dem Land, sie wohnte mit ihren Eltern in der Stadt. In der Stadt waren ihre Freunde, in der Stadt waren Partys. Nachtleben gab es bei uns im Dorf gar keines. Wir nahmen ihr die seltener werdenden Besuche nicht übel. Sie wurde erwachsen. Aus meiner kleinen süßen Nichte war ein zickiger Teenager geworden, der seinen eigenen Kopf hatte. Die Bindung zwischen uns war erst wieder enger geworden, seit sie angefangen hatte, immer mehr abzunehmen, und deshalb zunehmend häufiger Auseinandersetzungen mit ihren Eltern hatte. Wir kritisierten ihr Essverhalten nicht. Auch wenn wir nicht alles guthießen, ließen wir sie frei entscheiden. Wir waren schließlich nicht ihre Eltern. Was nicht heißen soll, dass sie uns egal war – meine Frau und ich wussten einfach nicht, was wir dazu sagen sollten. Die Situation überforderte uns. Wenn uns jemand eine Gebrauchsanweisung auf den Tisch gelegt hätte, wie wir sie hätten unterstützen können, hätten wir diese sofort befolgt!

»Mama verbietet es mir zuhause, Lebensmittel abzuwiegen«, klärte mich Celine auf, während sie jede einzelne Karotte akribisch erst auf die Waage legte und anschließend entweder zurück in die Plastikverpackung oder daneben. »Sie behauptet, das sei essgestört.«

Ich musste mich zusammenreißen, nichts zu sagen. Zu gerne hätte ich ihr erklärt, dass ihre Mutter damit Recht hatte, doch ich wollte sie nicht verärgern. Sie sollte eine unbeschwerte Zeit verbringen. In den letzten Wochen war es schwierig geworden, im Umgang mit ihr die richtigen Worte zu finden. Sie reagierte auf jede Kritik aggressiv, deshalb schluckte ich vieles, was ich vor einem Jahr noch knallhart ausgesprochen hätte, inzwischen herunter.

»Überhaupt scheint dieses Wort neuerdings ihr Lieblingswort zu sein. Alles an mir ist essgestört.« Sie lachte gekünstelt. »Das hat sie bestimmt von der Psychologin gelernt, zu der ich jetzt gehen soll.«

Sie war mit dem Sortieren fertig. Vier Karotten, 400 Gramm, lagen neben der Waage. Den Rest räumte sie wieder in den Kühlschrank.

»Kannst du dir vorstellen, dass ich essgestört bin?«

Wieder verkniff ich mir eine ehrliche Antwort. Vor einem Jahr hätte ich noch mit einem entschiedenen »Nein« geantwortet. Damals hatte die Fünfzehnjährige noch alles gegessen und eine normale, vielleicht sogar eine etwas mollige Figur gehabt. Aber das war bei Mädchen, die in die Pubertät kamen, nichts Ungewöhnliches. Die meisten nahmen zu und entwickelten eine frauliche Figur. Jetzt hingegen war sie nur noch ein Strich in der Landschaft, ein Hungerhaken. Brachte sie überhaupt noch fünfzig Kilo auf die Waage? Sämtliche Klamotten waren ihr zu groß. Ihr Gesicht wirkte eingefallen und unter ihren Augen bildeten sich immer öfter dunkle Ringe.

»Willst du jetzt schon essen? Ich dachte, wir essen gemeinsam, wenn deine Tante nachhause kommt.«

»Ich will nur schon einmal mit den Vorbereitungen beginnen«, wehrte sie ab. »Ich brauche immer etwas länger.«

Nachdenklich schaute ich auf die Uhr. »Marta kommt erst in circa vierzig Minuten.«

Verstehend nickte sie. »Ich weiß – wie erwähnt, ich brauche für meine Vorbereitungen etwas länger.«

Ich atmete hörbar aus. »Okay, wenn du meinst. Im Kühlschrank findest du alles, was du auf die Einkaufsliste geschrieben hast.«

»Danke. Habt ihr auch die Marken gekauft, die ich euch dazugeschrieben habe?«

Ich nickte. Celine lächelte kurz. »Du bist der beste Onkel!«

Unter anderen Umständen hätte ich mich über dieses Kompliment gefreut, doch aktuell war mir nicht nach Freude zumute. Ich war verwirrt und überfordert. Meine Frau und ich waren darin übereingekommen, dass wir unsere Nichte mit all ihren Problemen unterstützen wollten. Wir würden keinen mahnenden Zeigefinger heben, sondern es mit Liebe und Geduld versuchen.

Bis vor wenigen Stunden waren wir uns bei dem Entschluss einig gewesen. Wir waren fest davon überzeugt, das Richtige zu tun. Doch nun strauchelte ich. War es richtig, nichts zu sagen? Sollte ich all meine

Anmerkungen herunterschlucken? Oder bestärkte ich sie damit noch in ihrer Essstörung?

Als ihre Mutter vor einer Woche angerufen und unter Tränen berichtet hatte, dass Celine unter Magersucht litt, war ich noch fest davon überzeugt gewesen, dass sie übertrieb. Meine Nichte war mitten in der Pubertät, sie hatte kein allzu großes Selbstvertrauen, sie interessierte sich sehr für ihr Gewicht, gesunde Ernährung und Sport … aber krankhaft war das sicherlich nicht. Nicht unsere Celine!

Wie naiv war ich gewesen? Ich hatte gedacht, eine gute Bildung und ein stabiles Familienumfeld würden sie schützen. Wenn mich jemand gefragt hätte, ob ich irgendwo und irgendwann einen Fehler als Onkel gemacht hatte – meine Antwort wäre Nein gewesen. Ich war mir keines Fehlers bewusst. Und doch musste irgendwann irgendwo etwas schiefgelaufen sein. Irgendwo war sie von der richtigen Spur abgekommen, irgendwann musste die Krankheit eine Chance gewittert und sie überfallen haben.

Ich war sauer. Wütend. Auf mich, auf die Welt und ein klein wenig auch auf Celine. Warum? Wieso sie? Wo hatte ich versagt? Was hatte ich übersehen?

Unbemerkt schlitterte ich in einen negativen Gedankenkrieg. Ich fühlte mich mit den neuen Erkenntnissen überfordert. Es tat mir weh, Celine leiden zu sehen und nichts tun zu können. Wobei – litt sie überhaupt oder war es nicht eher ich, der bei ihrem Anblick litt?

Sie sah zufrieden aus. Doch mir versetzte es einen Stich ins Herz, sie so dünn zu sehen. Wie sie jetzt ihr Essen in winzig kleine Stücke schnitt, den Magerquark in einer Schüssel abwog, ihn mit Wasser verdünnte – damit er cremiger wurde, behauptete sie – und ihn anschließend mit massenweise Gewürzen fast schon verseuchte, machte mich verrückt. Ja, dieses Wort passte am besten. Ich wurde verrückt. Sie, ihr Verhalten, ihre ständigen Rechtfertigungen, fast schon Lügen, über angeblich gesunde Ernährung trieben mich in den Wahnsinn. Hoffentlich würde meine Frau bald zurückkehren, sonst konnte ich für nichts mehr garantieren!

Ich fühlte mich machtlos. Frustriert und traurig ließ ich mich auf den Sessel im benachbarten Wohnzimmer sinken. Dieses Mädchen in der Küche hatte kaum noch etwas mit meiner ehemals lebensfrohen, glücklichen Nichte gemeinsam …

Marta kehrte zurück. Überglücklich, endlich Unterstützung zu bekommen, begrüßte ich sie bereits an der Tür. Ich musste ihr kaum etwas erklären, der überfüllte Esstisch in der Küche sprach Bände. Celine hatte ein Festmahl aufgetischt. Wenn man die Menge auf der Anrichte sah, konnte man denken, wir hätten noch fünf weitere Personen eingeladen. Es gab nichts, was es nicht gab. Sogar Servietten hatte unsere Nichte gefaltet.

»Wow, das nenne ich mal einen Empfang«, lobte Marta.

»Ja, das ist alles für euch«, teilte Celine stolz mit und strahlte dabei übers gesamte Gesicht.

»Für uns?«, fragte meine Frau verwundert nach. »Du isst aber mit, oder?«

Freudig zeigte meine Nichte auf ihren Karottenteller, auf dem auch noch ein paar Scheiben Salatgurken hinzugekommen waren. »Ich habe mir einen Gemüseteller gemacht, den ich mit Magerquarkdip essen werde.«

Ich hörte, wie Marta seufzte. Auch sie musste sich dazu zwingen, nichts zu sagen.

Beim Essen herrschte eine Stimmung wie auf einer Beerdigung. Celine nahm sich ein Stück Karotte, das jeder normale Mensch mit einem Bissen verschlungen hätte, und nagte darauf mehrere Minuten hochkonzentriert herum. Sie dippte es in den Magerquark, zog es heraus, streifte den überschüssigen Dip ab, dippte es erneut hinein ... Es war anstrengend. Ich spürte, wie sich ein unangenehmer Druck in mir aufbaute. Ich wurde unruhig. Nervös wippte ich mit dem Fuß auf und ab.

Als meine Frau und ich mit unserem Essen fertig waren, hatte Celine noch nicht einmal die Hälfte ihrer Portion aufgegessen.

Ich räusperte mich. Warnend sah mich meine Frau an, doch ich konnte nicht mehr schweigen. »Celine, bei aller Liebe, aber das, was du tust, ist kein Essen. Uns möchtest du mästen, du bereitest für deutlich mehr Personen, als wir es sind, kalte Platten vor, aber selbst nagst du lustlos an ein paar Karotten herum. Davon kannst du nicht leben! Wenn du so weitermachst, verhungerst du an einem gedeckten Tisch!«

Wütend schlug meine Nichte auf den Tisch. Dabei kippte das Wasser-Quark-Gemisch um. »Es ist mein Leben und somit meine Entscheidung. Siehst du nicht, wie ich kämpfe?« Sie begann zu weinen. Ihr Gesicht verzerrte sich vor Wut, oder war es Verzweiflung?

»Ich will das doch auch nicht!« Sie stand auf und warf dabei den Stuhl um, der mit einem lauten Schlag zu Boden fiel. »Ihr seid kein bisschen besser als Mama! Ich dachte, bei euch würde ich Unterstützung bekommen!«

Sie stürmte davon. Glücklicherweise nicht zur Tür hinaus, sondern in die obere Etage, in ihr eigenes Zimmer, das sie, wenn sie uns über Nacht besuchte, bewohnte.

Mit einem zornigen Blick funkelte mich meine Frau an. »Toll gemacht, Martin. Ich dachte, wir wären uns einig.«

Ich war der Böse. In den Augen der Frauen hatte ich es falsch gemacht, doch wie reagierte man richtig? Ich wusste es nicht. Ich wusste lediglich, dass ich Abstand brauchte. Also stand ich ebenfalls auf. »Sorry, ich kann das nicht«, murmelte ich und ging zur Garderobe, wo ich mir meine Jacke schnappte.

»Das ist wieder typisch!«, fauchte mir Marta hinterher. »Es wird kompliziert, du ergreifst die Flucht und ich darf die Situation retten.«

»Es tut mir leid«, entschuldigte ich mich. »Ich muss hier aber raus, sonst drehe ich durch. Ich brauche ein paar Minuten, um wieder einen klaren Kopf zu bekommen, dann kehre ich zurück. Ansonsten eskaliert es.«

Ich verließ das Haus. Das tat ich oft, wenn mir etwas zu viel wurde. Marta hatte Recht: Wenn es mir zu anstrengend wurde, ergriff ich die Flucht …

Ich atmete tief ein. Die kühle Herbstluft tat gut. Weglaufen war etwas, was ich gut konnte. Emotionen machten mir Angst, ich hatte nie gelernt, sie auszuhalten, geschweige denn mit ihnen umzugehen. Deshalb floh ich lieber, bevor ich explodierte. Das war das Beste für beide Seiten. Ich schützte damit mich und die Menschen in meiner Umwelt.

Marta würde mit Celine reden und sie beruhigen, da war ich mir sicher. Meine Frau würde das wieder hinbekommen.

2. Gefangen in Illusionen

Ziellos streifte ich durch die Straßen der Stadt. Ich ließ mich treiben, bis ich am Stadtpark anlangte. Es war Nachmittag. Da sich das Wetter kühl und windig zeigte, war nicht allzu viel los. Im Sommer tummelten sich im Park Mütter mit ihren Kindern, Rentner, Schüler, die auf den Wiesen lernten ... doch heute war der Park fast ausgestorben. Lediglich eine ältere Dame streifte mit ihrem Gehwagen den Fußweg entlang.

Ich schleppte mich zu einer Parkbank und ließ mich nieder. Gedankenlos starrte ich auf die Blätter der Bäume, die sich in unterschiedlichen Rot- und Organgetönen gefärbt hatten. Wenn ich einen Wunsch frei gehabt hätte, hätte ich mir gewünscht, dass ich Celine verstünde und ihr helfen könnte ...

Ich war so mit Starren beschäftigt, dass ich das Schluchzen anfangs gar nicht registrierte. Erst als es lauter und verzweifelter erklang, schreckte ich auf und lauschte. *Da weint doch jemand?*, schoss es mir durch den Kopf. Unsicher erhob ich mich von der Bank und schaute mich um. Jedoch konnte ich niemanden entdecken.

»Hallo?«, rief ich zögerlich. »Ist hier jemand?«

Leichte Panik kroch in mir hoch. Die Situation war mir nicht geheuer. Etwas stimmte nicht. Mein Herzschlag beschleunigte. Obwohl mir mein Verstand signalisierte, dass es wohl besser wäre, die Flucht zu ergreifen, blieb ich stehen. Meine Beine wollten mir nicht gehorchen.

»Ich hasse es!«, schluchzte eine Stimme. »Ich hasse es und kann es trotzdem nicht lassen!«

Der Stimme nach zu urteilen war die Person weiblich. Verwirrt zog ich die Augenbrauen nach oben. Es hörte sich an, als hätte sich jemand hinter dem Baum, der einige Meter hinter der Bank stand, versteckt. Wie war der- oder diejenige dorthingelangt?

»Hallo?«, rief ich erneut, in der Hoffnung, nun eine Antwort zu bekommen.

Das Schluchzen verstummte. »Wer ist da?« Die Stimme des Mädchens klang genauso unsicher, wie ich mich fühlte, wobei sie fast schon in Richtung panisch abdriftete.

Seitlich neben dem Baum tauchte ein Kopf auf.

»Entschuldigung, ich wollte dich nicht erschrecken«, entschuldigte ich mich. »Mein Name ist Martin.«

Die Augen der jungen Frau, ich schätzte sie auf Anfang zwanzig, sahen verweint aus. Ihre Iris war durchdringend grün. Ihre Haare waren blond und schulterlang. Ihre Gesichtsfarbe wirkte ungesund blass und ihr Körper abgemagert. Sie sah zerbrechlich aus. Ihre Stimme klang wie die eines kleinen Mädchens, und vom Gewicht her war sie wahrscheinlich kaum schwerer als eine Schülerin der Unterstufe, weshalb ich sie erst für ein Kind gehalten hatte.

Sie kauerte mit angezogenen Beinen auf dem Boden. Ihr Rücken lehnte am Baumstamm.

Ohne lange nachdenken zu müssen, verstand ich, dass sie magersüchtig sein musste. Es mochte seltsam klingen, wenn ich Celine im Vergleich zu ihr noch als dick bezeichnet hätte, denn Celine war keinesfalls dick, sondern ebenfalls bereits im Untergewicht - doch diese Frau war eindeutig dünner als sie.

»Möchtest du aufstehen?« Ich bot ihr eine Hand an, um ihr vom Boden aufzuhelfen. Sie schüttelte allerdings ihren Kopf.

»Nein, ich finde es hier bequem.«

Nachdenklich runzelte ich die Stirn. Diese Behauptung klang für mich seltsam, doch nach einem kurzen Zögern ließ ich mich ebenfalls auf den Boden sinken.

»Okay, dann setze ich mich zu dir.«

Vor Verwirrung vergaß die junge Frau, weiterzuweinen. Sie schien nicht zu wissen, wie sie mit meiner Freundlichkeit umgehen sollte. Um ehrlich zu sein, wusste ich das ebenfalls nicht. Keine Ahnung, was mich dazu veranlasst hatte, mich zu ihr zu setzen. War es Neugierde? Schicksal? Oder nur Zufall?

»Warum tust du das?«, hakte die junge Frau vorsichtig nach.

»Ich möchte dich kennenlernen«, entgegnete ich, ohne nachzudenken. Mein Mund schien von allein zu wissen, was er antworten sollte. »Ich glaube, du kannst mir weiterhelfen und mir einiges erklären. Meine Nichte hat die Diagnose Magersucht erhalten und ich habe weder eine Ahnung davon, was das genau bedeutet, noch wie ich damit umgehen soll. Vielleicht kannst du mir beibringen, wie ich dich und andere

Personen, die sich in der gleichen oder einer ähnlichen Lage befinden, besser verstehen kann?«

Unschlüssig zuckte sie mit den Schultern. »Mich verstehen? Das ist ein Ding der Unmöglichkeit. Ich glaube nicht, dass das machbar ist.«

Ich lächelte verschmitzt. »Lass es uns austesten.«

Sachte nickte die Frau. »Gut, mein Name ist Anna. Angeblich habe ich Magersucht. Der Fachbegriff dafür ist Anorexia nervosa.«

Ich wartete, ob sie noch mehr sagen wollte, doch sie schwieg, deshalb fragte ich nach. »Angeblich – also glaubst du nicht daran, oder wie darf ich das verstehen?«

»Ich weiß es nicht«, gestand Anna. »Ich meine …«, sie stockte. »Na ja, wie soll man eine Essstörung haben, wenn man gar nichts isst?«

Fragend zog ich die Augenbrauen nach oben. Ich verstand kein Wort von dem, was sie sagte.

Sie seufzte. »Ich weiß, das klingt kompliziert. Aber betrachten wir es logisch. Der Begriff Essstörung sagt aus, dass das Essverhalten der betroffenen Person gestört ist.«

Sie machte eine Pause. Ich nickte.

»Ich esse jedoch fast gar nichts und das, was ich esse, ist alles gesund. Ich liebe Gemüse, ich mag Obst, ich versuche, Kohlenhydrate und Fett zu meiden. Was soll an diesem Essverhalten gestört sein?«

Ich sog scharf Luft zwischen den Schneidezähnen ein, sodass ein leises, pfeifendes Geräusch entstand. Mir fiel es schwer, dazu Stellung zu nehmen. Vom

Verstand her war die Antwort eindeutig. Ja, das Verhalten war essgestört, daran bestand kein Zweifel, aber wie erklärte ich ihr das? Musste ich das überhaupt erklären?

»Ach verdammt«, fluchte Anna. »Es tut mir leid, dass ich dich in solch eine unangenehme Situation bringe.«

Geknickt senkte sie ihren Kopf und starrte zu Boden.

»Ich bin eine Meisterin darin, mich selbst zu belügen. Ich baue mir eine Scheinwelt auf, in der alles rosarot ist. Die Realität verdränge ich.«

Na immerhin sieht sie es selbst ein, dachte ich erleichtert.

»Rosarot wie ein Mädchentraum«, ergänzte sie nach einigen Schweigesekunden leise. »Als Kind war fast mein gesamtes Zimmer in der Farbe eingerichtet. Ich habe es geliebt.«

Fragend zog ich meine Augenbrauen nach oben.

»Wenn es mir schlecht geht und ich nicht weiter weiß, schließe ich meine Augen und ziehe mich gedanklich in mein altes Zimmer zurück. Dort fühle ich mich sicher und geborgen. Es ist mein innerer sicherer Ort.«

»In dein Jugendzimmer?« Ich konnte mir diesen Kommentar nicht verkneifen. Selbstverständlich war das Jugendalter etwas Tolles, es waren schöne Jahre gewesen, dennoch würde ich sie nicht noch einmal durchleben wollen. Allerdings fiel mir plötzlich auf, dass auch Celine in letzter Zeit hin und wieder

Verhaltensweisen an den Tag legte, aus denen sie eigentlich schon vor Jahren herausgewachsen war.

»Du denkst, ich bin zu alt für solche Vorstellungen?« Anna klang gefasst. Rückblickend hätte mein Einwurf auch nach hinten losgehen können. Sie hätte mich genauso gut abblocken und als Idioten hinstellen können, was sie glücklicherweise nicht tat. Stattdessen erklärte sie mir die Hintergründe, die die Sache in ein anderes Licht rückten.

»Ich sehne mich häufig in meine Kindheit und Jugend zurück. Ich hasse es, erwachsen zu sein. Ich möchte nicht *groß* sein. Ich möchte keine Verantwortung tragen, keine wichtigen Entscheidungen treffen, nicht vernünftig handeln … Ich möchte, dass sich jemand um mich kümmert und dass jemand für mich bestimmt. Der Alltag einer erwachsenen Person stresst mich. Es ist wie eine Wanderung über dünnes Eis. Jeder Schritt kann einen Fehler darstellen. Ich habe Angst, zu versagen. Ich fühle mich schlichtweg überfordert.«

Nun verstand ich den Sinn der Liebe zu ihrem Jugendzimmer. Als Minderjähriger hatte man immer eine Art Prellbock zwischen sich und der Welt. Wann immer man in Schwierigkeiten war oder nicht mehr weiterwusste, konnte man sich hinter seinen Eltern verstecken. Spätestens nach dem Auszug war es damit allerdings vorbei. Man musste auf eigenen Beinen stehen, sich durchs Leben hindurchkämpfen und nicht selten aus negativen Erfahrungen lernen.

Tatsächlich hatte mir das in der Anfangszeit auch ein paar Schwierigkeiten bereitet. Es hatte eine Weile gedauert, bis ich mich in der Welt zurechtgefunden hatte. Celine war zwar erst sechzehn, aber auch bei ihr wuchsen bereits die Anforderungen. Sie wurde nicht mehr so beschützt und bevormundet wie noch vor drei oder vier Jahren.

»Es war, als wenn ich mein bisheriges Leben in einem schützenden, warmen Nest verbracht hätte. Ich bekam alles, was ich brauchte und wurde umsorgt. Eines Tages beschloss jemand, dass ich dieses Nest verlassen sollte. Man warf mich raus. Es war kalt, laut und chaotisch. Damit war ich überfordert. Deshalb flüchtete ich mich wieder zurück ins Nest und versteckte mich«, erzählte sie weiter.

»So ähnlich war es bei mir auch«, gab ich zu. »Allerdings habe ich ausreichend Neugierde besessen. Ich wollte sehen, wie es ist, rauszugehen, und was dort auf mich wartet. Schritt für Schritt habe ich mich vorgetastet. Hast du diese Neugierde nicht?«

Sie wirkte nachdenklich. »Nein, nicht wirklich. Eventuell hängt das mit den zahlreichen Problemen in meinem Leben zusammen. Ich habe schon so oft den Halt verloren, ich bin schon so oft mitten im Chaos aufgewacht, dass ich mich nach Beständigkeit und Halt sehne. Ich möchte das beschützende Gefühl meiner Jugend nicht loslassen. Überhaupt möchte ich gar nichts loslassen. Ansonsten habe ich das Gefühl, in ein endlos tiefes Loch abzustürzen.«

3. Ordnung im Chaos

»Deshalb halte ich in vielen Lebensbereichen auch gerne penibel Ordnung«, ging Anna zum nächsten Punkt über. »Meine Gedanken und Gefühle sind vollkommen wirr und das Leben ist unberechenbar, da brauche ich meine Strukturen, um Halt zu finden. Ich brauche etwas, das ich kontrollieren kann.«

Inzwischen wirkte sie aufgeweckter. Ihre Augen sahen nicht mehr so stark verquollen aus und ihre Stimme klang selbstsicherer.

»Komm, ich zeige dir etwas.«

Sie erhob sich vom Boden und griff nach meiner Hand. Erschrocken wollte ich mich aus ihrem Griff befreien, denn als sie mich berührte, durchzuckte ein seltsames Gefühl meinen Körper. Es war wie ein Blitz, der übersprang. Es tat nicht weh, aber war unheimlich. Doch sie hielt mich fest. Ich öffnete meinen Mund, um zu schreien. Aber meine Stimme versagte. Ehe ich einen Ton herausbrachte, zog es mir den Boden unter den Füßen fort. Ich glaubte, in ein bodenloses Loch abzurutschen. Die Konturen meiner Umgebung verschwammen. Mir wurde schwindelig.

Als sich die Lage beruhigte und meine Umgebung wieder schärfer wurde, stellte ich fest, dass sich mein Standort verändert hatte. Ich befand mich nicht länger im Park, sondern in einem karg eingerichteten Raum.

Ängstlich und gleichzeitig vorwurfsvoll fauchte ich Anna an: »Was war das? Was hast du mit mir gemacht? Wo sind wir?«

»Manchmal werden Wünsche wahr«, beantwortete sie meine Fragen kühl. »Ich gebe dir die Gelegenheit, die Magersucht zu verstehen. Ich habe die Fähigkeit, dir meine Gedanken und Emotionen mit Hilfe von Bildern und unterschiedlichen Orten greifbar zu machen. Ich kann dich mitnehmen auf eine Reise durch meine Welt.«

»Und wenn ich das nicht will?«, unterbrach ich sie plump. Meine Stimme zitterte.

»Dann bringe ich dich zurück und du siehst mich nie wieder«, sagte sie, unbeeindruckt von meinen Worten. »Du hast die Wahl: Kommst du mit, willst du mir vertrauen und dadurch einen Blick in meine chaotische, unlogisch und paradox erscheinende Welt werfen und den einen oder anderen Zusammenhang nachvollziehen können, oder gehst du und vergisst, dass du mich jemals getroffen hast?«

Ich zögerte. Das Letztere klang verlockend, aber vielleicht stellte das hier auch eine Chance dar? Eventuell würde ich etwas dazulernen – und sie hatte ja Recht, ich hatte mir gewünscht, meine Nichte besser verstehen und ihr somit gezielter helfen zu können. Ich atmete tief durch und sprach mir selbst Mut zu. »Okay, ich bleibe. Ich werde dir vertrauen. Du wirst mich bestimmt nicht umbringen, oder?«

Sie lächelte. »Nein, ich bin nicht der Tod.« Dann wurde ihre Mimik jedoch wieder ernst. »Wobei die

Grenze zwischen Magersucht und Tod hin und wieder verwischt. Manchmal arbeiten sie Hand in Hand.«

Ich schluckte.

»Aber keine Angst, du wirst nicht sterben. Oder, du wirst vielleicht – nein, ganz sicher sterben. Aber nicht heute und nicht in meiner Anwesenheit.«

Erleichtert atmete ich auf.

Nun getraute ich mich, die Umgebung genauer zu betrachten. Die Wände des Raumes waren in einem sterilen Weiß gestrichen, der Boden bestand aus beigefarbenem Belag. Es gab kein Fenster. Das Licht stammte von einer flackernden Neonröhre.

Ich drehte mich um. Bis auf einen eichefarbenen Schreibtisch und eine große, alte Körperwaage, bei der man die Gewichte auf einer beweglichen, wippenartigen Metallstange hin und her schieben musste, war der Raum leer.

Obwohl es nicht kalt war, fröstelte ich. Die Atmosphäre in dem Raum war eisig. Man konnte die Anspannung spüren. Auch Anna wirkte plötzlich verkrampft. Sie zog ihre Schultern leicht hoch und ihre Hände hatten sich zu Fäusten geformt.

»Das ist der Raum der Wahrheit«, erklärte sie. Ihre Stimme klang dünn. Völlig anders als vor wenigen Sekunden, als wir noch eine unbeschwerte Unterhaltung geführt hatten. »Ich hasse ihn und vergöttere ihn gleichzeitig. Ich möchte nicht hier sein, aber komme immer wieder zurück. Dass ich dich hierher mitnehme, zeugt von großem Vertrauen. Es ist der Raum, in dem ich am verletzlichsten bin.«

Sie schritt durch das Zimmer. Ihre Schritte hallten hohl wider. Ich spürte, wie sich meine Nackenhaare aufstellten.

»Es gibt so viel zu diesem Ort zu sagen, ich könnte dir stundenlang über ihn berichten, doch ich glaube nicht, dass du es verstehst.«

»Probiere es aus«, ermunterte ich sie, zu erzählen. »Ich höre dir zu.«

Sie seufzte. »Okay, bleiben wir bei dem Thema Ordnung.«

Ich sah ihr an, dass ihre Gedanken sich zu einem Ballen zusammenknäuelten. Sie hatte so viel, was aus ihr herauswollte. Es war nicht so, dass sie nicht wusste, was sie sagen sollte, sondern dass sie keinen Anfang fand. Ich kannte dieses Gefühl. Man mochte reden, man wünschte sich jemanden, der einem zuhörte, doch wenn derjenige vor einem stand und einem genau das gab, was man wollte, brachte man kein Wort heraus. Anstatt zu reden, schwieg man, weil das Schweigen in diesem Augenblick plötzlich einfacher erschien.

Es kostete Überwindung, jemanden in sein Inneres schauen zu lassen. Man hatte Angst, für seine Gedanken, Gefühle, für sein Verhalten, für das Anderssein verurteilt zu werden. Ängste, Hoffnungen, Vorerfahrungen und Verwirrung formten sich zu einem einzigen Knoten. Man verlor den Überblick. Man hatte keine Ahnung, wo man anfangen sollte.

War es die Arbeit wert, nach dem Anfang zu suchen? Lohnte es sich, das Wirrwarr zu entwirren? Würde man bis zum Ende durchhalten? Was würde passieren, wenn danach gar nichts mehr da wäre? War Verwirrung besser als das Gefühl, was danach käme? Man wusste es nicht. Ungewissheit war eklig. Man versuchte, sie zu vermeiden.

»Du verstehst mich. Und du beginnst, dich auf unsere Begegnung einzulassen«, stellte Anna zufrieden fest.

»Hä?« Ich war irritiert.

»Dein Gesicht verrät, was du denkst.«

Genervt knirschte ich mit den Zähnen. »Warum weißt du, was ich denke?«

»Weil du es mich wissen lässt.«

Ich legte meinen Kopf schief. »Ach ja?«

»Na ja, im Grunde sind wir alle verschlossene Bücher. Wir entscheiden bewusst oder unbewusst, was wir andere Personen von uns wissen lassen wollen und was nicht. Du hast dich entschieden, mich kennenlernen zu wollen, also bist du unbewusst den Deal eingegangen, dass ich dich ebenfalls verstehen lerne.«

Ganz verstand ich die Aussage zwar nicht, doch ich nickte. Es würde schon seine Richtigkeit haben.

Sie grinste mich an. »Bevor du durchdrehst – ich kann keine Gedanken lesen, aber ich weiß, dass du hier bist, weil jemand, den du magst, dasselbe Problem hat wie ich. Ich kenne nicht nur die Seite der Betroffenen, sondern auch die Seite der Angehörigen und Freunde. Deshalb kann ich mir vorstellen, was du durchmachst und was du denkst.«

Erleichtert atmete ich aus. *Puh, sie konnte keine Gedanken lesen.* Für einen kurzen Augenblick war wieder Panik in mir aufgekommen. Ich wusste weiterhin nicht, ob ich der seltsamen Gestalt trauen konnte oder nicht.

»Nichts ist so unberechenbar wie das Leben«, führte Anna die Unterhaltung, ungeachtet meiner Reaktion, zum eigentlichen Thema zurück. »Im Leben gibt es grobe Strukturen, es gibt verschiedene Wege, die man gehen und an denen man sich orientieren kann, aber es gibt keine Ordnung. Es gibt keine Gebrauchsanweisung, keine Wiederholung, keine zweite Chance, einen Tag noch einmal zu durchleben. Man lernt durch Erfahrungen. Doch auch diese Erfahrungen sind nichts Festes.«

Sie schaute mir in die Augen. »Die Faktoren des Lebens sind nichts Beständiges. Man kann nicht mit ihnen rechnen, man kann sie nicht kontrollieren. Ich kann nicht sagen: Wenn ich mich so entscheide, wird Folgendes passieren. Zumindest nicht immer. Ich habe zum Beispiel gedacht, wenn ich in der Schule gut bin und gute Noten schreibe, habe ich eine hervorragende Startgrundlage für meinen Beruf. Auf gewisse Weise hatte ich das auch. Die Rechnung ging auf, aber was ich nicht bedachte, war, dass ich dadurch zu einer Außenseiterin wurde. Man mobbte mich für meine guten Noten …«

Sie verstummte für einen Augenblick, bevor sie fortfuhr.

»Ich dachte, wenn ich mit dem gutaussehenden, beliebten Jungen aus der Oberstufe ein Date habe, wird sich alles zum Positiven wenden. Ich dachte, er würde mich lieben und ich würde ihm etwas bedeuten. Ich nahm an, ein Date wäre eine schöne Sache, aber auch diese Rechnung ging gründlich schief.«

Sie schluckte. »Ich dachte, wenn ich Jeans und einen hochgeschlossenen Pullover trage, wird mir so etwas nie passieren … Aber er vergewaltigte mich trotzdem …«

Die Stimmung in dem Raum wurde noch eisiger. Die Wände fühlten sich bedrückend an.

»Kennst du diese Situationen, in denen du dir sicher bist, dass alles gutgeht, und dann stehst du doch auf einmal vor einer Katastrophe?«

Ich nickte. »Ja … Ich dachte, mein Großvater wäre immer für mich da, er würde mich jeden Nachmittag von der Schule abholen. Doch dann kam er eines Tages nicht. Er war verstorben. Ohne Vorwarnung.«

Annas Blick spiegelte Mitgefühl wider. »Das Leben ist unberechenbar. Dann, wenn man es am wenigsten erwartet, zieht es einem den Boden unter den Füßen weg. Man stürzt in ein Loch. Kämpft man sich danach wieder hoch, wird man oft wenig später erneut zu Boden gerissen. Es gibt Leute, die tun viel Gutes; sie glauben an Gott, gehen in die Kirche, beten, sie spenden regelmäßig Geld … und trotzdem werden sie beim Überqueren der Straße auf dem Zebrastreifen überfahren. Im Gegenzug gibt es Leute, die andere Menschen niedermachen, die Verbrechen begehen, die sich betrunken hinter das Steuer eines Autos setzen und unbeschadet davonkommen. Wo ist da die

Gerechtigkeit? Wo ist der Sinn dahinter? Woher weiß ich, dass ich morgen noch lebe?«

Fragend schaute sie mich an. Nichtwissend zuckte ich mit den Schultern.

»Man weiß es nicht, man muss vertrauen.«

Sie schnalzte mit der Zunge. »Ich will nicht hoffen oder vertrauen, ich will es wissen oder zumindest verstehen, was ich tun kann, damit meine Pläne funktionieren. Ich will Kontrolle.«

»Das Leben ist nicht kontrollierbar.«

Betrübt senkte sie den Kopf. »Ich weiß. Deshalb habe ich mir einen anderen Weg gesucht. Was um mich herum geschieht, was Gott oder das Schicksal planen, darauf habe ich keinen Einfluss, aber was mein Körper macht, das kann ich sehr wohl bestimmen.«

Selbstbewusst stellte sie sich vor die Waage.

»Menschen reagieren auf unerwartete Ereignisse oder Schicksalsschläge unterschiedlich. Das Gefühl, aus der Bahn geworfen zu werden, ist noch bei allen gleich. Die einen fühlen sich besonders weit aus der Bahn geworfen, die anderen weniger weit. Das ist der einzige Unterschied. Doch alles, was danach kommt – ob jemand schnell zurückfindet, ob jemand seinen Glauben an das Gute in der Welt verliert, ob jemand zu Suchtmitteln greift, ob er Unterstützung benötigt oder einfach nur etwas Zeit und Abstand – ist bei jedem unterschiedlich. Diese Verschiedenheit beruht auf drei großen und Dutzenden kleinen Faktoren.

Die drei großen Faktoren heißen Genetik, Vorerfahrungen und persönliche Widerstandkraft.

Die Gene werden uns bei der Geburt mitgegeben. Wir können sie nicht beeinflussen.

Bei den Vorerfahrungen spielt insbesondere unsere Erziehung eine Rolle. Wurde uns beigebracht, Hilfe anzunehmen oder wurden wir darauf getrimmt, uns durch alles allein hindurchzukämpfen? Hat man zuvor schon Krisen bewältigt oder fühlt man sich ins kalte Wasser geworfen? Hat man Angst sich zu öffnen oder ist einem noch nie jemand mit Vorurteilen begegnet? Hat man schon Erfahrung mit Drogen oder Alkohol? Glaubt man, dass sie einem helfen? Hat man eventuell schon einmal mit einer Sucht gekämpft?

Innere Widerstandskraft bedeutet Resilienz. Resilienz ist die Fähigkeit, ein gesundes seelisches Immunsystem zu besitzen, um Krisen zu überstehen. Man kann diese Widerstandskraft trainieren und ausbauen. Ein wichtiger Faktor ist zum Beispiel: Weiß ich, was mir guttut? Kann ich selbst für mich sorgen? Habe ich irgendetwas, was mir Halt gibt? Habe ich ein sicheres Umfeld, das mich auffängt? Habe ich gelernt zu vertrauen, dass es wieder gut wird?«

Ich schnaufte laut aus. Das waren ziemlich viele Fragen.

»Das findest du schon kompliziert?«, fragte Anna. »Das ist erst der Anfang, die Grundlage. Wenn dort ein Leck ist, sprich, wenn die Verteidigungsmauer irgendwo undicht ist und das seelische Immunsystem angegriffen wird, ist es möglich, dass die Person psychisch krank wird. Es muss jedoch nicht zwangsläufig sein. Außerdem kann man natürlich außer Magersucht auch eine andere Erkrankung entwickeln. Es gibt verdammt viele Diagnosen. Und jede Erkrankung ist berechtigt.«

Der letzte Satz machte mich hellhörig. Ich zwang mich dazu, mir diesen Satz im Gedächtnis abzuspeichern. Zu gegebener Zeit wollte ich mehr über diese Berechtigung erfahren.

»Bei mir war es das Zusammenspiel vieler kleiner und größerer Probleme, das mich aus dem Gleichgewicht brachte. Ich hatte nichts, woran ich mich festhalten konnte. Es fühlte sich an, als würde mir mein Leben aus den Händen gleiten. Ich verlor die Kontrolle. Unbewusst, aus einer Art Reflex heraus, begann ich daraufhin, meinen Körper in Schach zu halten. Um Energie herauszulassen, joggte ich bis zur völligen Erschöpfung. Es war ein Wechselspiel zwischen ‚Ich will mich selbst spüren und meine Grenzen austesten‘ und ‚Wahnsinn, was ich allein durch meinen Willen für eine Macht über meinen Körper habe‘, was mich dazu antrieb, immer weiter über meine Grenzen hinauszugehen. Erst später wurde mir bewusst, dass diese einfachen Erkenntnisse meinen Einstieg in den Suchtkreislauf dargestellt hatten.

Durch den Sport nahm ich ab, was mir ebenfalls Glücksgefühle bescherte. Diese Erkenntnisse und die ausgelösten Gefühle fügten sich in meinem Gehirn zusammen. Wie ein Geistesblitz schoss mir auf einmal der erste essgestörte Gedanke durch den Kopf. Mein Gewicht lag noch im oberen Drittel des Normalbereiches, aber trotzdem spürte ich schon eine kleine Eigendynamik. Es war wie ein leises Flüstern in meinem Kopf, das mir erklärte, dass die Welt so einfach sein konnte: Wenn ich aß, nahm ich zu. Wenn ich nicht aß, nahm ich ab. Das war etwas, was ich zu hundert Prozent kontrollieren konnte. Ich hatte die Macht über mein Gewicht. Ich hatte endlich etwas gefunden, das mir Halt in der ansonsten so haltlosen Welt versprach.«

Sie lächelte kurz, bevor sie wieder ernst wurde.

»Der Wunsch nach Kontrolle wuchs jedoch von Woche zu Woche. Um mein Gewicht zu beeinflussen, musste ich meine Nahrungsmittelzufuhr kontrollieren, mein Sportpensum überwachen ... einfach alles wollte ich beherrschen. Wenn mein Magen knurrte, gab ich bewusst nicht nach. Ich musste meinem Körper zeigen, dass ich diejenige war, die den Ton angab, und nicht er.«

Zögerlich bestätigte ich, dass ich ihr folgen konnte. Es war schwer nachzuvollziehen, wie es zu solchen Denkmustern kommen konnte, aber doch auch irgendwie logisch. Ich konnte sie teilweise verstehen, teilweise wiederum erschien es mir vollkommen wirr.

4. Schleichender Übergang

»Die Essstörung war für dich also eine Möglichkeit, Ordnung ins Chaos zu bringen. Sie gab dir Struktur«, wiederholte ich ihre Aussage in meinen Worten.

»Ja«, entgegnete Anna. »Wobei ich es noch nicht Essstörung nennen würde. Zu Beginn war es für mich eher das Gewicht, das im Mittelpunkt stand, beziehungsweise die Macht über meinen Körper. Die Essstörung entwickelte sich daraus erst nach und nach.«

»Wann spricht man eigentlich von Magersucht?«, erkundigte ich mich.

»Da gibt es unterschiedliche Ansichten«, ging sie auf die Frage ein. »Laut Medizinern liegt eine Anorexia nervosa, sprich Magersucht, vor, wenn das tatsächliche Körpergewicht um mindestens 15 Prozent unter dem zu erwartenden Gewicht liegt oder ein BMI von unter 17,5 ausgerechnet wird. Angehörige und Personen aus dem Umfeld erkennen meist schon früher, dass etwas nicht stimmt. Sie sprechen von der Diagnose, wenn der oder die Betroffene sich weigert zu essen und deutlich an Gewicht verliert. Betroffene hingegen sehen in den meisten Fällen leider erst als Letzte ein, dass sie krank sind … Wenn jemand zugibt: ‚Ja, ich habe ein Problem mit dem Essen und ich habe die Kontrolle darüber verloren‘, dann kann man davon ausgehen, dass er oder sie die Kontrolle nicht erst seit gestern verloren hat … Oftmals steckt er oder sie dann schon so weit drinnen, dass es nicht mehr so leicht ist, dort wieder herauszukommen.

Magersucht ist eine heimtückische Krankheit. Wie jede Sucht verspricht sie einem am Anfang unendlich viele schöne Dinge. Man vertraut ihr. Man denkt, alles wird gut. Doch eines Morgens wacht man auf und sie steht mit einem Messer vor einem. Wenn man jetzt nicht schnellstmöglich aufwacht, seine Beine in die Hand nimmt und flieht, stirbt man.«

»Also ist es gar nicht so leicht, die Diagnose zu stellen?«

»Ja und nein. Wenn die Magersucht vorhanden, also ausgereift ist, ist es verhältnismäßig einfach, die Erkrankung festzustellen. Man sieht sie dem Betroffenen an. Solange sie sich allerdings noch in der Entstehungsphase befindet, ist sie so gut wie unsichtbar. Und das ist das Gefährliche.«

Sie überlegte.

»Mit der Magersucht ist es, wie wenn man einen Abszess hat. Zuerst bemerkt man ihn nicht. Es liegt nur eine kleine Infektion vor. Eventuell sieht man eine leichte Rötung, aber mehr nicht. Man schenkt der Hautveränderung keine größere Beachtung. Vermutlich wird es von alleine wieder weggehen. Selbst wenn es wächst, hält man noch eine Weile daran fest, dass es sich ohne einen Arztbesuch wieder auflöst. Man sagt: ‚Der Zeitpunkt ist unpassend', ‚Mir passiert so etwas nicht', ‚Ich weiß, wie ich es wieder in den Griff bekomme'.

Es mag sein, dass man bei kleineren Wehwehchen schon die Erfahrung gemacht hat, dass Abwarten,

Schonen und ein paar Hausmittel die Beschwerden lindern. Aber ein Abszess oder die Entstehung einer Essstörung sind keine Kleinigkeit. Da nützt es nichts, abzuwarten und Tee zu trinken. Je schneller man handelt, desto besser sind die Heilungschancen. Mit etwas Glück kann man die Erkrankung sogar aufhalten.«

Ich hörte ihr gespannt zu.

»Tut man nichts, nehmen mit der Zeit die Beschwerden zu. Da sich die Symptome langsam steigern, fällt es schwer, die Veränderungen zu erkennen. Würde man eines Morgens mit einer riesigen Beule unter der Haut aufwachen, wär einem sofort klar, dass man zum Arzt muss. Genauso wäre es, wenn man morgens aufwachen, zehn Kilo weniger wiegen und allein bei dem Gedanken daran, etwas essen zu müssen, Beklemmung verspüren und Herzrasen bekommen würde. Man käme nicht auf den Gedanken: ‚Ach, ich warte noch ein paar Tage ab, das legt sich bestimmt wieder'. Je schleichender etwas jedoch vonstatten geht, desto einfacher fällt es, die Entwicklungen zu ignorieren.«

Sie seufzte. »Und wenn es dann so schlimm ist, dass man es nicht mehr ignorieren kann, findet man immer noch Ausreden … Man weißt zwar, dass man vor einem Problem steht und dass man professionelle Unterstützung braucht, um es zu lösen – aber was soll der Arzt denken? Was erzählt man, warum man so lange gewartet hat? Was ist, wenn es etwas Schlimmes ist? Was ist, wenn es keine Hoffnung auf Heilung gibt? Man hat Angst. Und Angst sorgt dafür, dass man vermeidet.«

»Aber dadurch geht es ja nicht weg«, warf ich ein.

»Ja, klar, natürlich. Aber denkst du logisch, wenn du dich vor etwas fürchtest?«

»Nein.« Ich schüttelte den Kopf.

»Um es aufzuklären: Ich gebe es ungern zu, zumal ich, wenn ich danach gefragt werde, prinzipiell das Gegenteil behaupte, weil mir die Wahrheit nicht gefällt – aber man ist schon essgestört, bevor man unter einen BMI von 17,5 rutscht. Eine Essstörung beginnt bereits, wenn man damit anfängt, abzunehmen, und sich nach dem Erreichen des ersten Wunschgewichtes direkt ein zweites, noch niedrigeres Wunschgewicht setzt. Man rutscht schon in die Magersucht, wenn man sich täglich damit auseinandersetzt, was man wann in welcher Menge essen will; wenn man zwanghaft Kalorien zählt und behauptet: ›Das schmeckt mir nicht‹, oder: ›Darauf bin ich allergisch‹, obwohl das gelogen ist und man sich allein wegen der Kalorien schuldig fühlt … Das sind die kleinen Anzeichen, die man gerne ignoriert.

Die Rötung der Haut, das Brennen, der Schmerz bei Berührung, die kleine, tastbare Beule … Die Magersucht ist wie der Abszess. Erst wenn er aufbricht und der Eiter – das Geheimnis, das man schon wochen- oder monatelang mit sich herumgetragen hat – nach außen kommt, begreift man, dass hinter den verharmlosten Symptomen mehr gesteckt hat. Man erkennt, dass man ein Antibiotikum beziehungsweise einen Psychologen benötigt, um die Wunde heilen zu lassen.«

Sie holte Luft.

»Und trotzdem schafft es nicht jeder, diesen Schritt zu wagen. Als Kind hat man schon beigebracht bekommen, dass sich eine nicht versorgte Wunde zu einer Blutvergiftung entwickeln kann. Man bekommt es regelrecht eingetrichtert, dass eine Sepsis tödlich sein kann. Was einem allerdings niemand erklärt hat, ist, dass auch seelische Leiden behandelt werden müssen. Sie vergiften zwar nicht unser Blut, aber unsere Seele. Und auch das ist auf Dauer tödlich.«

Sie hatte Recht. Der Vergleich brachte es auf den Punkt. Eine Magersucht entstand genauso wie eine Eiterbeule selten über Nacht. Es dauerte einige Zeit, bis sich Symptome entwickelten und steigerten.

5. Eine Taktik, um zu überleben

»Wenn man mehr über die Diagnose und die ersten Anzeichen aufklärt, dann kann man vielleicht einige Krankheitsfälle vermeiden?«, stellte ich eine These auf.

Anna schwieg. Ihre Augen formten sich zu kleinen Schlitzen. Sie dachte angestrengt nach. Dann antwortete sie mit entschiedener Stimme: »Vielleicht. Vielleicht aber auch nicht.«

»Aha.« Diese Aussage war für mich überhaupt nicht zufriedenstellend.

»Es kann sein, es kann jedoch auch nicht sein«, ergänzte sie ihre Aussage. »Magersucht ist nichts Unbekanntes. Ich behaupte, die Diagnose zählt zu den psychischen Erkrankungen, die am meisten thematisiert werden. Das bedeutet nicht, dass es darüber keine Vorurteile gibt, sondern was ich sagen will, ist: Die meisten Menschen wissen, dass Magersüchtige zu wenig essen und dass Untergewicht irgendwann lebensbedrohlich wird. Ich weiß nicht, ob mehr Wissen die Leute davon abhalten würde. Bei Drogen weiß man ja auch, dass man am besten die Finger davon lassen sollte, genauso wie man weiß, dass Rauchen ungesund ist – doch trotzdem fangen Menschen immer noch mit dem Konsum von Drogen oder Zigaretten an. Warum? Wie kann man sie davon abhalten?«

»Hmm ...«, diese Frage war schwierig zu beantworten. Ich verstand, warum sie mich das fragte, doch ich wusste keine Rückmeldung darauf.

»Vielleicht müssten wir eine Gesellschaft aufbauen, in der man sich nicht mehr betäuben, weghungern oder wortwörtlich auskotzen muss? In der man keine Sehnsucht nach etwas verspürt, wovon man weiß, dass es eigentlich ungesund ist?«

»Ja, das wäre ein guter Plan«, stimmte ich zu.

»Ein guter Plan, der allerdings kaum umzusetzen ist«, entgegnete Anna. »Wir können aufklären, die Gefahren aufzeigen, andere Wege verdeutlichen, mit denen man Probleme und Stress auf gesunde Weise abbaut. Doch auslöschen werden wir die Magersucht nie.«

»Weshalb beginnt jemand überhaupt, sein Gewicht zu reduzieren, bis es krankhaft niedrig ist?«, formulierte ich die nächste Frage.

»Die Gründe sind so unterschiedlich wie die Menschen, die betroffen sind. Jeder hat seine eigenen Motive, weshalb er oder sie anfängt zu hungern. Bei mir war es, wie angedeutet, das Gefühl, endlich etwas kontrollieren zu können. Des Weiteren wollte ich mich vor der Verantwortung eines Erwachsenen drücken. Ich wollte kindlich aussehen, beschützt werden. Ich hoffte, dass man sich, wenn ich zart und zerbrechlich aussähe, um mich kümmern würde. Bei anderen ist es der Leistungssport, der sie dazu zwingt, ein bestimmtes Gewicht zu erreichen und zu halten. Bei einigen Wettkämpfen geht es um Gewichtsklassen. Je geringer die Gewichtsklasse, desto kleiner und leichter besiegbar erscheinen die Gegner, wobei das genau genommen ja eigentlich gar nicht der Fall ist ... Schließlich hat man dieselben gewichtlichen Voraussetzungen. Beim Ballett gibt es ebenfalls gewisse Ansprüche. Wenn du ganz nach oben willst, solltest du schlank sein. Oder beim Modeln. Natürlich findet in diesen Bereichen langsam ein Umdenken statt, Gewicht und Kleidergröße sind nicht mehr alles entscheidend, aber trotzdem wird noch Wert darauf gelegt. Andere werden aufgrund ihres Gewichtes gemobbt oder fühlen sich selbst zu dick, obwohl sie einen völlig normalen BMI haben ...«

»Was ist dieser BMI überhaupt?«, unterbrach ich sie.

»Der BMI, ausgeschrieben Body-Mass-Index, ist ein Richtwert für die Bewertung des Körpergewichtes in Relation zu der Größe. Du kannst ihn ausrechnen, indem du das Gewicht durch die Körpergröße zum Quadrat teilst. Wem die Rechnung mit der Quadratzahl zu kompliziert ist, der kann auch einfach das Gewicht durch die Körpergröße in Metern teilen und das Ergebnis dann noch einmal durch die Körpergröße in Metern. Das Ergebnis ist dasselbe. Liegt die Zahl zwischen 20 und 25, hast du Normalgewicht. Unter zwanzig, beziehungsweise bei Frauen erst unter neunzehn, liegt ein Untergewicht vor. Je niedriger das Gewicht wird, desto niedriger und kritischer wird die Zahl. Liegt im umgekehrten Fall der BMI einer Person über 25, hat sie Übergewicht. Wobei der BMI keine absolute Aussagekraft hat. Das heißt, er ist lediglich ein grober Richtwert. Jemand, der viele Muskeln hat, gerät leicht auf einen BMI von über fünfundzwanzig.

Jedoch hat er dadurch kein Übergewicht. Der persönliche Körperbau und auch die genetische Veranlagung spielen bei der Beurteilung also mit hinein. Zusätzlich gilt bei Kindern ein anderes Bewertungssystem. Wenn du Auffälligkeiten bei deinem persönlichen Body-Mass-Index feststellst und dir unsicher bist, solltest du deinen Hausarzt zu Rate ziehen. Er wird durch genauere Tests aussagekräftigere Ergebnisse feststellen.«

»Danke«, bedankte ich mich für die Aufklärung.

»Egal wie unterschiedlich die Beweggründe für das Hineinrutschen in eine Essstörung sind, eines haben allerdings alle Betroffenen gemeinsam«, kehrte Anna zum Thema zurück. »Jeder von ihnen *braucht* die Magersucht.«

Ich öffnete meinen Mund, um zu widersprechen. Das sah ich nicht so. Welcher Mensch brauchte schon eine psychische Erkrankung?

Mit einer Handbewegung deutete mir die junge Frau, meinen Mund wieder zu schließen. Ich sollte mit meinem Protest warten. Sie wollte erst zu Ende reden.

»In dem Wort Magersucht befindet sich das Wort Sucht. Und hinter der Bezeichnung Sucht versteckt sich eine ganze Ladung anderer Wörter. Sucht steckt auch in Sehnsucht. Wer sich sehr nach etwas sehnt, entwickelt irgendwann eine Sucht danach. Wird eine Sehnsucht nicht gestillt, hat man das Gefühl, innerlich zu sterben. Man muss seine Begierde stillen – egal wie. Zusätzlich verbirgt sich hinter Sucht auch der Begriff suchen. Man sucht Aufmerksamkeit, man sucht Halt, man sucht eine Möglichkeit der Kontrolle, man sucht

Schutz, man sucht Ablenkung … das alles verspricht einem die Sucht.«

Davon hatte ich schon einmal gehört. Ihre Worte waren nichts Neues für mich und ja, sie ergaben Sinn. Aber trotzdem fehlte mir noch eine Verbindung zwischen den Informationen und dem Verständnis dafür. In meinem Kopf waren ihre Worte und meine Nachempfindung wie zwei Inseln, die zwar nebeneinander lagen, aber keine Verbindung zueinander hatten.

»Du hast vorhin erzählt, dass die Essstörung eine Berechtigung hätte. Vergisst du dabei, dass Magersucht tödlich enden kann? Wie kann man seinen Feind lieben?«

Sie lachte. »Dein letzter Satz bringt es auf den Punkt: *Wie kann man seinen Feind lieben?* Ganz einfach, indem er irgendwann einmal ein Freund war, der einem das Leben gerettet hat.«

Schon wieder eine Information, mit der ich nichts anfangen konnte.

»Komm mit«, befahl Anna und reichte mir ihre Hand.

Erneut wurden wir gemeinsam von einem dunklen Strudel eingehüllt. Der Boden unter unseren Füßen verschwand und wir reisten zu einem anderen Ort.

Der nächste Schauplatz war ein Schulhof. Wir standen etwas abseits unter einem Baum. Genervt verdrehte ich die Augen. Ich war eigentlich froh, dass meine Schulzeit vorbei war. Auf keinen Fall hätte ich diese Jahre noch einmal durchleben wollen.

Auf dem gepflasterten Platz vor dem Schulgebäude tummelten sich zahlreiche Schüler. Dem Aussehen nach gehörten die meisten der Mittelstufe an. Hinter uns, auf einem Bolzplatz, spielten einige Jungs Fußball.

Anna deutete auf eine kleine Gruppe Mädchen. Fünf Mädchen, alle ungefähr vierzehn, maximal fünfzehn Jahre alt, standen in einem Kreis. Wobei ... genauer betrachtet standen nur vier der Mädchen im Kreis – eines wurde ausgeschlossen. Sie stand etwas versetzt, in zweiter Reihe. Es fiel auf, dass sie sich in der Situation unwohl fühlte. Die anderen vier nahmen kaum Notiz von ihr.

Anna wies mich dazu an, mit ihr zusammen näher heranzutreten. Unsicher folgte ich ihr. Ich nahm an, dass unsere Anwesenheit nicht gut aufgenommen werden könnte. Uns kannte hier schließlich niemand.

»Es ist okay, sie sehen uns nicht«, stellte Anna klar. »Du kannst mir trauen. Ich bringe dich nicht in Gefahr.«

Wenig überzeugt nickte ich. Wir stellten uns in ihre Nähe, sodass wir sie beobachten und ihre Unterhaltung belauschen konnten. Akribisch belauerte ich ihre Reaktionen. Konnten sie mich wirklich nicht sehen? Ja, es musste stimmen. Sie nahmen keinerlei Notiz von Annas und meiner Anwesenheit. Ob ich das eher als gut oder als unheimlich empfand, konnte ich noch nicht einordnen. Es war auf jeden Fall seltsam, in die Privatsphäre anderer hineinzuschauen. Es rief in mir das Empfinden hervor, dass ich etwas Verbotenes tat.

Die Mädchen unterhielten sich über Mode. Sie diskutierten darüber, was sie bei der Party am Wochenende tragen wollten. Jede kam zu Wort, außer dem Mädchen in der zweiten Reihe. Unsicher spielte sie mit ihren Händen. Dem Aussehen, der Schminke und ihrem Kleidungsstil nach zu urteilen wirkte sie deutlich zurückhaltender als die anderen. Sie war ein typisches Mauerblümchen. Obwohl meine eigene Schulzeit bereits einige Jahrzehnte zurücklag, erkannte ich das sofort. Sie war die Person, die immer dabei war, an die sich aber nie jemand erinnerte; diejenige, die nicht auffiel und die man notfalls als Prellbock benutzte, wenn man sich abreagieren musste. Sie war still, schüchtern und zurückhaltend.

Zwei Mädchen besprachen miteinander, ob sie für den bevorstehenden Anlass eventuell Klamotten austauschen sollten, dann müssten sie nichts Neues kaufen. Die eine fragte die andere, ob sie ein rotes Kleid besäße, doch diese schüttelte den Kopf. Daraufhin atmete das schüchterne Mädchen durch und brachte ein, dass sie ein rotes Kleid im Schrank hätte.

Das Mädchen, das gefragt hatte, verzog ihr Gesicht zu einer Grimasse. »Da passe ich doch nicht rein. Schau dir mal meine Figur an und dann deine. Du trägst mindestens eine Kleidernummer größer als ich!«

Geknickt senkte das Mädchen den Kopf.

Anna hob ihre Hand und schnipste mit den Fingern. Das sorgte dafür, dass die Situation einfror. Mitten in ihren Bewegungen erstarten die beteiligten Personen.

»Das ist Simone.« Sie deutete auf das schüchterne Mädchen.

»Sie ist nicht zu dick!« Dieser Satz musste einfach aus mir heraus.

»Die Waage zeigt an, dass sie vier Kilo mehr als ihre Freundin wiegt«, klärte mich Anna auf.

»Ähh …«, ich wusste nicht, wie ich mein Unverständnis in Worte fassen sollte.

»Natürlich ist das nicht die Welt, sie ist nicht dick, sie hat kein Übergewicht, sie ist im oberen Bereich des Normalgewichtes. Allerdings ist sie trotzdem dicker als ihre Freundinnen.«

»Ja, und?«, widersprach ich erneut.

»Ein glücklicher, lebensfroher Mensch wird eher unwahrscheinlich an einer Essstörung oder anderen Suchterkrankung erkranken. Hätte sie ausreichend Selbstvertrauen oder andere Freundinnen, wäre es gar keine Frage, ob sie sich an den vier Kilo stören würde. Sie wären ihr egal. Jedoch haben wir jetzt diese spezielle Situation. Simone will dazugehören. Sie verspürt die Sehnsucht, anerkannt und wertgeschätzt zu werden.«

»Dann soll sie sich andere, richtige, Freundinnen suchen!« Meine Stimme klang wütend. Ich wusste, worauf Anna hinauswollte, aber ich wollte es nicht hören. Das erschien mir falsch.

Anna schüttelte den Kopf. »Selbstverständlich gibt es verschiedene Wege. Die meisten Wege führen Simone heil aus der Lage heraus. Zu Beginn einer Sucht gibt es zahlreiche Fluchtwege. Du kannst noch eine lange Weile aussteigen. Die Tentakeln, die die Betroffenen festhalten und immer tiefer in die Erkrankung hineinziehen, tauchen langsam und unscheinbar auf. Aktuell gibt es bei Simone nur die Sehnsucht nach Aufmerksamkeit. Simone sucht nach einem Weg, die Situation zu verändern.« Annas Stimme blieb ruhig und gefasst. Es wirkte, als würde die Sachlage sie emotional nicht berühren. Für sie war die Begebenheit etwas Sachliches. Es passierte. Es geschah immer wieder und sie wollte oder konnte sich darüber nicht mehr aufregen.

Erneut hob sie ihre Hand und schnipste. Diesmal zweimal. Unsere Umgebung veränderte sich schnell. Es wurde hell, dunkel, die Beteiligten rasten an uns vorbei. Es war, als hätte jemand die Vorspulen-Taste betätigt. Dann bremste der Film aus und wir erlebten die Lage wieder in normaler Geschwindigkeit.

Simone wirkte nicht mehr unscheinbar. Sie trug eine hautenge Jeans und ein knallpinkes Oberteil, das ihre schmale Taille betonte. Auf dem Schulhof drehten sich zahlreiche Jungs und auch Mädchen nach ihr um. Sie genoss die Aufmerksamkeit. Das sah ich ihr an. Sie stand im Mittelpunkt. Auch ihre Freundinnen integrierten sie jetzt problemlos in den Kreis. Sie unterhielten sich angeregt mit ihr.

»Sie hat einen Weg gefunden, um ihre Sehnsucht zu stillen. Ihr geht es gut«, erklärte Anna. »Ihre Welt ist wunderschön. Sie hat ein paar Kilogramm abgenommen und plötzlich ist alles wortwörtlich leichter.«

»Sie ist glücklich«, musste auch ich feststellen. »Und warum belässt sie es nicht bei den paar Kilogramm? Sie hat ihr Ziel erreicht.«

Anna schüttelte sanft ihren Kopf. »So einfach ist das nicht. Sie erlebt jetzt, in diesem Augenblick, das, was sie sich immer erträumt hat. Sie wird beachtet. Allerdings ist das kein dauerhafter Zustand.«

Sie hielt mit dem Schnipsen ihrer Finger die Situation an. »Hast du schon einmal einen völlig anderen Kleidungsstil ausprobiert? Deine Frisur gewechselt? Eine radikale Veränderung an dir vorgenommen?«

Erst wollte ich den Kopf schütteln, doch dann fiel mir ein, dass ich tatsächlich etwas an mir geändert hatte. Seitdem ich meinen alten Job bei einer größeren Firma gekündigt und in einen kleineren Betrieb gewechselt war, hatte ich mehr Zeit für die Familie. Ich war weniger gestresst und das wirkte sich auch positiv auf mein Umfeld aus. Also nickte ich.

»Und, wurdest du danach für die Veränderung gelobt? Beachtete man dich mehr?«

»Ja«, für diese Antwort musste ich nicht zögern.

»Wie lange?«, stellte sie die zweite Frage.

»Was wie lange?«

»Wie lange wurdest du gelobt, wie lange blieb die Veränderung im Gedächtnis, wie lange fandest du dadurch Beachtung?«

Ich seufzte. Ich ahnte, worauf sie hinauswollte.

»Zwei, vielleicht auch drei Wochen, danach flachte es von Tag zu Tag weiter ab.«

»Das ist schon lange«, stellte Anna fest. »Bei Simone ist es ähnlich. Aktuell ist sie etwas Besonderes. Doch wie sieht es in ein paar Wochen aus?«

Sie schnipste zweimal, um die Zeit schneller vergehen zu lassen. Dann ließ sie die Situation im normalen Tempo weiterlaufen.

Die Schülerin wirkte wieder traurig. Ihre Augen waren glanzlos und sie stand in der zweiten Reihe. Niemand bezog sie in die aktuelle Unterhaltung mit ein. Sie war erneut unscheinbar geworden.

Ich knirschte mit den Zähnen. »Entweder findet sie sich mit der Situation ab oder sie macht erneut etwas, was sie in den Mittelpunkt bringt und ihr Beachtung verschafft!«, begann ich zu verstehen.

»Genau«, bestätigte Anna. »Sich mit der Situation abzufinden kommt für sie allerdings nicht in Frage. Für sie ist das aktuelle Gefühl, nicht dazuzugehören, schlimmer als der Hunger, den sie während ihrer radikalen Diät verspürt hat. Sie wählt lieber den körperlichen Schmerz, die Gefahr, das Leiden, anstatt länger den jetzigen Zustand aushalten zu müssen. Sie braucht die Beachtung, sie will weiterhin Aufmerksamkeit bekommen. Die Gewichtsabnahme hat ihr schon einmal dabei geholfen, aus einem Niemand ein Jemand zu werden, also versucht sie es erneut.

Sie verliert immer mehr an Gewicht, doch sie wird dadurch nicht mehr zu dem Ruhm kommen, den sie nach ihrer ersten Gewichtsabnahme schon einmal hatte. Im Gegenteil, je mehr sie abnimmt, je kränker sie aussieht, desto weniger werden ihre Mitschüler etwas mit ihr zu tun haben wollen. Der Wunsch, abzunehmen, wird sie noch weiter aus der Gesellschaft ausschließen, als sie es zuvor jemals war. Ihre Gedanken werden sich verfestigen, sie wird Ängste entwickeln,

Wahnvorstellungen ... aber bis sie begreift, was mit ihr los ist, wird es schon zu spät sein. Sie wird erst verstehen, in welchem Loch sie festsitzt, wenn es zu spät ist, um dort wieder herauszukommen.«

»Kann man sie nicht wachrütteln, ihr sagen, wo sie gerade hineinschlittert?«

»Nein«, lehnte Anna ab. »Sie wird nicht zuhören und es abstreiten. Jemand, der selbst in der Lage feststeckt, sieht das Problem nicht. Er nimmt lediglich die Versprechungen wahr, die die Magersucht ihm macht.«

6. Wie eine beste Freundin

»Aber die Magersucht kann doch nicht reden«, widersprach ich.

»Oh doch, das kann sie«, klärte Anna mich auf. »Und wie sie reden kann! Sie ist wie eine Stimme, die einem auf Schritt und Tritt folgt. Sie sitzt im Gehirn, direkt in der Steuerzentrale. Man sieht sie nicht, aber sie ist da. Wenn man mit ihr eine Bindung eingeht, ist das wie ein Ehegelübde. Man schwört einander, sich für immer treu zu bleiben. Eine Scheidung ist unmöglich. Selbst wenn man sich später von ihr trennen will, wird man sie nicht mehr los. In einer schwierigen Zeit des Lebens wird sie vorsichtig anklopfen. Sie erkundigt sich dann, ob man Hilfe braucht. Sie ist hübsch, hat ein perfektes Aussehen und vor allem behauptet sie zu wissen, wie man sein Leben unter Kontrolle bekommt. Hört man ihr zu, verspricht sie, einem alles beizubringen, was sie weiß. Sie will einen retten, sie will, dass man hübsch wird, Ansehen erlangt, beliebt wird. Egal, was man sich herbeisehnt, sie behauptet, es einem zu geben. Jeden Zweifel, den man ihr gegenüber hat, vernichtet sie. Sie ist einfach perfekt.«

Mit in Falten gelegter Stirn betrachtete ich Anna. Wie sie ins Schwärmen kam! Es wirkte fast, als würde sie Werbung für die Magersucht machen. Beschönigte sie alles? Was war ihr Ziel?

»Wie erwähnt: Jemand, der glücklich und zufrieden mit seinem Leben ist, wird eher unwahrscheinlich an einer Essstörung erkranken. Die Person muss traurig sein, mit Problemen zu kämpfen haben oder unter Angst leiden. Sie muss sich nach etwas so sehr sehnen, dass ihr die Opfer, die sie dafür bringen muss, egal sind. Auch wenn der Sport oder eine Karriere als Model der Auslöser sind, muss der Leidensdruck so groß sein, dass sie alles für ihren Traum geben würde. Die Voraussetzung ist: Ändert sich die aktuelle Lage nicht, hat die Person das Gefühl kaputtzugehen. Das Leben ergibt keinen Sinn mehr und der Leidensdruck wird zu stark.

In eine Magersucht gerät man nicht, weil man ausprobieren will, wie es ist, dünn zu sein, sondern eine Essstörung kann nur entstehen, wenn der Mensch dazu bereit ist, schlimme Schmerzen und extremen Hunger in Kauf zu nehmen. Vergleichen kann man das ein wenig mit dem Durchhalten bei einem Marathon. Jemand, der nicht felsenfest davon überzeugt ist, den Lauf zu meistern, jemand, der eine Alternative, einen Grund zum Absagen für den Start sieht, wird nicht durchhalten. Man muss das Gefühl haben, es tun zu müssen, weil es keine anderen Optionen gibt.«

Ich nickte. Das war nachvollziehbar. Ich persönlich konnte mir nicht vorstellen, mein eigenes Hungergefühl zu ignorieren. Dazu gehörte Willenskraft.

»Die Magersucht verspricht nun, einen aus der unangenehmen Lage zu befreien.«

Streng schaute sie mich an. Ihr Blick fixierte mich.

»Wenn du in einer ausweglos erscheinenden Lage feststeckst und dir jemand die Hand reicht und behauptet, einen Ausweg zu wissen, würdest du die Hand annehmen oder würdest du sie wegschlagen?«

Bevor ich jedoch dazu kam, zu antworten, beantwortete sie die Frage selbst. »Du nimmst das Angebot im Normalfall an. Die ersten Erfahrungen, die du machst, sind schön. Du lernst die Berechenbarkeit der Magersucht kennen. Wenn du etwas isst, nimmst du zu, wenn nicht, nimmst du ab. Das Hungergefühl ist zunächst unangenehm, aber dann erfährst du, dass es dich stark macht. Andere Menschen essen, wenn sie Hunger haben, weil sie das Gefühl nicht aushalten wollen, doch du bist stark, bleibst hart und hältst es aus. Die Magersucht behauptet, dass dich das zu etwas Besonderem macht. Du bist besser als alle anderen in deinem Umfeld. Bestärkt wird dieser Gedanke durch die zahlreichen Komplimente, die dir entgegengebracht werden. ‚Wow, siehst du gut aus‘ und ‚Ich würde auch gerne abnehmen, aber ich halte das nie lange durch‘ sind nur zwei Sätze, die du immer wieder zu hören bekommst. Du fühlst dich gut und machst weiter. Allerdings kommt irgendwann der Tag, an dem die Komplimente aufhören. Du fragst dich, warum. Hast du in den letzten Wochen zu wenig abgenommen, fällt das verlorene Gewicht nicht mehr auf? Wenn du nachfragst, ob die neue Hose jetzt lockerer sitzt, kommt es nicht mehr zu Lob, sondern zu verhaltenen Reaktionen. Manche wollen dich sogar dazu überreden, endlich damit aufzuhören. Deine Antwort darauf lautet: ‚Nur noch ein Kilo, dann bin ich zufrieden.' Du ahnst noch nicht, dass das zu deinem Standardsatz werden wird ...«

Sie steigerte sich in ihre Erzählung hinein. Die Worte sprudelten nur so aus ihr heraus. Ich hörte ihr zu. Einerseits war ich fasziniert, andererseits schockiert. Man hörte zwar immer, dass es verdammt leicht sei, in eine Sucht hineinzuschlittern, doch dass es so leicht war, fand ich erschreckend.

»Zusätzlich redet einem die Essstörung ein, dass die anderen lediglich neidisch wären«, fuhr die junge Frau fort. »Sie sind neidisch, dass man es schafft, abzunehmen, und sie nicht, deshalb versuchen sie, einen dazu zu überreden, mit dem Abnehmen aufzuhören. Die Sorge, die sich hinter den Warnungen versteckt, bemerkt man entweder gar nicht, man ignoriert sie oder man findet es sogar toll, dass sich endlich jemand um einen sorgt ... Im Laufe der Zeit wird man zunehmend häufiger mit dem Wort ‚Magersucht' konfrontiert. Aus Neugierde, keinesfalls aus der Angst heraus, die Leute könnten Recht haben, beginnt man, sich über die Diagnose zu informieren. Man stellt fest, dass einige Diagnosekriterien passen, aber denkt nicht weiter darüber nach. Denn bei den Nebenwirkungen stehen abscheuliche Sachen wie Unfruchtbarkeit, Synkopen, Herzrhythmusstörungen, Tod. Nein, so etwas hat man nicht. So schlimm ist es nicht. Außerdem sehen die Leute auf den Beispielbildern viel, viel dünner aus. Man hat keine Magersucht.«

Ich schluckte. Sie zog mich in ihren Bann.

»Die Phase mit den Ausreden beginnt. Man wird blind für die Realität. Man redet sich alles schön, oder ist es die Magersucht, die alles schönredet? Die Grenzen zwischen Krankheit und dem gesunden Ich verschwimmt. Man weiß nicht mehr, was die eigenen Gedanken sind und was die Stimme der Magersucht ist. Man weiß nur eines: Der eigene Körper ist zu dick. Man muss noch ein Kilo abnehmen, um sich wohler zu fühlen, man muss noch ein Kilo abnehmen, um sich stärker zu fühlen, ein Kilo, um mit allem aufhören zu können. Sobald man auch nur ein paar hundert Gramm zunimmt, fühlt man sich schlecht. Man hat versagt, man verliert die Kontrolle.

In Gedanken malt man sich aus, wie man, wenn man sich selbst nicht schnellstmöglich wieder unter Kontrolle bekommt, innerhalb einer Woche ganze zehn Kilo zunehmen wird. Man wird fett werden. Alle werden einem ansehen, dass man ein schlechter Mensch ist, dass man keine Stärke besitzt. Sie werden mit dem Finger auf einen zeigen und einen auslachen.«

Ihr Blick wirkte starr und ihre Mimik steif.

»Zurück ist keine Option. Man geht weiter. Irgendwann nimmt man allerdings nicht mehr an Gewicht ab. Man muss sich etwas Neues überlegen. Die Stimme der Magersucht schlägt vor, das kohlenhydratreiche Mittagessen durch Gemüse zu ersetzen. Wenn man abends Sport macht, darf man auch Obst dazu essen. Denn, womit man sich bisher nie beschäftigt hat, Obst enthält Fruchtzucker. Der macht genauso dick wie normaler Zucker. Gemüse ist kalorienärmer und deshalb – laut der Stimme der Magersucht – besser geeignet.

Die Menschen aus dem Umfeld finden die Essensumstellung seltsam, aber sie verstehen die Aussage, dass man lediglich auf eine gesunde Ernährung achtet. Diese Ausrede funktioniert in den nächsten Wochen und Monaten gut. Immer mehr streicht man dick machende Lebensmittel von seiner Einkaufsliste. Das Ziel ist es immer wieder, noch weniger unnötige Kalorien in sich hineinzuschaufeln.

Nimmt man auch davon nicht mehr ab, lässt man Mahlzeiten komplett ausfallen. Damit das nicht auffällt, braucht man neue Ausreden. ,Ich habe schon woanders gegessen', ,Ich esse nachher zuhause' ... es gibt zahlreiche Möglichkeiten. Man muss nur Phantasie haben.«

Ich nickte ich ihr zu. Anhand ihres Gesichtsausdrucks erkannte ich, dass sie gedanklich schon zwei Sprünge weiter war. Es gab so vieles, was sie mir erzählen wollte.

»Apropos Phantasie. Die Vorstellungskraft einer essgestörten Person ist gigantisch. Es werden Ängste entwickelt. Plötzlich hast du Angst, dich einzucremen, weil die Hautlotion Fett enthält, das durch die Haut in deine Blutbahnen kommen könnte. Das Vertrauen in den eigenen Körper sinkt. Du wirst dein eigener Feind. Du traust dir selbst nicht mehr. Bei jeder Gelegenheit probiert der Körper doch, dich übers Ohr zu hauen, oder nicht? Du bekommst zum Beispiel ein

Stück Kuchen angeboten. Die Frage, ob du es annimmst, stellt sich gar nicht. Natürlich lehnst du ab! Das sind unnötige Kalorien und ekliges Fett. Doch bevor du deinen Mund aufmachst, um höflich ‚Nein danke' zu sagen, hat deine Hand bereits zugegriffen. Du kannst gerade noch verhindern, dass du in das saftige Stück Kuchen hineinbeißt. Du bist stocksauer. Dein Körper widersetzt sich dir.

Oder ein anderes Beispiel: Du stürzt beim Joggen, weil deine Beine nachgeben. An deiner Ernährungsumstellung kann das natürlich nicht liegen. Davon bist du überzeugt. Es muss andere Gründe haben. Die Magersucht verrät dir, dass dein Körper schwach ist. Er stellt dich auf die Probe. Deine Aufgabe ist es, im Geiste stark zu sein und ihn ununterbrochen zurechtzuweisen. Das tust du, und um ihm Vernunft einzutrichtern, machst du als Selbstbestrafung einhundert Sit-ups. Die Fangarme der Essstörung haben dich immer mehr im Griff.«

Mein Gesicht verlor an Farbe. Annas Schilderungen nahmen immer weiter an Fahrt auf. Für sie war das, was sie erzählte, etwas Bekanntes und konnte ihr keinen Schrecken einjagen, doch für mich fühlten sich ihre Worte an wie eine Lawine. Ich hatte das Gefühl, an den Informationen zu ersticken, doch gleichzeitig wagte ich es nicht, sie zu unterbrechen, weil ich die Fortsetzung hören wollte.

»In der nächsten Stufe kommt eine kleine Einsicht. Man will gewiss noch nicht sein Leben ändern –

schließlich ist man nicht so krank, dass es krankhaft wäre. Aber man beginnt, sich mit der Möglichkeit zu identifizieren, dass man Magersucht haben könnte. Man informiert sich weiter über Essstörungen, liest Bücher darüber, schaut Dokumentationen. Das hat zwei Hintergründe: Erstens kann man sich dort Tipps holen, um noch schlanker zu werden, und zweitens, was deutlich wichtiger ist, man hat das Gefühl, dass die Protagonisten einen verstehen. Da ist jemand, der dasselbe durchlebt wie man selbst, da ist jemand, der die gleichen verrückten Gedanken, die gleichen Ange-wohnheiten hat. Denn ja, auch als Essgestörter begreift man hin und wieder, dass das eigene Leben ganz und gar nicht nach Plan läuft. Man fragt sich selbst, warum man etwas tut und findet keine Antwort darauf. Man versucht, etwas zu unterlassen und stellt fest, dass man es nicht lassen kann …«

Sie machte eine Pause, um durchzuatmen.

»Es ist paradox. Phasenweise probiert man, gegen die Essstörung anzukämpfen. Man hat lichte Mo-mente. Diese Augenblicke sind das Qualvollste an der Erkrankung. Solange man in seinem Tunnel feststeckt, ausschließlich für die Magersucht lebt und nicht mit-bekommt, was um einen herum geschieht, ist alles erträglich. Man hat eine Art Schutzschild, das alles Düstere von einem fernhält. Das Schlimmste, was in diesen Phasen passieren kann, ist eine unerklärliche Gewichtszunahme. Doch in den lichten Momenten bricht der Tunnel in sich zusammen. Man kommt aus sich heraus und sieht die Situation von außen. Dadurch erhält man einen Überblick über die

Gesamtsituation. Langsam wird einem bewusst, dass man ein gewaltiges Problem hat. Man realisiert die Machtlosigkeit seiner Freunde und Angehörigen … Man spürt den Schmerz, den man auslöst und man versteht, wie gestört die eigene Gedankenwelt ist. Man will ausbrechen.«

In ihren Augen sah ich etwas aufblitzen. Etwas Trauriges, einen Hauch von Hilflosigkeit.

»Man nimmt allen Mut und alle verfügbaren Energien zusammen, um die Essstörung loszulassen. Bildlich gesprochen, stellt man sich vor die Magersucht und möchte ihr eine Ohrfeige verpassen und die Freundschaft beenden. Doch diese winkt mit dem Ehevertrag: ‚Wie in guten, so in schlechten Zeiten – bis dass der Tod uns scheidet.' Sie lacht einem dreckig ins Gesicht.

Man versucht es trotzdem. Irgendwo muss es doch einen Anwalt geben, der den Vertrag auflösen kann. Aber die Magersucht hält einen fest. Ehe man fliehen kann, hat sie schon wieder ihre Ketten um einen gelegt. Mit Gewalt zwingt sie einen erneut zu Boden … Manche sagen, jeder Rückschlag mache einen stärker. Bei einer Essstörung ist es allerdings anders. Jeder Rückschlag treibt einen tiefer in die Abhängigkeit zu der Erkrankung. Die Magersucht ist irgendwann so stark, dass man den Glauben an sich verliert. Man resigniert. Es wird alles egal. Man möchte nicht mehr kämpfen. Man gibt auf.

Das ist die letzte Phase der Magersucht. Es erscheint einem leichter, sich zu Tode zu hungern, als sich zurück ins Leben zu kämpfen …«

7. Mein persönlicher Gott

Ich war sprachlos. Dieser schonungslose, offene Bericht über den (möglichen) Verlauf der Magersucht berührte mich. Der Gedanke, dass es meiner Nichte genauso erging, erzeugte bei mir Angst und Unbehagen.

»Danke für diesen Einblick«, bedankte ich mich bei der jungen Frau, die bescheiden lächelte und deren Wangen sich leicht rot gefärbt hatten.

»Das waren eine Menge Informationen, die mir einen groben Überblick verschafft haben.«

Ich hätte gerne noch weiter gesprochen. Es gab zahlreiche Fragen, die ich noch gern beantwortet bekommen hätte – doch das Klingeln eines Weckers unterbrach mich.

Sämtliche Farbe wich aus Annas Gesicht, als sie die Uhr, von der das Klingeln ausging, aus ihrer Hosentasche zog.

»Was ist das?«, fragte ich.

»Ähm …«, sie stotterte. »Es wird Zeit, dass wir in den Raum der Wahrheit zurückkehren.«

Sie hatte kaum zu Ende gesprochen, da griff sie auch schon nach meiner Hand und wir wurden in den düsteren Strudel gezogen.

Zurück im Raum der Wahrheit wirkte Anna weiterhin nervös, fast schon ängstlich.

»Was ist los?«, fragte ich erneut. Doch auch diesmal bekam ich keine eindeutige Antwort.

»Es ist alles in Ordnung«, beruhigte sie mich.

»Nein, das glaube ich nicht«, widersprach ich. »Du siehst gar nicht gut aus.«

Abwehrend winkte sie mit der Hand. »Ich muss mich nur wiegen …« Ihre Stimme war deutlich leiser als zuvor. »Entschuldigung, ich kann nicht anders.«

Verwundert zog ich die Augenbrauen nach oben. Wo lag das Problem?

»Okay. Dafür musst du dich nicht entschuldigen«, sagte ich.

Angespannt biss sich die junge Frau auf die Unterlippe. Ich ahnte, dass das Problem beziehungsweise die Schwierigkeit nicht bei der Waage lag, sondern dass sich irgendetwas Kompliziertes in ihrem Kopf abspielte. Sie hatte förmlich Panik vor der Waage.

»Warum tust du es, wenn du es nicht willst?«, hakte ich deshalb nach.

Ich sah, wie ihre Hände zitterten. »Weil ich es muss. Meine jetzigen Reaktionen sind harmlos im Vergleich zu den Reaktionen, die ich zeige, wenn ich mich nicht wiege.«

Ungläubig wanderten meine Augenbrauen noch ein paar Millimeter höher. »Noch extremer Reaktionen? Geht das überhaupt?«

»Ja, das geht«, bestätigte sie. Danach atmete sie tief durch, schloss ihre Augen und stieg auf die Waage. Der Balken mit den Gewichten balancierte sich aus und fand ins Gleichgewicht. Sie öffnete ihre Augen, schaute auf das Ergebnis und lächelte. Sichtlich erleichtert stieg sie von der Waage herab.

»Das war seltsam«, kommentierte ich das Schauspiel.

»Jetzt geht es mir wieder gut, jetzt kann ich wieder klar denken«, fasste Anna das Geschehen in ihren eigenen Worten zusammen.

Ich verstand weiterhin nichts. Die Situation war mir suspekt.

»Es muss befremdlich auf dich wirken«, stellte nun auch sie fest.

Ich nickte stumm.

»Ich erkläre es dir: Die Waage ist für mich mein persönlicher Lebensmittelpunkt. Gesunde Menschen wiegen sich in unregelmäßigen Abständen. Sie wissen, dass das Körpergewicht regelmäßigen Schwankungen unterliegt und stören sich nicht daran, wenn sie an einem Tag zweihundert Gramm mehr wiegen als am Vortag. Für mich bedeutet das allerdings eine Katastrophe. Zu Beginn habe ich mich einmal täglich gewogen. Jeden Morgen nach dem Aufstehen. Das war ausreichend. Irgendwann habe ich jedoch beschlossen, mich auch noch abends vor dem Zubettgehen zu wiegen. Falls das Abendgewicht zu hoch wäre, könnte ich so vor dem Einschlafen noch etwas Sport treiben, um am kommenden Morgen eine Gewichtszunahme zu vermeiden.«

Fragend schaute sie mich an. »Kannst du das verstehen?«

Ich nickte. »Ja, das klingt nachvollziehbar. Wobei es trotz allem essgestört ist …«

»Darum geht es nicht. Blende den Aspekt der Krankheit jetzt mal so lange wie möglich aus. Anders kannst du es nicht nachvollziehen. Ich wusste zu dem Zeitpunkt ebenso wenig, wohin mich das Wiegen bringen würde. Wenn du verstehen möchtest, wie oder weshalb sich eine Essstörung entwickelt, musst du so denken, wie ich es getan habe. Das bedeutet, du musst dich ‚doof‘ stellen. Wenn du immer, bei jeder Überlegung, im Hinterkopf schon das Ergebnis hast, also den Punkt, an den mich das Verhalten später führte, wirst du ständig überlegen, warum ich nicht schon vorher gehandelt habe. Das ist ein Fehler. Dadurch drückst du deine Gedanken unbewusst in Richtung Vorwürfe. Du suchst nach Punkten, in denen ich oder jemand anderes hätte eingreifen müssen. Konzentrierst du dich jedoch auf die aktuellen Schilderungen und blendest das, was noch kommt, aus, dann verstehst du, dass man es ohne Vorerfahrung kaum hätte erkennen, geschweige denn verhindern können.

Ein Ereignis greift in das andere über, die Steigerungen beginnen schleichend, zu Beginn kann ich jede Verhaltensauffälligkeit erklären. Es ist wie ein gigantisches Uhrwerk. Ein Zahnrad greift in das andere. Und wenn sich alle drehen, kann man nicht einfach aufhören. Das Uhrwerk dreht sich weiter. Selbst wenn man eines der Zahnräder stoppt, wird es meistens durch die anderen wieder angeschoben.

Und so ist es auch mit der Magersucht. Sobald sich das Uhrwerk dreht, dreht es sich. Selbst wenn man keine Gründe mehr für seine Aktionen findet, macht man weiter, weil man nicht mehr stoppen kann.

So kam es, dass ich mir überlegte, dass ich mich auch mittags in der Mittagspause wiegen könnte. Natürlich wog ich morgens am wenigsten. Mittags hatte ich schon etwas gegessen und getrunken. Trinke ich zum Beispiel einen Liter Mineralwasser, habe ich ein Kilogramm mehr auf der Waage. Das ist absolut logisch. Das bedeutet jedoch nicht, dass ich deshalb dauerhaft ein zusätzliches Kilogramm Fettzellen mit mir herumtrage. Schließlich handelt es sich um Flüssigkeit, die wieder ausgeschieden wird. Eigentlich. Allerdings funktionierte die Verbindung zwischen Wissen, Verstehen und Umsetzen bei mir nicht mehr. Je mehr Gewicht ich verlor, desto unlogischer und absurder schienen meine Gedanken zu werden. Ich glaubte tatsächlich, dass allein das Trinken von Wasser mich dick machte. Schließlich konnte ich es auf der Waage erkennen! Außerdem kam ich zu der Überzeugung, dass Ernährungsberater und Mediziner gewaltige Lügner sein mussten. Der BMI konnte gar nicht funktionieren. Bei normalen Menschen waren die Zahlen vielleicht noch aussagekräftig, aber ich war nicht normal. Ich nahm schließlich schon vom Wassertrinken zu! Laut BMI sollte ich schlank sein, doch wenn ich in den Spiegel schaute, sah ich immer noch überall Fettpolster.

Dass ich eine Körperschemastörung entwickelt haben könnte, auf die Idee kam ich nicht. Das Problem lag nämlich nicht an mir, sondern an den doofen Medizinern, die ein Beurteilungssystem des

Körpergewichtes entworfen hatten, das schwachsinnig war und nicht funktionierte. Ja, lieber stellte ich die Wissenschaft in Frage, anstatt an mir und meinen Empfindungen zu zweifeln.

Daraus, mich dreimal tägich zu wiegen, wurden fünf Male, sechs Male, zehn Male … und an manchen Tagen wog ich mich fast stündlich. Zusätzlich vertraute ich meiner Waage nicht mehr. Um ein eindeutigeres Ergebnis zu erlangen, kaufte ich mir eine zweite Waage. Sicher war sicher. Es konnte ja auch passieren, dass eine der beiden Waagen plötzlich defekt wäre, oder noch schlimmer, ein falsches Gewicht anzeigte.«

»Das ist krank«, warf ich ein.

»Krank für einen Gesunden, normal für einen Essgestörten«, korrigierte sie mich. »Ich fand meine Handlungen nicht abwegig. Für mich war das gut durchdacht.«

»Was die Waage anzeigt, sind Zahlen, stinknormale Zahlen …«, begann ich einen Satz.

»Aber diese Zahlen bestimmten, oder bestimmen zum Teil auch heute noch, mein Leben«, führte sie den Satz zu Ende. »Du hast Recht. Es sind Zahlen, einfache, normale Zahlen – die für mich allerdings eine unvorstellbare Bedeutung entwickelten. Für mich entscheiden die Zahlen, ob ich glücklich oder traurig bin, ob ich lache oder weine, ob ich mich hasse oder liebe, ob es ein guter oder ein schlechter Tag wird.«

»Du machst davon dein gesamtes Leben abhängig?«, stellte ich ungläubig fest.

Betroffen nickte sie.

»Du vergötterst die Zahlen, die in Wahrheit nichts bedeuten.«

»Ja«, gab sie zu. »Das bringt es gut auf den Punkt: Die Waage ist wie mein persönlicher Gott. Ich bete sie an. Ich glaube an sie, ich vertraue ihr – obwohl sie mir wehtut. Jede Gewichtsschwankung sehe ich als Prüfung an.«

Sie legte ihren Kopf leicht schief. »Und weißt du, was das Absurde ist? Ich kann nicht gewinnen. Nehme ich zu, ist der Tag definitiv gelaufen. Da gibt es keinen Interpretationsspielraum. Ich hasse mich, ich verachte meinen Körper, ich verbiete mir, Essen auch nur anzuschauen. Stagniert mein Gewicht, nicke ich kurz zufrieden und hasse mich erst ein paar Sekunden später wieder. Nehme ich ab, lächele ich kurz, bevor ich mich selbst dazu ermahne, mich nicht zu sehr zu freuen. Eine Abnahme bedeutet, dass ich ausreichend gehungert und genügend Sport getrieben haben. Mehr nicht. Es ist kein Freifahrtschein, kein Antrag auf Urlaub, keine Genehmigung, dass ich mir heute eine Pause erlauben darf. Im Gegenteil: Es zeigt, dass ich heute noch härter und noch intensiver auf mich achten muss, um für morgen eine erneute Abnahme zu erreichen.«

8. (Glücks-)Spiel des Lebens

»Du sagst, du kannst nicht gewinnen. Was willst du denn gewinnen?«, kam ich auf den von ihr formulierten Satz zurück.

Unschlüssig zuckte sie mit den Achseln. »Das weiß ich nicht.«

»Dir ist aber klar, dass irgendwann mit der Gewichtsabnahme Schluss ist, oder? Also du weißt, dass ein Mensch verhungern kann?« Ich hörte mich so an, als würde ich einem kleinen Kind erklären, dass es gefährlich war, zu hoch auf Bäume zu klettern – und genauso wie ein Kind schaute mich Anna auch an.

»Okay, du weißt es nicht«, stellte ich fest. »Du nimmst an, du seist unsterblich.«

»So würde ich das nicht bezeichnen«, verteidigte sich die junge Frau.

»Wie würdest du es dann beschreiben?«

Sie fasste nach meiner Hand und wir machten uns auf die Reise zu einem anderen Schauplatz. Als sich das Dunkel um uns herum lichtete, befanden wir uns in einer Spielothek.

»Aha«, stellte ich fest. »Du gehst nicht davon aus, dass du unsterblich bist, aber glaubst daran, die Spielautomaten besiegen zu können?« In meiner Stimme hallte Ironie mit.

»Der Automat ist das Leben«, ignorierte Anna meine Provokation. »Er ist bunt, macht tolle Geräusche … er ist aufregend und interessant. Je bunter und schneller die Spiele sind, desto reizvoller wirken sie. Gesunde Menschen entscheiden sich für sichere Spiele, bei denen es genügsam zugeht, bei denen man nicht viel verlieren kann. Zum Beispiel für ‚Mensch ärgere dich nicht‘ oder Memory. Oder sie puzzeln.

Ich jedoch kann mit dieser Normalität nichts anfangen. Es langweilt mich, es sind mir zu wenig Reize. Durch die Magersucht bin ich praktisch in eine Spielothek gekommen. Wie ein kleines Kind, das zum ersten Mal Fotos von Las Vegas sieht, war ich begeistert von den grellen Farben, von den vielen Geräuschen und der Leuchtreklame. Es hat mich fasziniert. Die Magersucht hat mir angeboten, das langweilige Spiel sein zu lassen und stattdessen einen Automaten auszuprobieren. Neugierig habe ich angefangen zu spielen. Dass es so etwas wie Spielsucht gibt, wusste ich nicht. Genausowenig konnte ich mir vorstellen, wie schnell und einfach man dort hineinrutscht. Zuerst waren meine Einsätze gering. Ich wollte nicht alles verlieren. Meiner Vernunft gelang es noch, mich zu zügeln. Doch nach und nach wurde ich mutiger. Ich erhöhte die Einsätze. Das Risiko hielt mich wach, es zeigte mir, dass ich noch lebte. Ich genoss es, wie das Adrenalin durch meine Adern schoss.«

Sie seufzte.

»Wer logisch denkt, weiß, dass es ziemlich unwahrscheinlich ist, einen Spielautomaten zu besiegen. Wer logisch denkt, sieht die Chancen realistisch. Wer sich allerdings hinsetzt und spielt, denkt anders. Der- oder diejenige sieht nicht die realistischen Chancen, sondern den möglichen Gewinn. Irgendwann schüttet der Automat seinen Inhalt aus. Das ist gewiss. Einer gewinnt immer, und warum sollte man nicht selbst derjenige sein? Wer das Spiel nicht wagt, wird nie gewinnen.«

Ich sah, wie sie schluckte.

»Ich dachte, dass ich diejenige wäre, die den Jackpot abräumen würde. Ich wollte es so sehr, dass ich meine Niederlagen völlig ausblendete. Nach und nach verlor ich immer mehr. Je höher meine Einsätze wurden, desto größer war der Verlust.

Das Einzige, woran ich dachte, waren allerdings die wenigen Gewinne, die ich zwischendurch abstaubte. Zehnmal verlor ich zehn Euro, beim elften Mal gewann ich fünfzig Euro. Was blieb mir im Gedächtnis? Ich habe zehn Euro eingesetzt und fünfzig Euro gewonnen! Den vorherigen Verlust, der durch den einen Gewinn selbstverständlich nicht ausgeglichen werden konnte, blendete ich aus ... Um weiterhin denselben Nervenkitzel aufrechtzuerhalten, musste ich meine Einsätze steigern. Ein Drogenjunkie muss schließlich auch konstant die Dosis erhöhen, um denselben Kick zu erleben. So gelangte ich irgendwann an dem Punkt an, an dem ich mein Leben aufs Spiel setzte. Ich weiß, dass ich nicht unsterblich bin, ich war mir der Gefahr durchaus bewusst, doch es reizte mich trotzdem weiter.

Ich war gefangen in meinem Leben, das ich mit einem Spiel verglich. Ich wusste, dass ich gewinnen oder verlieren konnte. Ich wusste, dass, falls ich verlor, wortwörtlich *Game over* war. Aber das interessierte mich nicht. Ich zockte weiter. Wenn mir Ärzte sagten, unter fünfundvierzig Kilo würde ich in einen lebensgefährlichen Bereich rutschen, wollte ich unter fünfundvierzig Kilo wiegen. Wenn es hieß, vierzig Kilo wären definitiv tödlich, wollte ich auch diese Grenze unterbieten.«

»Das ist lebensmüde«, diagnostizierte ich das Problem. »Du weißt, dass du dich umbringen könntest, und tust es trotzdem.«

9. Müde vom Leben

»Auch dabei kann ich dir nicht widersprechen«, bestätigte Anna. »Ab einem gewissen Punkt war ich definitiv lebensmüde. Das Leben kostete mich mehr Kraft, als mir zur Verfügung stand. Das Untergewicht zehrte an meinen Energiereserven, der tägliche Gedanke an Essen ließ mich verrückt werden, die Probleme wurden immer schwerer, der Kampf immer härter. Das Leben machte mich wirklich müde. Gleichgültig, wie lange ich schlief, ich wurde niemals wach oder fühlte mich ausgeruht.«

Ich atmete hörbar aus. »Ja, diese müden Phasen kenne ich.«

Sie schüttelte den Kopf. »Nein, das kennst du nicht. Es ist nicht einfach nur Müdigkeit von zu wenig Schlaf oder zu viel Arbeit. Es ist nicht einfach nur Traurigkeit, weil man die Lieblingsserie verpasst oder vielleicht auch einen begehrten Job nicht bekommen hat. Es ist viel mehr. Du fühlst dich leer. Diese innere Leere ist gigantisch. Du hast keine Ahnung, wo sie anfängt, geschweige denn, wo sie endet. Du trägst eine Last auf deinem Rücken, die bei jedem Schritt schwerer wird. Schaust du dich jedoch um, siehst du gar keinen Ballast. Deine eigene Wahrnehmung täuscht dich. Du hast das Gefühl, durchzudrehen.

Du denkst, deine eigenen Füße bestehen aus Blei, doch schaust du zu Boden, ist auch dort alles wie immer. Kein Blei zu sehen. Du glaubst Dinge zu sehen oder fühlen, die gar nicht da sind. Du fragst dich, was falsch ist: deine eigene Wahrnehmung oder das, was deine Augen sehen? Die Erdanziehungskraft verdoppelt sich, oder ist sie sogar drei Mal so stark? Das Aufstehen fällt dir von Tag zu Tag schwerer. Es ist nicht so, dass du nicht willst, sondern du kannst es schlichtweg nicht. Es ist, als wärst du mit einem Bungeeseil an deinem Bett festgebunden. Mit Mühe gelingt es dir, ein paar Schritte zu gehen, doch wenn die Spannung auf dem Seil zu groß wird, zieht es dich wieder zurück.«

»Also steckt viel mehr hinter dem Wort lebensmüde, als man zuerst denkt?«, stellte ich fest. »Das ist ganz schön kompliziert.«

Bestätigend hob und senkte Anna ihren Kopf. »Ich überlege, wie ich es vielleicht etwas einfacher ausdrücken kann.« Eine kurze Schweigepause. »Okay, ich habe eine Idee. Kennst du Völkerball?«

Genervt verdrehte ich die Augen. »Bitte nicht, das Spiel habe ich in der Schule gehasst.«

Zufrieden lächelte Anna. »Das ist gut, dann kannst du dich besser hineinfühlen. Stell dir vor, es ist Sportunterricht. Du hast null Bock auf Völkerball, du hasst das Spiel. Zu gerne würdest du unauffällig in der Umkleidekabine verschwinden und dich drücken, aber der Lehrer – das Leben – lässt dich nicht gehen. Du hast keine Chance zu entkommen. Du betrittst das

Spielfeld – deinen Alltag. Die gegnerische Mannschaft symbolisiert deine Ängste, Sorgen und Probleme. Sie wollen dich mit dem Ball – mit den Problemen – abwerfen. An diesem Punkt ändern wir ein wenig die Regeln. Normalerweise müssen die Spieler, die im Feld abgeworfen werden, an den Spielfeldrand des gegnerischen Feldes. Sie sind aus dem Spiel ausgeschieden. Bei meinem Vergleich bedeutet das allerdings nichts Negatives. Wird ein Spieler getroffen, aber fängt den Ball – das Problem –, passiert nichts. Er hat es behoben, bevor es überhaupt zum Problem werden konnte. Wird er vom Ball getroffen, ohne ihn zu fangen – wird er also von einem Schicksalsschlag aus der Bahn geworfen, von einer Angst eingenommen oder von einer Sorge belastet – bekommt er ein ‚Time-out': eine Chance, sich abseits vom Spielfeld zu erholen.«

Ich grinste verschmitzt. »Ja, das kenne ich. Ich fand es immer beruhigend, abgeworfen zu werden. Am Spielfeldrand fühlte ich mich deutlich wohler als im Spielfeld. Das war für mich auch ein Time-out.«

»Die anderen Spieler haben eine Chance, sich aus dem Alltag zurückzuziehen und sich um ihre Probleme zu kümmern«, sprach sie unbeirrt weiter. »Du wirst ebenfalls getroffen. Wie die anderen willst du dich zurückziehen und dich erholen, bevor du wieder zum Alltag zurückkehrst. Doch du schaffst es nicht, das Spielfeld zu verlassen. Dort, wo für andere eine leicht zu überschreitende Linie ist, befindet sich für dich eine unüberwindliche Mauer. Du willst gehen, aber es geht nicht.«

»Das ist doof und unfair«, stellte ich fest.

»Genau«, bestätigte Anna. »Genau das ist es, aber es ist nicht zu ändern. Du stehst im Spielfeld. Jeder Treffer schwächt dich. Und worauf zielen die gegnerischen Werfer? Wen möchte man zuerst ausschalten?«

»Den, der am langsamsten wegrennt und am schlechtesten fangen kann ...«, antwortete ich. Darüber brauchte ich nicht lange nachzudenken.

Zustimmend nickte sie. »Also in dem Fall du. Die gesamte gegnerische Mannschaft, das Schicksal, Gott und das Pech persönlich scheinen sich gegen dich zu verschwören. Die Abstände, in denen du getroffen wirst, werden konstant kürzer. Die Stellen, an denen die Bälle aufprallen, schmerzen immer mehr.«

Ich atmete hörbar aus. Das hörte sich anstrengend und frustrierend an.

»Du versuchst zu kämpfen, durchzuhalten, doch nach und nach schwindet deine Leistungsfähigkeit. Die Konzentration lässt nach, deine Muskeln können kaum noch Kraft aufbringen. Von der Tribüne rufen dir Zuschauer zu, dass du durchhalten sollst. Doch sie haben gut reden. In der einen Hand halten sie ein Getränk, in der anderen Hand eine Portion Pommes. Du hast nicht einmal eine Flasche Wasser zur Verfügung.«

»Das kann man gar nicht dauerhaft durchhalten«, teilte ich meine Meinung mit.

»Na ja, der eigene Körper ist belastbarer, als man im ersten Moment annimmt. Du kannst vieles aushalten, du kannst dich durch die härtesten Phasen hindurchkämpfen, aber natürlich ziehen diese Kämpfe nicht spurlos an dir vorbei. Es kostet deutlich Energie, du wirst müde, du wirst gereizter, verwundbarer, du schaffst es nicht mehr, dich zu erholen. Wie bei einer schwachen Batterie verlierst du zunehmend an Ladung. Ohne Ladeerhaltung, in dem Fall Ruhephasen, brechen die restlichen Energiereserven nach einer gewissen Weile zusammen. Du kannst anstrengende Perioden durchhalten, du kannst sie länger durchhalten, als du vor Beginn geglaubt hättest, doch irgendwann ist Schluss. Jemand, der täglich mehr leistet, als er eigentlich kann, wird müde vom Leben, müde vom Kämpfen, müde vom Durchhalten.

Diese Lebensmüdigkeit ist am Anfang nur unangenehm, sie bremst dich aus, aber je länger du müde bist, desto gefährlicher wird es. So, wie dauerhafter Schlafentzug tödlich ist, ist auch dauerhafte Lebensmüdigkeit irgendwann tödlich. Um dich wachzuhalten, kannst du Kaffee trinken, dir einen Adrenalinstoß durch riskante Aktionen, durch eine Gratwanderung zwischen Leben und Tod verschaffen, doch das wirkt nicht dauerhaft. Das Koffein und das Adrenalin verlieren an Wirkung. Du brauchst immer mehr davon, um dieselbe Wirkung zu erhalten.«

»Ich verstehe. Man muss schlafen, um sich zu erholen. Alles andere verschiebt lediglich die Probleme beziehungsweise verlagert die Symptome«, entgegnete ich.

»Jain. Bei dem Vergleich wäre Schlafen mit Aufgeben gleichzusetzen«, korrigierte Anna. »Einzuschlafen würde bedeuten, dass man aufhört zu kämpfen. Das wäre nicht gut. Der richtige Weg wäre es, einen Weg von dem Feld herunter zu finden und sich am Spielfeldrand eine Pause zu gönnen. Während dieser Auszeit kann man sich mit seinen Problemen, Ängsten und Sorgen auseinandersetzen.«

Ich öffnete den Mund, um etwas zu sagen, doch Anna war schneller. »Ja, ich weiß, dort ist die hohe Mauer, die man nicht überwinden kann. Normalerweise sage ich nie: ‚Aber die anderen schaffen es auch, das Spielfeld zu verlassen, also muss es für dich ebenfalls einen Weg geben.‘ Ich finde es eigentlich kontraproduktiv, jemandem zu sagen: ‚Schau die anderen an, für die ist das kein Problem.‘ Vergleiche machen unglücklich und in den meisten Fällen sind die Dinge sogar absolut nicht vergleichbar. Man setzt damit lediglich Leute unter Druck und hält ihnen vor, dass sie dumm sind. Doch in diesem Fall ist die Gegenüberstellung anders gemeint! Ich möchte damit keinen Mut nehmen, sondern Hoffnung schenken. Ja, auf der Linie am Spielfeldrand ist eine unüberwindliche Mauer erbaut worden und man selbst findet weder einen Ausgang noch eine Möglichkeit hinüberzuklettern. Das ist Fakt. Aber was geschieht, wenn du dir Hilfe holst? Was passiert, wenn du jemanden ansprichst und dein Problem schilderst?«

Sie machte eine Pause, bevor sie fortfuhr: »Im schlimmsten Fall passiert gar nichts, weil die angesprochene Person das Problem nicht versteht. Die Person sieht schließlich keine Mauer. In diesem Fall musst du es erneut versuchen. Im Normalfall wirst du jemanden finden, der mit dir zu der Mauer geht und sie analysiert. Womöglich zeigt dir derjenige eine

Leiter, mit der du darüberklettern kannst, oder er öffnet dir eine Tür, durch die du hindurchgehen kannst.«

»Sprich, ich suche einen Therapeuten«, übersetzte ich die Erklärung.

»Ja. Wenn man schon tief in der Hoffnungslosigkeit gefangen ist und viele Energiereserven bereits aufgebraucht sind, benötigt man professionelle Hilfe, um sich aus der Lebensmüdigkeit zu befreien. Wenn man noch nicht ganz so fest drinsteckt, kann man jedoch auch von einem guten Freund befreit werden. Vielleicht hat man jemanden, mit dem man reden kann, der zuhört, der einen versteht, der einen an die Hand nimmt und einem zeigt, wie man das Spielfeld verlässt.«

10. Rückzug aus dem normalen Leben

»Macht eine Essstörung eigentlich einsam?«, wollte ich wissen.

Fragend schaute Anna mich an.

»Ich meine …«, druckste ich herum. »Deine Gedanken und Verhaltensweisen sind ein wenig speziell. Ich frage mich, ob man damit nicht hin und wieder aneckt.«

Sie zwang sich zu einem schiefen Lächeln. »,Hin und wieder' ist nett ausgedrückt, genauso wie ,ein wenig speziell' freundlich beschrieben ist. Durch die Essstörung eckt man nicht hin und wieder an, sondern regelmäßig, und die Verhaltensweisen sind nicht ein wenig speziell, sondern absolut verrückt und sonderbar. In den ersten Monaten gibt die Essstörung einem unwahrscheinlich viele Glücksgefühle und Aufmerksamkeit, aber danach, wenn sie erst einmal in den Kopf eingezogen ist, nimmt sie einem nach und nach alles. Die Freunde wenden sich von einem ab, weil man sie ständig bei den Mahlzeiten versetzt. Als Essgestörte möchte man in der Mittagspause nicht bei seinen Kollegen am Tisch sitzen. Erstens fällt es auf, dass man nichts isst, und es fragt ständig einer deswegen nach. Und zweitens befürcht man, dass sich der Körper selbstständig machen könnte. Wenn man nicht aufpasst, greift die Hand einfach nach Essen, obwohl man sich selbst verboten hat, seinem Hungergefühl nachzugeben. Man will auf Nummer sicher gehen und sich auf jeden Fall weit genug vom Essen wegsetzen.

Um sich abzulenken, hilft am besten Sport. Da verbrennt man nebenbei auch noch Kalorien. So nimmt man noch schneller und noch besser ab. Selbstverständlich finden die Arbeitskollegen dieses Verhalten seltsam. Sie reden darüber. Eventuell, je nachdem, wie eng man befreundet ist, probieren die Kollegen, einen zur Vernunft zu bringen. Sie erklären, dass es ungesund sei, die Mahlzeiten komplett ausfallen zu lassen, und fordern einen dazu auf, wenigstens einen Salat zu sich zu nehmen.

Von Freunden oder Familienmitgliedern kommen solche Kommentare ebenfalls. Sie sind lieb gemeint und entspringen meist einer echten Besorgnis. Keinesfalls wollen die Leute einen dazu nötigen, fett zu werden – aber genau so fühlt es sich für die Betroffene an. An diesem Punkt der Essstörung gehört die Magersucht schon fest zu der Betroffenen dazu. Sie sind beste Freunde. Und wem glaubt man, wenn man von allen Seiten Sprüche hört, bei denen man nicht weiß, was man von ihnen halten soll? Seiner besten Freundin. Und die erzählt, dass die Kollegen, ehemaligen Freunde und Familienmitglieder lügen. In Wahrheit machen sie sich keine Sorgen, sondern sind neidisch. Sie wollen, dass man mit dem Abnehmen aufhört. Jedes Essensangebot von ihnen hat allein einen Hintergrund: Sie wollen einen mästen. Man soll fett werden, damit sie einem sagen können, dass sie wussten, dass man es nicht schaffen würde, dauerhaft schlank zu sein. Die Magersucht verdreht die Worte. Alles wird so umgekehrt, dass die Essstörung gut dasteht und alle anderen schlecht.«

Sie schaute mich eindringlich an.

»Die Magersucht ist eine sehr vereinnahmende und eifersüchtige Freundin. Man könnte sagen, sie hat eine narzisstische Persönlichkeit. Jeder Gedanke soll sich allein um sie drehen. Da sie jedes Mal ausrastet, wenn jemand versucht, sich zwischen sie und die Betroffene zu stellen, reagiert man als Betroffene auf zahlreiche nette Angebote mit übertriebener Ablehnung oder gar aggressiv. Als Freund oder Angehöriger bekommt man das Gefühl, die Person gar nicht mehr zu kennen. Man ist nett, möchte helfen und bekommt jedes Mal verbal einen Schlag ins Gesicht verpasst.

Was folgt daraus? Menschen wollen von Natur aus Schmerzen vermeiden, dementsprechend wenden sie sich von der Betroffenen ab.

Dadurch wird man noch einsamer, als man es sowieso schon ist. Man wird nicht mehr gefragt, ob man mit essen gehen möchte, weil ohnehin jeder weiß, dass man ablehnen wird. Man gerät nicht unbedingt in Vergessenheit, es ist nicht so, dass man bewusst ausgeschlossen wird, sondern oftmals stehen hinter diesem Sich-Abwenden Angst und Ratlosigkeit. Angehörige und Freunde haben Angst, erneut verletzt zu werden, sie fürchten, etwas Falsches zu sagen, sie wollen nicht, dass die Betroffene laut wird, sie haben keine Ahnung, wie sie helfen können.«

Ihre Augen wurden trüb. Sie starrte ins Leere.

Auch ich spürte, wie sich ein dumpfes Gefühl in mir ausbreitete. Die Schilderungen kamen mir vertraut vor. Das war das, was ich mit Celine aktuell durchlebte.

»In einer Essstörung gefangen zu sein, ist, wie in einem brennenden Haus zu leben. Die Tapeten, Böden und Möbel brennen lichterloh. Ich spüre die Hitze auf der Haut, es brennt schmerzhaft. Jedoch bin ich nicht dazu in der Lage, das Haus zu verlassen. Ja, ich realisiere noch nicht einmal die Gefahr. Jeder Außenstehende sieht das brennende Haus. Jeder reagiert vernünftig. Kaum jemand wagt es, hineinzurennen. Warum auch? Wieso sollte man sich selbst in Gefahr bringen? Wie kann man so doof sein und einfach im Haus bleiben? Jeder andere würde panisch herausrennen!«

In Gedanken stellte ich mir ihren Vergleich in Bildern vor. Es war schrecklich. Ein Schauder überkam mich.

»Niemand versteht, weshalb ich bleibe, und um ehrlich zu sein, ich selbst verstehe mich ebenso wenig … Das Haus fühlt sich vertraut an, hier fühle ich mich heimisch, ich kenne die Regeln, ich weiß, wo was steht, ich fühle mich sicher und beschützt. Doch wenn es in Flammen aufgeht, bin ich in seinem Inneren doch nicht mehr sicher! Warum verstehe ich das nicht? Warum halte ich an der Essstörung fest?«

Während der letzten Sätze hatte sich die Klangfarbe von Annas Stimme verändert. Sie hörte sich trauriger und verzweifelter an. Obwohl sie einerseits an ihren

Verhaltensweisen und somit an der Magersucht hing, schien sie die Erkrankung auf der anderen Seite gleichzeitig zu belasten.

11. Ängste

»Ich glaube, du wirst mich jetzt für diese Frage hassen, aber wenn dich belastet, was du tust, weshalb lässt du es nicht einfach?«

Betrübt schüttelte sie den Kopf. »Weil ‚einfach‘ nicht einfach ist. Ich kann es nicht unterlassen. Es ist wie eine Sucht. Es macht mich wahnsinnig, dieser Sucht nachzugehen, doch gehe ich ihr nicht nach, macht mich das noch wahnsinniger. Die Strafe, die mir die Magersucht bei Ungehorsam aufdrückt, ist grausam. Sie gleicht einer Folter. Ich glaube, dass ich in jeder Sekunde, in der ich versuche, dem krankhaften Verhalten zu entkommen, fetter und fetter werde. Die Magersucht redet mir ein, dass mein Körper sich allein aus der Atemluft Kalorien ziehen würde. Dass alle über mich lachen werden …

Da die Essstörung in meinem Kopf sitzt, kennt sie all meine Gedanken. Niemand ist näher an mir dran als sie, niemand kennt meine Ängste besser, meine Wünsche und meine Hoffnungen. Das verleiht ihr Macht. Sie besitzt die Gewalt, meine Gedanken und somit meine Wahrnehmung und auch mich zu steuern. Vor meinem inneren Auge lässt sie einen Film abspielen, in dem meine schlimmsten Albträume wahrwerden. Das macht mir Angst. Ich bekomme Panik. Um die Panik wieder unter Kontrolle zu bekommen, kontrolliere ich meinen Körper, mein Gewicht und meine Nahrungsmittelzufuhr … Es ist ein Teufelskreis. Ich drehe mich um die eigene Achse. Ich kämpfe gegen Dämonen, die in mir drinnen sind. Wenn ich sie vernichten will, vernichte ich auch mich.«

»Okay, langsam«, bremste ich sie aus. »Du redest, als wäre deine eigene Persönlichkeit fort. So wie du erzählst, bist du nicht mehr du, sondern die Magersucht.«

»Im Grunde ist es auch so«, antwortete die junge Frau. »Ich weiß nicht, wer ich bin.«

»Dass du nicht weißt, wer du bist, bedeutet doch noch lange nicht, dass du die Magersucht höchstpersönlich bist«, gab ich zu bedenken.

Ahnungslos zuckte sie mit den Schultern. »Weißt du es?«

»Ja!« Für mich klang ihre Angst völlig übertrieben. Für mich war sie unbegründet. Aber waren das Ängste nicht immer?

Unzufrieden schüttelte sie den Kopf. »Du weißt es nicht. Ich bin schon so lange essgestört, dass ich keinen Plan mehr davon habe, was ich bin und was die Magersucht ist.«

Zum ersten Mal sprach sie von sich persönlich und nicht mehr allgemein über die Diagnose. Innerlich lächelte ich leicht, weil ich wusste, dass wir nun einen Schritt weiter waren. Sie erzählte mir nicht länger eine Geschichte, sondern ihre Geschichte. Sie vertraute mir. Sie wusste, dass ich nicht über sie urteilen oder sie gar verurteilen würde. Das war gut. Ein klein wenig erfüllte mich dieser Fortschritt sogar mit Stolz.

»Als Kind und in den ersten Jahren meiner Jugend hatte ich eine exakte Vorstellung davon, wie mein Leben verlaufen sollte. Ich wusste, was ich wollte und was ich nicht wollte. Ich wusste, zu was für einem Menschen ich einmal werden wollte. Doch wenn ich daran zurückdenke, fühlen sich diese Wünsche nicht mehr nach mir an. Es ist, als wenn ich damals ein anderer Mensch gewesen wäre. Ich bin unfähig, mein damaliges Leben mit meinem jetzigen in Verbindung zu bringen. Das passt nicht zusammen. Es kommt mir vor, als hätte ich einen Film gesehen. Die Erinnerungen sind da, ich weiß, wann was passiert ist, ich kann mich erinnern, aber nicht richtig. Die emotionalen Verknüpfungen fehlen. Das war nicht ich, oder bin ich jetzt nicht ich?«

Genervt kratzte sie mit den Fingernägeln über ihren nackten Unterarm. Sie suchte nach einem Ventil, um ihrer Anspannung Luft zu machen.

»Wenn ich morgens aufstehe und auf die Waage steige, weiß ich nicht, ob ich das will oder ob es mir die Magersucht befiehlt. Wenn ich mir einen Salat bestelle, kann ich nicht unterscheiden, ob mir der Salat schmeckt oder ob mir die Magersucht einredet, dass er mir zu schmecken hat ... Mag ich keine Schokolade oder zwingt mich die Magersucht dazu, Schokolade zu hassen? Verstehst du, was ich meine?«

Vorsichtig nickte ich. »Du weißt nicht mehr, wo die Grenze zwischen dir und der Sucht verläuft. Du glaubst, dass ihr eins geworden seid.«

»Die Essstörung ist wie ein Tumor, der in meinem Gehirn angedockt hat«, erläuterte sie. »Er wächst und wächst. Sein Gewebe verbindet sich mit dem Zentrum im Gehirn, das für die Gefühle und Reaktionen zuständig ist. Je größer er wird, desto stärker übernimmt er die Steuerung – desto essgestörter werden meine Gedanken. Er verschlingt förmlich meine alte Identität. Ich handle nicht mehr so, wie ich es vor der Erkrankung getan hätte, sondern anders. Ich *bin* jemand anderes. Ich bin der Tumor beziehungsweise die Magersucht. Da er immer weiter in mein Gehirn hineinwächst, verwachse auch ich weiter mit der Erkrankung. Mein essgestörtes Verhalten nimmt immer weitere Ausmaße an. Die Gewebefasern, die Gedanken, verbinden sich, die Strukturen verwachsen. Die anfängliche Grenze schwindet immer mehr. Man kann kaum noch unterscheiden, was krank und was gesund ist. Man weiß nicht mehr, handelt gerade die Magersucht oder man selbst?

Um einen Tumor, die Magersucht, zu besiegen, gibt es zwei Möglichkeiten. Entweder man schneidet ihn heraus, man geht intensiv auf Konfrontation mit den essgestörten Gedanken, oder man vernichtet ihn durch Bestrahlung, langfristige Psychotherapie. Beides ist nicht angenehm und höchst riskant.

Eine Operation am offenen Gehirn bedeutet, auf Konfrontation zu gehen. Mit Hilfe eines Therapeuten schaut man sich sein Leben an. Man analysiert, was ist richtig und was ist falsch? Was ist gesund und was ist krank? Man muss wissen, wo man das Skalpell ansetzt. Man muss den Überblick bewahren, auch wenn es zu stärkeren Blutungen, also Gefühlsausbrüchen, kommt. Man geht das Risiko ein, zu viel wegzuschneiden, sich selbst nicht mehr als echt ansehen zu können. Niemand weiß, was nach der Operation noch übrig bleibt. Wer ist man, wenn man nicht mehr der Tumor, die Essstörung ist? Bekommt man seine alte Persönlichkeit zurück oder ist man ein neuer Mensch? Ein Mensch, den man nicht wiedererkennt, der einem völlig fremd ist? Mit dem man eventuell gar nicht zurechtkommt? Was ist, wenn alles nicht besser, sondern schlimmer wird? Was ist, wenn es so wird, wie es vor der Essstörung war? Ja, klar, natürlich will man das, doch man will es nicht eins zu eins. Denn wäre vor der Essstörung das eigene Leben in Ordnung gewesen, wäre man nie in die Krankheit hineingerutscht. Also muss sich doch etwas ändern. Aber was? Bekommt man es hin, oder bringt man sich dabei um? Es kreisen tausend Fragen im Kopf herum, und die meisten davon kann man erst beantworten, nachdem man es ausgetestet hat.«

Sie holte tief Luft, bevor sie weitersprach.

»Du brauchst Mut, um diesen Weg zu bestreiten. Die Bestrahlung, eine langfristige Psychotherapie, ist eine sanftere Methode, allerdings zieht sie sich in die Länge. Wenn man sich Zeit lässt, kann man sich langsam an die Umstellung gewöhnen, man hat eine lange Zeitspanne, die Veränderungen an sich zu bemerken und sie anzunehmen. Manchmal ist das der einfachere Weg. Wobei man bedenken sollte, dass er länger dauert und somit mehr Möglichkeiten für Zweifel birgt.

Das Problem bei einer Magersucht ist außerdem, dass man nie weiß, wie viel Zeit einem noch bleibt! Der Körper ist ausschließlich für einen bestimmten Zeitraum maximal belastbar. An jedem Tag, den man länger im Untergewicht verbringt, steigt das Risiko, Schäden davonzutragen.

Es ist also ein Abwägen zwischen der Rücksicht auf die Psyche und das persönliche Befinden und dem Nutzen. In den meisten Fällen kann und will man als Betroffener diese Entscheidung gar nicht treffen. Man möchte jemanden, der einem den Entschluss abnimmt. Aber leider geht das meistens nicht. Man kann sich Empfehlungen geben lassen und nachfragen, was im eigenen Fall sinnvoller erscheint, doch den ersten beginnenden Schritt auf dem Therapieweg musst man selbstständig gehen.«

Im ersten Augenblick fand ich den Vergleich zwischen Magersucht und einem Gehirntumor ziemlich krass. Ich dachte, Anna würde übertreiben. Ein Gehirntumor war schließlich eine sehr schwere Erkrankung, und Magersucht ... weiter kam ich mit meinen Zweifeln nicht. Denn sie übertrieb nicht, sondern sie hatte Recht. Auch eine Essstörung war eine schwere Erkrankung. Sie konnte genauso tödlich enden wie Krebs, sie konnte dem Menschen und seiner Familie genauso Leid zufügen, der Betroffene war ebensowenig freiwillig in die Krankheit gerutscht ... Nicht der Vergleich hinkte, sondern das Bild, das die Gesellschaft von den Krankheiten hatte.

Psychische Erkrankungen konnte man zwar nicht immer direkt auf den ersten Blick sehen, aber sie waren genauso existent und gehörten genauso anerkannt wie körperliche Leiden.

»Es klingt seltsam: Angst davor zu haben, gesund zu sein. Das ist etwas, was man sich kaum vorstellen kann. Durch deinen Vergleich ergibt es jedoch ein wenig Sinn«, gestand ich.

»Jahrelang war die Magersucht an meiner Seite«, redete Anna weiter, »sie hat mich durch eine schwere Zeit begleitet – als sonst niemand für mich da war, war sie mir treu. Sie ist trotz allem eine gute alte Freundin. Es ist nicht leicht, sie gehen zu lassen. Obwohl die Beziehung zu ihr hochtoxisch ist, hänge ich an ihr. Ich habe Angst, dass ich, wenn ich sie verliere, auch mich selbst verliere. Wer bin ich danach noch? Wenn ich mich in Kliniken, Therapien oder sonst irgendwo vorgestellt habe, habe ich gesagt: ‚Mein Name ist Anna und ich habe Magersucht.‘ Was soll ich sagen, wenn ich nicht mehr magersüchtig bin?«

»Die Identitätsstörung, also nicht oder nicht mehr zu wissen, wer man ist, scheint bei so einigen psychischen Erkrankungen eine Rolle zu spielen!«, erinnerte ich mich an einen Artikel zurück, den ich in einem Magazin gelesen hatte.

»Ja«, stimmte mir Anna zu. »Wenn man zu lange krank war, ist es danach nicht mehr so einfach, gesund zu sein. Man muss sich erst wieder in der normalen Welt zurechtfinden, man muss sich selbst finden und manches neu erlernen.«

12. Wenn du die Chance hättest

»Gibt es einen Tipp dafür?«, erkundigte ich mich.

»Nein. Die Fragen, die einem durch den Kopf schwirren, kann man nicht vorher beantworten. Man kann zwar sagen, dass sich im Normalfall weniger als zehn Prozent der Ängste, die man hat, bewahrheiten – doch das ist eine reine Mutmaßung. Es kann auch passieren, dass mehr oder gar keine Ängste wahr werden. Um ein wirklich aussagekräftiges Ergebnis zu bekommen, muss man es ausprobieren.

Ich persönlich habe mich gefragt: Was habe ich zu verlieren? Was könnte passieren, das ich nicht mehr rückgängig machen kann? Wenn ich mich der Magersucht widersetze, wird sie zwar wütend werden, sie wird mich beschimpfen, doch wenn ich dann, nachdem ich das Gesundsein ausprobiert und festgestellt habe, dass es mir nicht gefällt, wieder zu ihr zurückkehren möchte, wird sie mich dennoch wieder mit offenen Armen aufnehmen.«

Ich grinste. »Das ist schlau. Du lässt dir eine Hintertür offen, um deine Furcht auszutricksen.«

»Ja, aber man sollte bedenken: Der Feind kommt meistens von hinten. Also zu lange sollte man die Hintertür nicht offen stehen lassen, sonst droht die Vergangenheit einen einzuholen.«

»Apropos Vergangenheit«, wechselte ich das Thema, »würdest du, mit dem Wissen von heute, wenn du noch einmal ein paar Jahre zurückreisen würdest, manches anders entscheiden? Würdest du dir wünschen, nie in die Magersucht hineingerutscht zu sein?«

Nachdenklich pustete sie eine Strähne ihres blonden Haares aus dem Gesicht. Danach antwortete sie mir entschieden: »Nein, ich würde es nicht ändern wollen.«

Ungläubig weiteten sich meine Augen. Mit dieser Ant- wort hatte ich nicht gerechnet.

»Ich kann es nicht ändern«, erläuterte sie die Entscheidung. »Es gibt keine Zeitmaschine, die es ermöglicht, das Leben beliebig oft zurückzuspulen, bis jeder Tag so verläuft, wie ich es gerne hätte. Das ist nicht vorgesehen und ich glaube auch nicht, dass das gut wäre. Zumindest nicht dauerhaft. Wir Menschen sind nicht perfekt. Wir begehen Fehler, wir treffen falsche Entscheidungen, handeln verkehrt … aber genau das macht unser Leben aus. Fehlentscheidungen gehören dazu, sie formen unseren Charakter.«

Kurz wirkte sie unschlüssig, bevor sie weitersprach. In ihren Worten hallte nun etwas Sehnsucht mit.

»Selbstverständlich wünschte ich mir ein anderes Leben. Ich bin keinesfalls stolz auf das, was ich durchlebt habe. Ich empfinde meine Krankheit als schrecklich, es macht mich traurig, zu wissen, wie viele Jahre ich dadurch vergeudet habe.«

Ihr Blick wurde wehmütig.

»In den Jahren, in denen meine Klassenkameradinnen das erste Mal in die Disko gingen, ihren ersten

Freund kennen lernten, den ersten Kuss erlebten – in den Jahren, in denen sie erfuhren, wie aufregend das Leben sein kann, lag ich in einem Bett auf der geschlossenen Kinder- und Jugendpsychiatrie. Ich kämpfte um mein Leben, während andere in meinem Alter für ihren Schulabschluss büffelten. Mein Alltag war kaum mit dem von anderen Jugendlichen zu vergleichen. Ich hätte gerne mit ihnen getauscht. Ich wäre gerne wie sie gewesen. Doch das war ich nicht. Selbst heute noch gibt es Tage, an denen ich der verlorenen Zeit hinterhertrauere. Ich liege abends im Bett und weine, weil ich so verdammt viele Dinge nie erleben durfte. Einiges davon habe ich zwar Jahre später nachholen können, aber das war nicht dasselbe.«

Sie hob ihren Blick, richtete sich auf und schaute mir direkt in die Augen. Damit gab sie mir zu verstehen, dass sie hinter ihren Worten stand.

»Bevor ich allerdings in Selbstmitleid zerfließe, stoppe ich meine Gedanken. Ich sage mir: Ja, ich bin nicht stolz auf meine ‚Umwege‘, aber ich bin stolz darauf, das alles überlebt zu haben. Die Erfahrungen haben mich zu dem Menschen gemacht, der ich heute bin. Solange man mit der Diagnose kämpft, hört es sich doof an, wenn einer behauptet, dass man durch die Schwierigkeiten stärker wird. Man denkt sich, dass man auf diese Stärke gut und gerne verzichten kann!

Doch wenn man das Erlebte Jahre später, mit Abstand, betrachtet, merkt man, dass derjenige Recht hatte. Man gewinnt dadurch an Stärke und man erhält Lebenserfahrung. Auf der einen Seite macht es einen härter und auf der anderen Seite sensibler. Wer selbst einmal durch ein dunkles Tal gegangen ist, besitzt die Fähigkeit, das Leid eines anderen zu erkennen. Ich merke zum Beispiel, ob jemand glücklich ist oder lediglich vorgibt, glücklich zu sein. Ich sehe jemandem an, ob er gerade dagegen ankämpft, nicht die Kontrolle über sein Leben zu verlieren. Diese Fähigkeit möchte ich nicht missen.«

Sie atmete tief durch. »Ich kann in der Vergangenheit leben, alles, was geschehen ist, hassen und mir eine Zeitmaschine wünschen. Oder ich setze ein Semikolon dahinter, sage ‚Das Kapitel ist zu Ende, ich schlage nun eine neue Seite auf‘ und versuche, das Beste aus der Situation zu machen. Wer weiß, wer ich wäre, wenn ich nicht all das erlebt hätte? Ich bin *jetzt* die Person, die ich bin, weil ich überlebt habe, weil ich gekämpft und gelitten habe.«

Aus diesem Blickwinkel hatte ich es noch nie betrachtet. Sie hatte Recht: Wenn man aufhörte, sich eine andere Vergangenheit zu wünschen, und sich selbst so annahm, wie man war, dann konnte man in eine neue, hoffentlich bessere Zukunft starten.

»Und weshalb ein Semikolon und keinen Punkt?«, hakte ich nach.

»Ganz einfach, weil es ein neues Kapitel, aber kein neues Buch ist. Meine Vergangenheit gehört trotzdem zu mir. Sie verschwindet nicht und ist auch noch nicht abgeschlossen. Es kann immer wieder passieren, dass sie mich in bestimmten Augenblicken einholt. Ich will das, was ich durchlebt habe, nicht verleugnen, sondern annehmen. Deshalb setze ich kein Satzzeichen, das ein Ende symbolisiert. Ein Semikolon bedeutet, dass man eigentlich einen Punkt hätte setzen können, sich aber dagegen entschieden hat, weil man weiterschreiben möchte.«

»Also ist eine Essstörung nicht heilbar?«, erkundigte ich mich vorsichtig.

»Nicht heilbar würde ich nicht sagen«, verbesserte Anna meine Ausdrucksweise. »Ich würde sagen, nicht löschbar drückt es passender aus. Unser Gehirn ist wie eine Festplatte. Alles, was wir erlernen, was wir tun, denken und fühlen, hinterlässt Spuren. Je intensiver und langanhaltender die Erfahrung ist, desto mehr Speicherplatz wird eingenommen. Überschreiben wir ein altes Programm, indem wir neue Verhaltensweisen erlernen, oder löschen wir ein Programm, einen Eintrag etc., verschwindet es auf den ersten Blick. Es taucht nicht mehr auf dem Desktop auf oder erscheint im Suchverlauf. Aber ist es wirklich zu einhundert Prozent gelöscht?«

Fragend schaute sie mich an, bevor sie ihre Frage eigenständig beantwortete: »Meistens nicht. Die Hauptteile sind überschrieben oder vernichtet, doch die Ursprungspunkte bleiben in vielen Fällen erhalten. Wenn du weißt, wie – oder manchmal auch rein zufällig – gelingt es dir, das eigentlich Gelöschte wiederherzustellen. Etwas, was du einmal erlernt hast, vergisst du nicht. Du hast nach einer Weile des Nichtnutzens eventuell Startschwierigkeiten und weißt nicht mehr exakt, wie etwas funktioniert, doch wenn du wieder damit anfängst, verknüpfen sich die restlichen Erinnerungen wieder zu einem vollen Bild. Es braucht womöglich einen Moment, aber das Erlernte kommt zurück.

Normalerweise ist das gut. Es ermöglicht uns, selbst nach Jahren noch an etwas schon fast Vergessenem anzuknüpfen, was wir einmal gelernt haben. Für mich bedeutet das jedoch, dass sich auch die Magersucht nur wie in eine Art Halbschlaf versetzen lässt. Sie ist weiterhin an meiner Seite, begleitet mich und schaut mir zu, was ich mache. Hin und wieder gibt sie ihre Kommentare dazu ab oder meint, mir vor Augen führen zu müssen, dass ich fett und undiszipliniert bin.

In diesen Momenten muss ich aufpassen. Ich darf ihr nicht zu lange zuhören.

Doch die meiste Zeit über ist sie wie sediert. Sie nuschelt irgendetwas vor sich hin, was ich kaum verstehe, oder sie schläft und lässt mich vollkommen in Ruhe.«

»Gibt es Situationen, in denen sie besonders präsent ist?«

»Ja, klar«, bestätigte die junge Frau. »Es gibt Teile meines Lebens, die ich mir noch nicht zurückerobert habe. Zum Beispiel das Thema Wiegen. Die Magersucht zwingt mich dazu, mindestens dreimal täglich auf die Waage zu steigen. Wenn ich mich dagegen sträube, lässt sie Panik in mir aufkommen.«

»Was tust du dagegen?«

»Nichts. Ich bin nicht von heute auf morgen in die Essstörung hineingerutscht. Es hat sich alles langsam aufgebaut. Also ist es sehr unwahrscheinlich, dass alles über Nacht verschwindet. Am Anfang der

Therapie habe ich geglaubt, ich müsste alles über Nacht hinter mir lassen. Jeden Morgen setzte ich mir das feste Ziel, ab heute nicht mehr essgestört zu sein. Und jeden Tag bin ich bereits nach wenigen Stunden gescheitert. Warum? Weil ich mir viel zu große Ziele gesetzt hatte. Ein kalter Entzug ist bei keiner Sucht einfach. Manche schaffen es zwar, ohne Übergangsphase von einem auf den anderen Tag alles loszulassen, aber die meisten haben Angst, zu viel zu verlieren.

Man braucht Abschnitte, in denen man sich von alten Verhaltensweisen verabschieden kann, in denen man eine Rast macht und sich selbst neu kennenlernt. Wie ich dir erzählt habe, ist es schließlich nach einer langen Zeit der Erkrankung nicht mehr ganz so einfach, wieder gesund zu sein. Man muss sich erst an den neuen Zustand gewöhnen und realisieren, dass man nur die kranken Eigenschaften und nicht sich selbst verliert. Die eigene Persönlichkeit verschwindet nicht, nur weil die Essstörung geht. Ein schrittweises Vorgehen minimiert die Ängste, setzt einen weniger unter Druck und ist leichter. Also habe ich mir kleine Zwischenziele gesetzt, zum Beispiel nur noch die Hauptmahlzeiten abzuwiegen oder einmal weniger am Tag auf die Waage zu steigen. Für jemand Außenstehenden sind diese Ziele winzig. Doch für einen Betroffenen ist bereits das eine Herausforderung. Hat man diesen kleinen Schritt gemeistert, kann man sich an das nächste Ziel machen. Etappe für Etappe erkämpft man sich langsam, doch kontinuierlich die

Dinge zurück, die einem die Magersucht genommen hat.«

Sie legte die Stirn in Falten.

»Das ist, als wenn du einen hohen Berg besteigst und Zweifel hast, ob du es schaffst«, stellte sie einen bildhaften Vergleich her. »Du darfst nicht zum Gipfel schauen, der noch viel zu weit entfernt liegt, sondern du musst auf den Boden vor deinen Füßen schauen. Wo setzt du deinen Fuß als Nächstes hin? Nach dem ersten Schritt folgt noch ein Schritt, dann noch einer, immer weiter und weiter. Irgendwann hast du das Gefühl, du handelst automatisch. Du denkst nicht mehr über die Schritte nach, sondern tust es einfach. Und dann stehst du irgendwann vor dem Gipfelkreuz. Ohne, dass du es bewusst mitbekommen hast, hast du selbst schwierige und steile Passagen gemeistert. Dadurch, dass du dich immer nur auf den nächsten Schritt konzentriert hast, hast du das Machbare ge-sehen und nicht den gigantischen, angsteinflößenden, unbezwingbar erscheinenden Berg.«

Sie grinste. »Für mich ist ein Schritt zum Beispiel, dass ich zwar noch regelmäßig auf die Waage steige, mir aber von dem Ergebnis nicht länger die Laune ver-derben lasse.«

Sie atmetet tief durch.

»In dem Punkt, dass ich täglich auf die Waage steige, bestimmt noch die Magersucht über mich. Und sie sagt mir auch weiterhin, was sie von meinem Gewicht hält. Aber ich habe mich dazu entschlossen, dass ich mir von ihren Aussagen nicht länger den Tag vermie-sen lasse. Sie darf mir gerne sagen, was sie von mir hält, doch ihre Worte sind kein Gesetz mehr für mich. Genauso geht es mir beim Essen von kalorienreichen Lebensmitteln. Sie schreit mich an, dass mich jeder Bissen fett macht. Wenn ich dreimal abbeiße, werde ich morgen fünf Kilo mehr wiegen. Ich könnte jetzt zurückschreien und sie anfauchen, dass sie lügt, aber was würde das nützen? Kann ich die Magersucht belehren? Nein, sie ist naiv und krank. Sie wird niemals umdenken, aber *ich* bin nicht naiv und unbelehrbar. Ich kann denken und ich entscheide über mein Handeln. Also gehe ich zur Magersucht und sage ihr: ‚Ich verstehe deine Ängste. Das ist deine Meinung, doch ich glaube nicht mehr daran und werde den Kuchen, die Schokolade, die Chips etc. essen.‘ So lasse ich der Magersucht ihre Meinung, ich schiebe sie nicht ab, jedoch lasse ich mich trotzdem nicht länger von ihr vereinnahmen.«

»Wenn du an diesem Punkt bist, hast du nicht nur ein kleines Stück von deinem alten Leben zurückgewonnen, sondern einen gigantischen Teil zurückerobert!«, lobte ich sie. »Klar ist das Denken noch nicht immer vollkommen gesund oder normal, aber wie du erwähnt hast, zu hundert Prozent wird die Magersucht nie aus deinem Leben verschwinden.«

Sie nickte und scherzte: »Wer weiß, vielleicht wache ich eines Morgens auf und vergesse, mich zu wiegen. Und ein paar Wochen später vergesse ich dann sogar, dass ich vergessen habe, mich zu wiegen. Gesund werden ist ein Prozess. Wenn die Essstörung nicht mehr gebraucht wird, verschwindet sie immer mehr.

Je mehr Raum man in seinen Gedanken dem Leben selbst gibt, desto weniger Platz bleibt für sie.«

Ich sah ihr an, dass sie die Aussage zwar wie einen Scherz betonte, weil sie sich offenbar nicht getraute, daran zu glauben, doch dass diese Aussage dennoch einen großen Anteil an Ernst und Wahrheit enthielt.

13. Hungerschmerzen

»Jetzt habe ich noch eine Frage, die mich schon ewig beschäftigt: Haben Magersüchtige wirklich keinen Hunger oder behaupten sie das nur?«

Ich hörte, wie Anna scharf Luft zwischen den Zähnen einsog. Mit dieser Frage schien ich einen wunden Punkt bei ihr erwischt zu haben. Als sie den Mund öffnete, um zu antworten, ahnte ich bereits, dass diese Frage, wie die meisten Fragen, nicht so einfach zu beantworten war, beziehungsweise sie mir keine Standardantwort geben wollte. Sicherlich hätte sie mir auf die meisten Fragen auch ein nichtssagendes *Ja* oder *Nein* entgegnen können, doch das entsprach nicht ihrer Art. Sie wollte mir nicht bloß eine Kurzantwort geben, sondern mir eine Möglichkeit geben, ihre Gedanken, Emotionen und Handlungen nachzuvollziehen.

»Es gibt zwei Antworten«, begann sie. »Die wissenschaftliche Antwort lautet Ja. Natürlich hat jeder Magersüchtige Hunger. Jeder unterernährte Körper hungert nach Nahrung, das liegt in unserer Natur. Der Körper will leben, er bettelt nach Energie. Deshalb macht sich auch hin und wieder die eigene Hand beim Essen selbstständig. Eigentlich hatte man geplant, nichts zu essen, man behauptet schon gegessen zu haben oder keinen Appetit zu verspüren. Doch beim Anblick der leckeren Mahlzeiten wird man schwach.

Man redet sich ein, dass es nicht schaden kann, ein winziges Stückchen zu probieren. Wenn man nachher Sport treibt, wird man die Kalorien schnell verbrennen ... Außerdem werden die paar Krümel nicht allzu viele Kalorien haben. Man möchte sich schließlich nicht satt essen, sondern lediglich den Geschmack im Mund haben ... eigentlich. Ursprünglich. Doch nachdem man ein winziges Stückchen zu sich genommen hat, verliert man die Kontrolle. Die Hände greifen immer weiter zu. Bei den ersten Malen nimmt man nur kleine Ecken, man wagt es nicht, einen ganzen Bissen zu sich zu nehmen, doch der Körper hungert nach mehr. Er will leben. Man bekommt es kaum mit, wie man konstant mehr isst. Wie man irgendwann mit den ganzen Händen zugreift, wie man sich den Mund vollstopft ... Man isst wie ein gieriges Tier, das wochenlang hungern musste. Je nachdem, wann man seinen Essanfall mitbekommt, wann man realisiert, was der Körper da gerade tut, und wann man ihn stoppen kann, hat man am Ende entweder eine normale Portion zu sich genommen oder man hat den gesamten Wocheneinkauf einer vierköpfigen Familie aufgegessen ...«

Beschämt schaute sie zu Boden. Dennoch konnte ich erkennen, wie sich ihre Wangen rot färbten. Ihr war das Geständnis peinlich.

»Manchmal hört man, wenn man wenig äße, würde der Magen schrumpfen und man hätte dadurch weniger Appetit, aber das glaube ich nicht. Ich denke eher, man vergisst, wie sich ein gefüllter Magen anfühlt. Hat man dann etwas gegessen, fühlt sich dieses

Völlegefühl unangenehm an, weil man es nicht mehr kennt. Für einen normalen Menschen fühlt es sich hingegen unbehaglich an, Hunger zu verspüren. Wir gewöhnen uns immer an das Gefühl, das wir am häufigsten verspüren. Außerdem denke ich, dass man mit seinen Gedanken die Psyche, persönliche Einordnungen und Empfindungen beeinflussen kann. Wenn ich mir selbst einrede, dass das Hungergefühl nichts Unangenehmes, sondern etwas Positives ist, werde ich es irgendwann mögen.

Dass der Magen nicht schrumpft, habe ich bei zahlreichen Selbstversuchen herausgefunden. Meine ersten Fressattacken waren harmlos. Ich habe eine gute Portion zu mir genommen, anstatt lediglich ein paar Krümel zu essen. Doch irgendwann reichte mir das nicht länger aus. Ich wollte richtig satt sein, ich wollte das essen, was ich mir ansonsten verwehrte … Ich aß nicht mehr, sondern ich fraß. Da dieses Schauspiel in der Öffentlichkeit durchaus für fragende, wenn nicht sogar entsetzte Gesichter gesorgt hätte, zog ich mich für meine Fressanfälle zurück. Ich hortete Lebensmittel in Verstecken, stopfte sie massenweise in mich hinein, wenn ich alleine war, und achtete kaum noch auf Geschmack … Ich fraß Mengen, bei dem es jedem Gesunden schlecht werden würde. Ich verlor die Kontrolle. In diesen Augenblicken war ich schwach. Ich schaffte es nicht, stark zu bleiben und den Versuchungen zu widerstehen. Und vielleicht wollte ich das in diesen Momenten auch nicht. Es ist anstrengend, ständig auf sich aufzupassen, ununterbrochen die Kontrolle zu wahren, zu lügen und sich zu verbiegen.

Während einer Fressattacke zeigt die Magersucht ihr wahres Gesicht, das alles andere als hübsch und perfekt ist. Es mag auch Betroffene geben, die nie solch eine Fressattacke erleben, die unmenschlich viel Selbstkontrolle aufbringen können, doch die meisten schaffen es nicht. Nach außen hin tat ich durchweg so, als hätte ich alles unter bester Kontrolle, doch abends verfiel ich meiner Sucht. Es war wie bei vielen Punkten, erst kämpfte ich dagegen an und versuchte, nicht noch tiefer hineinzurutschen, aber schon bald erkannte ich, dass Kämpfen nichts nutzte. Auf gewisse Weise gab ich auf. Mir wurde es egal, was ich tat. Ich ließ mich gehen und von der Essstörung in den Abgrund leiten. Kognitiv wusste ich, dass ich mich im Nachhinein für mein Verhalten hassen würde, doch emotional war mir selbst das egal.«

Ihr Gesichtsausdruck wurde nachdenklich. »Vielleicht wollte ich mich sogar hassen? Vielleicht wollte ich, dass mich die innere Stimme der Magersucht zusammenstauchte, dass sie mich anschrie, ich solle die Kalorien so schnell wie möglich wieder loswerden, ich solle vor der Toilette auf die Knie gehen und mir den Finger in den Hals stecken oder bis zur Bewusstlosigkeit Sport machen ... Keine Ahnung, ich war damals seltsam. Ich traf Entscheidungen, die mir zu dieser Zeit vollkommen logisch vorkamen und für die ich mich heute zutiefst schäme.«

Sie machte eine Sprechpause, in der sie einige Male tief durchatmete. Dann sprach sie weiter. »Die zweite

Antwort ist die magersüchtige Antwort«, kehrte sie schlagartig zum Ursprungsthema zurück. »Jemand Magersüchtiges behauptet, dass er oder sie keinen Hunger verspürt. Und ja, teilweise stimmt das sogar. Denn das Hungergefühl verändert sich. Mit einem unterernährten Körper verspürt man keinen normalen Hunger mehr, sondern es ist ein dumpfer Dauerschmerz in der Magengegend. Besonders gegen Abend, wenn man den gesamten Tag über nichts gegessen hat, fühlt es sich an, als würde jemand mit einen Messer den Bauch aufschneiden und die Organe mit Gewalt herausreißen wollen. Dieser Schmerz ist kaum auszuhalten. Da es sich jedoch um ein intensiveres Gefühl als um Hunger handelt, bringt man es gedanklich nicht mit dem normalen Appetitgefühl in Verbindung. Sprich: Fragt man eine magersüchtige Person, ob sie Hunger hat, bekommt man meistens ein Nein. Fragt man nach Bauchschmerzen, die häufig abends oder nachts auftauchen, bekommt man hingegen ein Ja.

Um die Schmerzen zu lindern, trinkt man im Anfangsstadium Wasser oder isst Karotten, Eisbergsalat oder Salatgurken. Mit diesen Dingen kann man seinen Magen füllen und beschäftigen, ohne übermäßig viele Kalorien zu sich zu nehmen. Ein Eisbergsalat hat hundert Kalorien, ein Kilo Salatgurke weniger als zweihundert und ein ganzes Kilo Karotten knappe dreihundert Kalorien. Und mit einem Kilo Karotten ist man eine Weile beschäftigt! Das heißt, man hat etwas zu tun. Denn auch das hilft gegen den Hunger. Man lenkt sich ab. Ob mit Karotten oder

Sport, ist zweitrangig. Manche essgestörten Personen betrachten Kochbücher und suchen sich Gerichte aus, die sie, wenn sie wieder gesund sind und das essen dürfen, worauf sie Lust verspüren, kochen wollen. Ich weiß, es klingt absurd, dass sich Magersüchtige Kochrezepte aussuchen. Zumal die meisten dieser Rezepte nicht gerade wenig Kalorien beinhalten. Doch in diesen Situationen ist es nicht die Magersucht, die die Auswahl trifft, sondern es sind die Hoffnung auf und die Sehnsucht nach einem normalen Leben. Selbst wenn man aktuell kaum noch Hoffnung verspürt, aus der Magersuchthölle irgendwann herauszukommen, verspürt man trotzdem die Sehnsucht nach einem normalen Essverhalten. So sehr man sein niedriges Gewicht liebt, man würde, wenn man die Chance hätte, es gegen ein normales Leben einzutauschen, in vielen Punkten gerne Ja sagen.«

Ich sah ihr an, dass sie eine neue Idee für einen weiteren Schauplatz für unsere Reise hatte. Jedoch zögerte sie noch. Sie schien unschlüssig, doch dann griff sie nach meiner Hand und wir setzten unsere Reise zu einem anderen Ort fort. Inzwischen hatte ich mich einigermaßen an die Nebenwirkungen der Reise gewöhnt.

Als ich die Umgebung erkannte, stotterte ich: »Ähm … bist du sicher, dass wir hier richtig sind?«

Unsicher sah ich mich um. »Ich fühle mich hier nicht wohl.«

»Ich auch nicht«, gab Anna zu. »Ich hasse diesen Ort, aber ich musste lange Zeit dort leben.«

Wir befanden uns in einer spärlich eingerichteten Gefängniszelle. Es gab eine Pritsche, auf der ein dünnes, verschmutztes Laken lag, eine Toilette aus Metall, ein vergittertes Fenster ... und das alles auf gerade einmal fünf Quadratmetern. »Es ist eng und müffelt«, stellte ich fest. »Können wir gehen?«

Anna schüttelte den Kopf. »Du denkst, wir sind hier eingesperrt, aber was wäre, wenn wir hier sicher sind und alles andere, alles Böse, von uns weggesperrt ist?«

Fassungslos schüttelte ich den Kopf: »Daran glaubst du doch nicht wirklich?«

Sofort taten mir meine Worte leid. »Oh verdammt, du glaubst daran«, murmelte ich. »Sorry ...«

»Du musst dich nicht entschuldigen«, beschwichtigte sie. »Wenn du es nicht selbst durchlebt hast, ist es kaum zu glauben. Die Magersucht hat mich in diese Zelle gesperrt. Sie hat mir erklärt, dass ich hier sicher bin und dass es mir hier gut gehen würde. Sie sagte mir, dass ich hier alles habe, was ich brauche und dass ich vor Problemen geschützt wäre.

Hier gibt es niemanden, der mich angreift – allerdings bin ich hier leider alleine. Ich habe keine Freunde, keine sozialen Kontakte, ich erlebe nichts Neues. Es ist zwar alles abseh- und berechenbar, es gibt keine Überraschungen und für eine Weile ist das sogar richtig entspannend, aber es hat nichts mehr mit Leben zu tun. Leben bedeutet Abenteuer, Leben bedeutet, dass man keine Ahnung hat, was kommt, dass man auf die Schnauze fällt, dass man enttäuscht wird, doch danach wieder aufsteht und weitermacht. Das Leben ist unfair, manchmal fies, manchmal gemein, doch das macht es auch aus. Wir müssen uns durch schwierige Situationen hindurchkämpfen, um Stolz zu empfinden, wir müssen scheitern, um herauszufinden, wie etwas nicht funktioniert. Wenn wir mit etwas unzufrieden sind, müssen wir für eine Veränderung kämpfen. Selbst wenn es hart ist, wir haben nur dieses eine Leben, wir können es nicht eintauschen oder reklamieren. Wir müssen das Beste daraus machen.

Der Deal mit der Magersucht war schlecht. Ich sah lediglich meine Vorteile. Ich begriff nicht, dass ich, indem ich die Entscheidung traf, mich in das sichere Gefängnis einsperren zu lassen, im Gegenzug auf meine Freiheit verzichte. Ich gewöhnte mich an die Gefangenschaft. Nach und nach vergaß ich sogar, wie sich die Freiheit anfühlte. Ich vermisste nichts mehr. Und dennoch verspürte ich an einigen Tage eine Sehnsucht. Ich wollte wissen, was sich außerhalb des Gefängnisses abspielte. Ich war neugierig. Die Magersucht predigte mir von den Gefahren, die draußen lauerten, sie machte mir Angst, aber ich wollte es versuchen, deshalb ließ sie mich frei. Wahrscheinlich wusste sie, dass ich schon nach wenigen Minuten weinend zu ihr zurückkehren würde. Denn das Leben war anders, als ich es erwartete. Zur Begrüßung schlug das Leben mir erst einmal ins Gesicht. Ich wurde von Emotionen überrannt, ich hatte keine Ahnung, wie ich mich verhalten sollte, alles war unwahrscheinlich kompliziert …«

»Das ist wie das Stockholm-Syndrom«, gab ich bekannt. »Dabei entwickeln entführte Personen ebenfalls eine Sympathie für ihren Entführer.«

»Im weitesten Sinne ja, ich entwickelte eine Sympathie für die Magersucht, die mich glauben ließ, dass sie nicht die Böse, sondern die Gute, Nette und Freundliche war. Sie entführte mich zwar nicht, aber sie sperrte mich ein und ließ mich glauben, dass das Gefängnis alleinig für meinen persönlichen Schutz da sei. Meine Psyche fand sich mit dieser Aussage ab. Ich drehte mir alles so, dass die Magersucht immer positiv dastand. Ich bastelte mir meine eigene Wahrheit.«

»Du warst eine Meisterin darin, dich selbst anzulügen«, griff ich die Aussage auf, die Anna bereits mehrfach selbst getroffen hatte.

»Genau. Und das Dumme ist, dass es funktioniert. Würde es nicht funktionieren, gäbe es keine Sucht. Man plant sein Leben nach der Entlassung aus der Zelle, obwohl man weiß, dass man entweder niemals freigelassen wird oder schon nach kurzen Ausflügen weinend wieder zurückkehrt, weil man das normale Leben gar nicht mehr kennt.«

14. Wie ein Schmetterling in Schwarz-Weiß

»Weißt du, wieso Frauen häufiger von Magersucht betroffen sind als Männer und weshalb es größtenteils Jugendliche oder junge Erwachsene trifft?«, stieg ich in ein weiteres Thema ein.

»Nein, das weiß ich nicht. Ich denke, das Alter hat mit der Stabilität des Selbstbildes zu tun. Je mehr Jahre man auf diesem Planeten verbringt, desto stabiler wird das eigene Selbstbild. Man kann mit Tiefschlägen besser umgehen, hat Taktiken erlernt, um sich selbst zu helfen, man weiß, wer man ist ... Ist man jünger, fehlt einem noch diese Lebenserfahrung. Ein Schlag kann einen leichter aus der Bahn werfen. Männer gehören zu dem Geschlecht, das von Natur aus Probleme häufig nach außen zeigt. Männer neigen eher zu Aggressionen gegen andere und Frauen zu Aggressionen gegen sich selbst. Natürlich gibt es auch Ausnahmen, doch die meisten Männer schlagen eher etwas kaputt, anstatt sich selbst wehzutun. Sie sind bei ihren Problemen lauter. Außerdem ist ihnen ihr Gewicht weniger wichtig. Bei Frauen scheint schon auf vielen Werbeplakaten und in Werbespots die Körpermasse eine Rolle zu spielen. Die Models müssen Größe 36 tragen. Wer zu viele Kilos hat, ist ein Plus-Size-Model. Diätvorschläge bekommt man überall angezeigt. Sei es im

Fernsehen, als Werbeanzeige im Internet oder auf Plakaten. Die meisten Personen in der Werbung sind weiblich. Nur einige wenige sind männlich.«

Ich überlegte. Ja, sie hatte Recht. Die meisten Werbebeiträge zum Thema Diäten, die ich gesehen hatte, sprachen das weibliche Geschlecht an.

»Ich will dich nicht unter Druck setzen«, formulierte ich eine Bitte. »Aber können wir diesen Ort verlassen? Mich engt das hier ein.«

Anna stimmte mir zu und griff nach meiner Hand. Das war das erste Mal, dass ich mich nach dem schnellen Strudel, der unseren Aufenthaltsort veränderte, sehnte.

Der nächste Ort, an den sie uns brachte, war allerdings nicht weniger unheimlich. Als ich meine Augen öffnete, war alles schwarz-weiß.

»Hast du nicht etwas vergessen?«, erkundigte ich mich vorsichtig.

Sie schüttelte den Kopf. »Nein, die Farben sind hier bewusst verschwunden. Ich habe dir erzählt, dass die Magersucht einem alles nimmt.«

»Ja, aber die Farbe im Leben?«, erkundigte ich mich vorsichtig.

»Ja, auch die Farben. Denn nach und nach stellt der Körper alles ein, was nicht überlebenswichtig ist«, klärte Anna auf.

»Das ist, wie wenn ein elektronisches Gerät in den Notbetrieb schaltet. Alles, was nicht zwingend erforderlich ist, wird abgeschaltet oder zumindest gedrosselt. Einen Herzschlag, Blutdruck, eine gewisse

Körpertemperatur, das alles braucht man. Deshalb wird es lediglich heruntergefahren. Das Herz schlägt langsamer, der Blutdruck sinkt ab, mit den noch verbleibenden Energiereserven wird sparsam umgegangen. Das Denken kann man nicht einstellen. Das Gehirn arbeitet daher ebenfalls durchgehend, doch es kann die Geschwindigkeit und die Auffassungsgabe drosseln. Deshalb sagt man, dass eine Psychotherapie unter einem BMI von 17,5 sinnlos ist. Der oder die Betroffene muss erst zunehmen, damit das Gehirn die neuen Informationen, die es während der Therapie bekommt, aufnehmen und verarbeiten kann. Davor befindet man sich wie in einem Winterschlaf. Für einen Betroffenen fühlt sich dieser Zustand an wie eine Phase zwischen Leben und Tod. Emotionen hat man nicht mehr, denn Gefühle sind nichts, was man zwangsläufig zum Überleben braucht. Deshalb stellt der Körper sie nach und nach ab. Man wird gefühlskalt.«

Ein Schmetterling flog an uns vorbei. Anna hob ihren Finger, damit er darauf landen konnte.

»Der Falter ist in Farbe wunderschön, er sieht majestätisch aus. Seine Figur ist elegant, filigran und leicht. Scheinbar schwerelos flattert er durch die Luft. Auch ich fühlte mich durch die Magersucht leicht und schwerelos. Ich dachte, ich stehe über allem, ich bin perfekt und wunderschön. Aber was nutzte mir dieser Vorteil, wenn meine Welt dafür farblos war? Was bringt einem Schwerelosigkeit in einer erdrückenden Umgebung?«

Ich drehte mich um die eigene Achse, um die Umgebung genauer zu betrachten. Die Farblosigkeit stimmte mich traurig. Alles wirkte düster, deprimierend und erschlagend. Die Freude fehlte. Das Leben um mich herum sprang nicht auf mich über. Obwohl das Ambiente der uns umgebenden Natur wahrscheinlich wunderschön war, wirkte sie durch ihre Farblosigkeit trübselig. In mir kam ein Gefühl von Hoffnungslosigkeit und Trauer auf. Es war wie ein dunkler Schleier, der sich über mich legte und mich zu Boden drückte.

»Du verspürst die Veränderung jetzt schon«, wies Anna mich auf meine Gefühlslage hin. »Nun stelle dir vor, du bist wochen- oder sogar monatelang in dieser schwarz-weißen, farb- und emotionslosen Welt gefangen.«

»Da wird man depressiv«, sagte ich.

»Ja, das wird man. Denn irgendwann verschwindet sogar die Traurigkeit. Dann spürst du gar nichts mehr. Nur noch Leere und Kälte. Die Magersucht ist wie ein Eissturm, der alles einfriert. Und diese Leere und Kälte sind noch schlimmer als die Traurigkeit. Jedes Gefühl ist harmlos im Gegensatz zu der Empfindung, nichts zu empfinden. Wir können in einer trostlosen, schwarzen Welt zwar überleben, aber mehr auch nicht. Es hat nichts mehr mit dem richtigen Leben zu tun. Jemand, der nichts mehr fühlt, ist eine starre Hülle. Der Körper lebt, aber die Seele liegt im Koma. Der Winterschlaf ist so tief, dass jeden Moment ein Atemstillstand droht. Man ist mehr tot als lebendig. Je länger der Zustand andauert, desto weiter entfernt man sich vom Leben.«

Das glaubte ich ihr aufs Wort. Ich spürte jetzt schon, wie düster und hoffnungsraubend diese Umgebung war. Hier hielt ich es nicht lange aus. Es war schwer zu beurteilen, was schlimmer war: Die Gefängniszelle oder dieser Ort – gefühlt war beides auf seine Weise schrecklich.

»Wie kommt man dort wieder heraus?«

Sie seufzte. »Indem man kämpft. Indem man sich seinen Ängsten stellt und isst. Man kann die schwarz-weiße Welt nur wieder in ein farbiges Leben verwandeln, wenn man zunimmt. Erst, wenn man über ausreichend Energie verfügt, wacht man aus dem Koma und anschließend aus dem Winterschlaf auf.«

»Das ist doch eine gute Nachricht«, lobte ich sie. »Weshalb sprichst du die Lösung so aus, als wäre sie ein Todesurteil?« Mir waren ihr düsterer Blick und ihre betrübte Stimmung nicht verborgen geblieben. »Hat es damit zu tun, dass das ‚einfach an Gewicht zunehmen‘ nicht einfach ist?«, stellte ich eine These auf.

»Nein«, sie schüttelte den Kopf. »Es ist etwas anderes, etwas, was man nicht lösen kann.«

Sie schloss ihre Augen. Ihre Mimik spannte sich an, sie konzentrierte sich. Plötzlich wurde es hell, auf einmal erwachte unsere Umgebung zum Leben. Vögel zwitscherten, in einiger Entfernung ertönten Motorengeräusche, Leute diskutierten. Die Stille war mir vorher gar nicht bewusst gewesen, erst als ich jetzt den Lärm vernahm, merkte ich, dass etwas gefehlt hatte.

Von der unerwarteten Veränderung erschrocken, formte ich meine Augen zu Schlitzen, um sie vor der Helligkeit zu schützen. Meine Ohren schützte ich, indem ich sie mit meinen Händen zuhielt.

»Boa, hättest du mich nicht vorwarnen können?«, fluchte ich genervt.

Sie grinste. »Nein, sonst würdest du es nicht verstehen.«

»Was soll ich verstehen? Dass es viel zu laut und viel zu hell ist?«

»Soll ich es wieder leise und dunkel machen?«, fragte sie. Ihr Gesichtsausdruck verriet mir, dass sie etwas plante.

Dankend nickte ich. Sie schloss ihre Augen. Es wurde wieder still, das Leben verstummte und die Umgebung färbte sich Grau in Grau.

Erleichtert atmete ich auf. Für eine Millisekunde fühlte ich mich erleichtert, doch dann kroch erneut das unbehagliche Gefühl in mir hoch. War diese farblose Dunkelheit wahrhaftig besser?

»Bist du zufrieden?«

Ich kratzte mich am Nacken. »Äh ... Ja ... Nein ...« Ich war mir unsicher.

»Du hast doch jetzt, was du wolltest«, provozierte Anna. »Also musst du zufrieden sein.«

Unschlüssig, fast schon verzweifelt, schüttelte ich den Kopf. Ich konnte mein Problem nicht in Worte fassen. Sie hatte Recht, ich hatte, was ich wollte, doch es machte mich nicht zufrieden, weil ich es eigentlich doch nicht wollte. Es war verwirrend.

»Ich sage dir, was dein Problem ist«, erlöste sie mich. »Die Gefühle haben sich durch die Essstörung langsam ausgeschlichen. Man hat die Veränderung kaum gemerkt. Und selbst wenn man sie mitbekommen hat, konnte man das Fortschreiten nicht verhindern. Man findet sich mit der düsteren Umgebung ab und gewöhnt sich an sie. Auch wenn man es selbst eventuell nicht so empfindet, die Emotionslosigkeit wird einem vertraut. Nimmt man nun wieder an Gewicht zu, kehren die Gefühle nicht langsam und sanft zurück, sondern sie erschlagen einen förmlich. Wie du gerade erlebt hast, ist plötzlich alles laut, hell, grell … man ist überfordert. Gefühlt wacht man eines Morgens auf, ist wütend, im nächsten Moment traurig, fünf Sekunden später glücklich und weitere zwei Minuten später sitzt man weinend in der Ecke. Es ist nicht nachvollziehbar, was passiert. Man bekommt Angst und zeigt Vermeidungsverhalten. So wie du reagiert hast, sagt man sich ‚Boa, nein, das ist gar nichts für mich'. Man flüchtet sich lieber wieder in vertraute, alte Verhaltensmuster. In diesem Augenblick will man das. Man glaubt, dass es die Lösung ist. Doch ist man wieder in der emotionslosen, schwarz-weißen Welt, stellt man fest, dass man genau das doch nicht wollte. Es ist konfus. Man will weder das eine noch das andere. Man sehnt sich nach dem, was man gerade nicht hat, um nach einem Wechsel festzustellen, dass man doch wieder das Alte will.«

»Was hilft dagegen?«

»Aushalten«, sagte sie knapp. »Du kannst es nicht verhindern. Es gehört dazu. Du glaubst, dass es dich erschlägt, und du willst dich wieder verkriechen. Du möchtest schreien, dir die Ohren und Augen zuhalten, aber all das nützt nichts. Du musst diese Gefühle aushalten. Es ist, wie wenn jemand im Dunkeln einfach das Licht anmacht. Erst tut es weh, doch man gewöhnt sich daran. Nach der ersten Welle, die meistens am heftigsten ist, wird es besser. Die Emotionen, die zurückkehren, fühlen sich gewaltig an, aber in Wahrheit sind sie vollkommen normal. Man nimmt sie nicht extremer wahr als andere, sondern sie kommen einem einfach nur extremer vor, weil man vergessen hat, wie sich Gefühle anfühlen. Wenn man sie wieder eine Weile spürt, gewöhnt man sich daran. Bis dahin muss man die Situation jedoch einfach nur aushalten.«

»Also gibt es keinen Tipp, sondern nur die Hoffnung, dass es nach einer Weile besser wird«, fasste ich zusammen.

»Jain. Hoffnung ist es nicht, sondern es ist ein Versprechen. Es wird besser. Garantiert. Aber erst einmal wird es die Hölle.«

»Das ist gut zu wissen«, bedankte ich mich.

»Und die Hölle ist es nicht nur für den Betroffenen selbst, sondern auch für die Menschen in seinem Umfeld. Als ich das erste Mal in einer Klinik war und das Gewicht erreichte, bei dem meine Gefühle zurückkamen, habe ich die gesamte Station niedergemacht. Ich habe geschrien, auf den Boden aufgestampft und alle verflucht. Ich dachte, dass ich den Tag nicht überlebe. Es fühlte sich an, als würde es mich innerlich zerreißen. Ich weinte und weinte und weinte und es wurde nicht besser. Ich habe jeden gehasst, habe den

Betreuern und Ärzten vorgeworfen, dass sie mich mästen würden. Ich dachte, dass die Gefühlsausbrüche mit der – in meinen Augen zu raschen – Gewichtszunahme zu tun hätten, doch das war nicht der Fall. Selbst wenn man langsam zunimmt, kommen die Gefühle wie eine gigantische Welle zurück, in der man zu ertrinken glaubt. Es gibt keine sanfte Methode. Und in dem Moment, wo alles hochkommt, verflucht man nicht die Magersucht. Man bringt die Gegebenheiten nicht mit dem Gesundwerden oder dem Sterben der Magersucht in Verbindung, sondern der Hass richtet sich gegen das Essen. Schließlich hat man Nahrung zu sich genommen und zugenommen, so wie es die Ärzte gesagt haben. Sie haben einem erklärt, dass man davon gesund wird. Und was passiert? Man wird von Gefühlen erschlagen, fühlt sich scheiße, hasst alles, weiß nicht, wohin mit sich selbst. Man sucht einen Grund. Da es einem während der Phase der Magersucht besser gegangen ist, kann sie nicht schuld an dem Dilemma sein. Das Einzige, was man geändert hat, ist die erhöhte Nahrungsaufnahme. Folglich sind das böse Essen und die bösen Betreuer, die einen zum Essen zwingen, an der Sachlage schuld«, berichtete Anna weiter.

»Ist das wieder ein essgestörter Gedanke?«, fragte ich nach.

»Schwer zu sagen. Klar, die Magersucht kämpft in dem Moment um ihr Überleben. Sie will den Betroffenen nicht gehen lassen. Mit allen Mitteln probiert sie einem noch einmal die Vorzüge der Essstörung aufzutischen. Sie will nicht, dass man gesund wird. Doch zusätzlich würde ich sagen, dass der Gedanke nicht ausschließlich essgestört ist, sondern auch einfach nur naiv. Es ist das am plausibelsten Erscheinende, die Problemursache auf das Essen abzuschieben. Durch das weiterhin vorhandene Untergewicht und die vielen Gefühle ist kaum Platz im Gehirn, um sich weiterführende Gedanken zu machen. Der Kopf ist voll. Alles verheddert sich zu einem gigantischen Knäuel, bei dem man keine Ahnung hat, wo es anfängt oder wo es endet. Jetzt von dem Betroffenen zu verlangen, klar zu denken, ist einfach zu viel verlangt. Vier oder fünf Tage später kann man ein vernünftiges Gespräch führen, aber aktuell ist das nicht möglich. Der oder die Betroffene ist wie ein kleines, jähzorniges Kind. Man muss erst abwarten, bis er oder sie wieder zugänglich ist.«

»Das heißt, man kann nichts tun?«, fragte ich ungläubig. »Außer da zu sein und es auszuhalten?«

»Das hört sich nicht viel an, doch auch diese Kleinigkeit ist bereits wertvoll«, klärte sie auf. »Manche Probleme kannst du nicht lösen, du kannst ihre Auflösung nicht beschleunigen, du musst darauf warten, dass die Zeit die Angelegenheit bearbeitet. Du kannst Mut machen, du kannst denjenigen ernst nehmen, du kannst ihm erklären, dass es vorübergeht. Das hilft. Was nicht hilft, sind Sprüche wie ‚Stell dich nicht so an‘, ‚Reiß dich zusammen‘ oder, selbst ebenfalls an die Decke zu gehen. Das schaukelt die Situation bloß in die Höhe. Am besten schaffst du dir als Freund oder Angehöriger für diese Phase einen dicken Pelz an und

legst nicht jedes Wort des Betroffenen auf die Gold-
waage.«

»Wieso darf ich nicht meine Meinung sagen?«, hakte
ich nach. Ich verstand zwar, dass das zu Schwierigkeiten führen könnte, aber weshalb sollte ich die Betroffene in Watte wickeln?

»Du darfst schon. Es verbietet dir niemand, deine
Meinung kundzutun. Ob es jedoch hilfreich ist, ist
fraglich. Erstens schaukelt sich die Situation dadurch
in die Höhe und zweitens ist es unfair, jemandem zu
sagen, dass er sich zusammenreißen soll. Du selbst
durchlebst nicht die Situation, es ist für dich als
Außenstehenden nicht nachvollziehbar, wie es sich
anfühlt. Vielleicht reißt sich die Person sogar schon
zusammen? Wahrscheinlich gibt sie gerade ihr Bestes.
Sie kämpft, sonst wäre sie nicht an den Punkt ange-
langt, an dem die Gefühle zurückkommen.«

Sie suchte nach einem Vergleich.

»Stell dir vor, du hast vor einem halben Jahr mit
dem Joggen angefangen. Du bist super stolz darauf,
dass du schon acht Kilometer durchhältst. Dann triffst
du allerdings einen Marathonläufer, der dir sagt, dass
das, was du leistest, gar nichts ist. Er behauptet, wenn
du dich richtig anstrengen würdest, könntest du genauso wie er die vierzig Kilometer durchhalten. Hilft
dir das weiter? Motiviert dich das?«

»Nein«, gab ich zu.

»Würde jedoch jemand zu dir kommen, der ebenfalls Marathons läuft und dir Tipps gibt, wie du deine
Leistungen ausbauen kannst, der dir sagt, dass du es

schaffst, der an dich glaubt …«, unterbreitete sie ein zweites Angebot.

»Klar, das würde mich motivieren«, kürzte ich die Gegenüberstellung ab.

»Solange du nicht selbst etwas durchlebt hast und weißt, wie anstrengend es ist, ist es schwierig, sich ein Urteil zu erlauben«, fügte Anna noch hinzu.

15. Zuschauer, Helfer oder doch Träger?

»Kann man als Freund, Angehöriger oder sonst irgendwie Bekannter dem Betroffenen überhaupt helfen?«, formulierte ich meine nächste Frage.

»Helfen nicht unbedingt«, verbesserte mich Anna. »Unterstützung geben hingegen schon. Der Weg aus der Krankheit heraus ist steinig, steil und beschwerlich. Man muss kämpfen und an seine Grenzen und darüber hinaus gehen. Man wird auf dem Weg stürzen, man wird sich die Knie aufschlagen, man wird weinen, fluchen und schreien. Man wird sich wünschen, dass jemand vorbeikommt und einen trägt. Aber das geht nicht.

In meinen ersten Therapiesitzungen habe ich ebenfalls gedacht, dass ich mich bei meiner Therapeutin auf den Stuhl setze und mich allein meine Anwesenheit während der Stunde gesund machen würde. Ich dachte, Therapie sei so ähnlich wie Hypnose. Ich würde ihren Worten zuhören und diese würden das Chaos in meinem Kopf beseitigen. Doch mit dieser Einstellung lag ich falsch.«

Sie legte ihren Kopf leicht schief. »Wenn du ein Kleinkind hast, das sein Zimmer verwüstet, kannst du als Erwachsener hingehen, ihm sagen: ‚Setz dich auf dein Bett und bewege dich nicht, ich beseitige das

Chaos.' Das ist eine schnelle und einfache Lösung. Zumindest für den Augenblick. Doch auf Dauer gesehen löst es das Problem nicht, sondern verschiebt es lediglich. Das Kind wird weiterhin Chaos veranstalten, weil es weiß oder darauf vertraut, dass du kommst und es aufräumst. Es weiß, wie es das Problem gelöst bekommt. Was es allerdings nicht weiß, ist, wie es das Problem alleine beseitigt. Das heißt, wenn es älter und unabhängiger wird, braucht es dich immer noch. Wenn du mal verhindert bist oder keine Zeit hast, wird es in seinem eigenen Chaos feststecken, weil es nie gelernt hat, allein zurechtzukommen. So ähnlich ist es bei einer Therapie. Das Ziel ist es, dass man Fähigkeiten und Fertigkeiten erwirbt, die einen nach und nach dazu befähigen, alleine klarzukommen. Es ist super entspannend, jemanden zu haben, der einen jedes Mal aus der Scheiße herauszieht, der einem den Weg freiräumt, aber damit rennt man am Ziel vorbei.

Denn irgendwann wird der Punkt kommen, an dem du alleine dastehst, an dem du es selber schaffen musst, weil niemand in greifbarer Nähe ist, und dann brauchst du Erfahrung. Und die bekommst du nur, wenn du es selbst ausprobierst. Eine Therapie ist wie eine Alpenüberquerung. Auf der Seite, von der aus du startest, willst du nicht mehr leben. Die Landschaft ist düster, es existieren dunkle Schatten, die dich festhalten, Dämonen, die dir den Verstand rauben ... es macht krank, dort zu leben. Auf der anderen Seite der Berge kannst du in ein neues, besseres Leben starten. Dort wohnen die Zuversicht und die Hoffnung. Dort ist es besser. Da du allerdings keine Ahnung vom

Bergsteigen hast und nicht weißt, wo du anfangen sollst, geschweige denn wo der Weg entlangführt, suchst du dir einen Bergführer, einen Therapeuten. Ein Therapeut ist ein erfahrener Bergsteiger, der schon zahlreiche Menschen über die Alpen begleitet hat. Er weiß, wo Gefahren lauern, wie du dich gegen Angriffe rüstest und was du tust, wenn ein Gewitter aufzieht. Er kennt die Wege.«

In Gedanken stellte ich mir den Berg, den Anna mir beschrieb, vor.

»Du beginnst zu gehen. Niemals würdest du auf die Idee kommen, deinen Bergführer zu fragen, ob er dich trägt. Oder ob es ausreicht, wenn er dir erzählt, wie eine Alpenüberquerung abläuft, was du siehst, was du fühlst und so weiter. Du weißt, dass das nicht dasselbe ist wie wenn du es selbst erlebst. Also beginnst du mit dem Aufstieg. Dieser ist schon nach den ersten Metern schwerer, als du erwartet hattest. Es kostet mehr Kraft, als du zu besitzen glaubst.

In solchen Momenten kommen andere Bergsteiger vorbei, Freunde, Angehörige, die mit dir gehen. Sie motivieren dich dazu, weiterzukämpfen. Sie erzählen von der schönen Aussicht, die auf dem Gipfel auf dich wartet, und sie bringen Essen und Getränke vorbei. Auch sie werden dich nicht tragen. Sie reichen lediglich eine unterstützende Hand. Gehen musst du den Weg alleine. Nach jedem Schritt spürst du die Anstrengung mehr. Die Muskeln brennen, aber du siehst auch, wie das Ziel näher kommt, und fühlst, wie du an Stärke gewinnst.«

»Wenn man einmal das Ziel erreicht hat, bleibt man dann auf der Sonnenseite?«, erkundigte ich mich.

»Nein, leider gibt es dafür keine Garantie. Da muss ich dich enttäuschen. Essstörungen haben leider eine sehr hohe Rückfallquote. Die Magersucht ist hinterlistig. Sie geiert nur so darauf, dass der oder die Betroffene einen schwachen Moment hat, und dann schlägt sie erneut zu. Oder sie versucht es. Man kann sich leider nicht gegen ihre Angriffe schützen. Magersucht ist nicht wie eine körperliche Erkrankung, gegen die das Immunsystem Abwehrzellen bildet, sodass man vor einer erneuten Infektion geschützt ist. Sie verändert ihre Herangehensweise schnell, mutiert und ist eine Meisterin der Tarnung. Man kann sie nicht besiegen, sondern lediglich lernen, sie zu managen. Wenn man wachsam ist, erkennt man ihre Vorboten, die deutlich leichter in den Griff zu bekommen sind als die Magersucht selbst. Wenn man mitbekommt, dass man auf eine Wand zusteuert, kann man noch abdrehen. Je früher man das Lenkrad einschlägt, desto höher ist die Wahrscheinlichkeit, dass das Ausweichmanöver funktioniert. Wartet man hingegen zu lange, erhöht sich die Gefahr einer Kollision.

Bei jeder anderen Sucht verfügt der oder die Betroffene über den Vorteil, dass er oder sie nach einem Entzug dem Suchtmittel einigermaßen aus dem Weg gehen kann. Ein Alkoholiker meidet den Alkohol, ein Drogensüchtiger meidet Drogen, ein Spielsüchtiger geht nicht mehr in ein Casino, aber was tut ein Essgestörter?«

Ich konnte mir ein Grinsen nicht verkneifen. »Er hört auf zu essen?«, scherzte ich.

Empört schnalzte Anna mit der Zunge. »Natürlich nicht! Er muss einen gesunden Umgang mit dem Suchtmittel lernen. Er muss sozusagen erlernen, wie man seine Droge dosiert. Er kann Lebensmitteln nicht aus dem Weg gehen.«

Jetzt musste auch sie gegen ein Grinsen ankämpfen. »Psychotherapie oder Therapie allgemein ist etwas Anstrengendes. Man wird mit Ängsten und Problemen konfrontiert, aber hin und wieder ist es auch lustig. Schließlich sind Therapeuten auch nur Menschen, die natürlich nicht unfehlbar sind. So passiert es, dass Behauptungen aufgestellt werden, die dem Therapeuten einfach so durch den Kopf schwirren und ausgesprochen werden, obwohl sie besser noch einmal durchdacht gehört hätten. Im ersten Moment fühlt man sich als Betroffener dadurch womöglich angegriffen und unverstanden, doch im Nachhinein kann man darüber lachen. In einer Klinik hatte ich eine Therapeutin, die den wundervollen Vorschlag gemacht hat, dass ich alle Spiegel in meinem Zimmer verdecken sollte. Mein Problem zu diesem Zeitpunkt war, dass ich mich selbst hasste und meinen eigenen Anblick im Spiegel nicht ertragen konnte. Ich stand stundenlang davor und begutachtete meinen in meinen Augen viel zu fetten und hässlichen Körper. Die Grundidee hinter dem Vorschlag war gut. Wenn man ein Problem aktuell nicht lösen kann, hilft es, das Problem konsequent zu meiden. Wobei die Schwierigkeit bei diesem Satz nicht bei der Vermeidung liegt, sondern bei dem Wort konsequent. Hast du schon einmal darüber nachgedacht, wie vielen Spiegeln du an einem Tag begegnest? Oder wie oft du mit Essen konfrontiert wirst?«

»Na ja, im Bad habe ich einen Spiegel und an der Garderobe im Flur. Mit Essen komme ich dreimal täglich bei meinen Mahlzeiten in Kontakt«, überlegte ich. »Und hin und wieder hole ich mir etwas für zwischendurch am Kiosk, beim Snackautomaten oder ich genieße beim Fernsehen ein paar Chips.«

Ich sah ihr an, dass ich etwas vergessen haben musste, doch mir fiel kein weiteres Beispiel ein.

»Siehst du«, wies mich meine Gesprächspartnerin auf einen Denkfehler hin. »So denken wohl die meisten Gesunden. Aber jemandem mit Essstörung fallen noch deutlich mehr Beispiele ein. Was ist mit den Spiegeln auf öffentlichen Toiletten oder was mit dem Schaufenster in der Einkaufspassage? Auch darin erkenne ich mein Spiegelbild. In jedem Geschäft, selbst in Lebensmittelläden, wird mit Spiegeln gearbeitet. Erst recht in Bekleidungsläden. Dort sind häufig sogar richtig fiese Spiegel angebracht. Diese verzerren die Körperkonturen. Selbst beim Autofahren habe ich Spiegel. Es ist unmöglich, allen auszuweichen. Genauso ist es mit Konfrontationen mit Essen oder Lebensmitteln. Selbst wenn ich die Situationen, in denen ich eine Mahlzeit zu mir nehmen muss, beiseite lasse, dreht sich trotzdem fast alles im Alltag um das Thema Essen. In jeder Fußgängerzone gibt es Bäckereien, in jedem Betrieb gibt es Mittagspausen, in der die Mitarbeiter Mahlzeiten oder Snacks zu sich nehmen, selbst

im Fernsehen oder Radio werde ich mit Nahrungs-
mitteln konfrontiert! Jemand, der keine Schwierigkeit
mit der Thematik hat, nimmt diese häufigen Begeg-
nungen nicht wirklich wahr, aber jemand, der das
Thema lieber verdrängen möchte, registriert alles. Ver-
drängung und Vermeidung sind somit nicht möglich.
Selbst wenn man sich alleine im Zimmer einschließt,
ist man nicht davor geschützt, dass der Geruch von
frisch zubereitetem Mittagessen zu einem herein-
dringt.«

Meine Augen weiteten sich vor Erstaunen. So hatte
ich die Sache noch gar nicht betrachtet. Sicher hatte
jede Suchterkrankung ihre eigene Problematik. Bei
keiner Sucht konnte man sagen: »*Sei froh, dass du …
hast und nicht von der Sucht xy betroffen bist.*« Man
konnte das eine nicht mit dem anderen vergleichen.
Jede Sucht, jeder betroffene Mensch war anders. Es
gab kein Besser oder Schlechter, kein Einfacher oder
Schwieriger. Doch das Wissen, dass man sein Problem
nicht einfach aus sich herausschneiden und von sich
abtrennen konnte, sondern einen gesunden Umgang
damit erlernen musste, war etwas Spezielles, woran
man als Außenstehender kaum dachte.

16. Erfolgschancen

»Wie hoch ist die Chance, es aus der Magersucht herauszuschaffen?«, fragte ich unsicher. Ich war mir nicht sicher, ob ich die Antwort hören wollte oder ob die Zahlen mich zu sehr frustrieren würden.

»Dazu gibt es unterschiedliche Studien. Es ist von Fall zu Fall unterschiedlich, wie hoch die Chancen sind, wieder einen gesunden oder zumindest einigermaßen gesunden Bezug zum Essen und dem eigenen Körper herzustellen. Grob kann man sagen, dreißig Prozent schaffen es, dauerhaft stabil zu sein, dreißig Prozent erleben einen oder mehr Rückfälle, bei weiteren dreißig Prozent nimmt die Krankheit einen lang. jährigen, krisenhaften Verlauf und zehn Prozent sterben«, erläuterte die junge Frau.

»Oh.« Ich fühlte mich betroffen. Es klang doof, wenn ich sagte, dass ich nicht damit gerechnet hätte, dass Magersucht solch eine gefährliche Krankheit war. Klar wusste ich, dass hinter der Essstörung mehr als eine Diät steckte, dass das Untergewicht lebensgefährlich war ... aber dass Magersucht so oft zum Tode führte, war mir nicht bewusst gewesen. »Das ist einer von zehn.«

Sie nickte.

»Das ist viel.«

»Ja, das Schwierige ist, dass sich Betroffene lange Zeit gar nicht krank fühlen. Der Körper funktioniert, selbst bei starkem Untergewicht, noch unwahrscheinlich lange – und dann stellt er plötzlich sämtliche Funktionen ein. Der Tod schleicht sich sozusagen erst langsam und unbemerkt an – und schlägt dann, wenn man es nicht erwartet, blitzartig zu.«

»Das ist grausam!« Ich dachte an meine Nichte. Es versetzte mir ein schmerzhaftes Ziehen in der Herzgegend, wenn ich daran dachte, dass die Erkrankung sie mir nehmen könnte. Das klang schrecklich. »Man fühlt sich so machtlos«, formulierte ich meine Gedanken.

»In der Küche steht ein voller Kühlschrank. Man hat alles eingekauft, was sie auch nur im Entferntesten essen könnte, meine Frau kocht jedes Mal, wenn sie zu Besuch kommt, ihr Lieblingsessen.« Er schmunzelte kurz. »Spaghetti mit Tomatensoße. Doch sie rührt es nicht einmal an. Sie verhungert vor einem vollen Teller. Das ist verrückt, oder?«

»Sie will es nicht«, murmelte die junge Frau. »Sie will niemanden enttäuschen, sie will nicht sterben, sie will niemandem wehtun …«

»Aber sie tut es«, fauchte ich, wütender, als ich ursprünglich gewollt hatte, dazwischen. »Sie tut jedem weh, der ihr helfen will!«

»Tut *sie* dir weh oder ist es die Magersucht?«

Fragend schaute ich Anna an. »Das ist doch egal. Wie du erklärt hast, gibt es da kaum noch einen Unterschied. Meine Nichte ist die Magersucht.«

»Falsch!« Entschieden schüttelte sie den Kopf. »Die Magersucht ist Teil deiner Nichte, nicht andersherum. Die Magersucht ist stark, sie beeinflusst das Denken und Handeln, aber sie wird nicht zum Menschen.«

»Ich fürchte, sie ist sich gar nicht bewusst, was sie sich da antut ... und was sie auch ihrer Familie antut ...«, seufzte ich.

»Das mag sein«, stimmte Anna zu. »Was sie ihrem Umfeld antut, das kann sie nicht realisieren. Dafür reichen die kognitiven Fähigkeiten im Untergewicht meist nicht mehr aus. Hin und wieder spürt sie es, in diesen Augenblicken hat sie lichte Momente und dann tut es ihr unwahrscheinlich leid, aber sie kann nicht anders.«

Ich kämpfte mit Tränen. »Vor Kurzem hat sie zu ihrer Mutter gesagt: ‚Vielleicht seid ihr besser dran, wenn ich nicht mehr lebe. Dann seid ihr das Problem los.'«

Ich vernahm, wie Anna scharf Luft einsog. »Das ist die Verzweiflung, die spricht.«

»Für mich hört sich das so an, als hätte sie aufgegeben«, gab ich zu.

»Nicht direkt«, änderte sie meinen Blickwinkel. »Es heißt nicht, dass sie aufgegeben hat, sondern es bedeutet, dass sie Hilfe braucht. Dieser Satz hat eine etwas andere Bedeutung, als man im ersten Moment meinen könnte. Sie sieht, dass die Situation belastend ist, sie möchte sie verändern, sie möchte so – unter diesen Umständen – nicht mehr weiterleben. Sie sehnt sich nach Veränderung. Das ist das Ziel Nummer eins. Sie möchte, dass alles wieder gut wird und die Probleme sich lösen. Dafür ist sie bereit, vieles zu tun. Im Zweifel auch, sich umzubringen ... Es ist nicht so, dass sie wirklich sterben will.«

Sie zögerte und überlegte, wie sie es ihm erklären konnte.

»Das ist ihr Notausstieg. So in dem Sinne: Wenn gar nichts mehr geht, dann gehe ich. Dann ist alles vorbei.«

»Sollen mir diese Worte Mut machen oder mich verängstigen?«, fragte ich zweifelnd nach.

»Äh«, stotterte die junge Frau. »Eigentlich war der Plan, dir Hoffnung zu machen.«

Ich zwang mich zu einem schiefen Lächeln.

»Okay, das hat nicht funktioniert«, stellte sie fest. »Die Wahrheit ist nicht immer schön«, entschuldigte sie sich. »Doch manchmal hilft sie. Außerdem ist es gut, wenn sie über ihre Verzweiflung spricht.«

Mein Lächeln wurde noch schiefer. Ich hatte keine Ahnung, wie Anna die Situation noch retten wollte.

»Man sagt, jemand, der über Suizid spricht, wird es nicht tun. Das ist schwachsinnig. Jemand, der darüber spricht, kann es genauso tun wie jemand, der nicht darüber spricht. Der einzige Vorteil, den es hat, wenn jemand darüber spricht, ist, dass er oder sie noch nicht entschlossen ist. Derjenige gibt den Menschen in seinem Umfeld dadurch die Gelegenheit, noch einmal einzugreifen und ihn oder sie vom Gegenteil zu überzeugen, also vom Leben. Es ist wie ein verzweifeltes Anflehen um einen Grund, es nicht zu tun. Ein allerletzter Hilferuf«, erklärte sie.

»Und was antwortet man darauf?«

»Die Wahrheit.«

»Super«, ich fühlte mich veräppelt. Diese Antwort brachte mich nicht weiter.

»Wenn derjenige wirklich mit dem Leben abgeschlossen hat, kann man ihn oder sie nicht mehr überzeugen. Dann hat man verloren. Das darf man auch sagen. Auch wenn man dem Gegenüber am liebsten eine Ohrfeige verpassen oder ihn oder sie am liebsten durchschütteln würde, bis die negativen Gedanken aus ihm oder ihr herauspurzeln, ist genau das nicht zielführend. Man darf es gerne aussprechen, kann erklären, dass man die Person gerade für diese Aussage gegen die Wand schubsen möchte, aber man sollte es bei Worten belassen. Und man sollte davor oder danach mit aussprechen, dass man es, wenn sich der- oder diejenige bereits entschieden hat, nicht ändern oder verhindern kann. Das ist nämlich wichtig für den zweiten Teil der Antwort, der wie folgt lautet: ,*Falls du dich noch nicht entschieden hast und einen letzten Versuch starten willst, dich aus all dem herauszukämpfen, dann hast du hier meine Hand. Zusammen schaffen wir das'* – oder so ähnlich. Es soll eine Einladung zum Leben sein. Nun liegt es an der verzweifelten Person selbst, zu entscheiden, was sie will. Mit Zwangsmaßnahmen oder Erpressungen kommt man nicht weiter.«

»Aber wenn gar nichts mehr hilft, gibt es doch auch Zwangsernährung über eine Magensonde«, gab ich zu bedenken.

»Ja, aber ist das eine Therapieform oder lediglich eine lebenserhaltende Maßnahme?«

Irritiert schaute ich sie an. »Es hilft heilen, also würde ich Therapie sagen. Eine Sonde ist schließlich keine Maschine, ohne die der oder die Betroffene nicht leben könnte.«

»Ja und nein«, stimmte Anna mir zu und widersprach mir zugleich. »Sie ist keine Maschine. Würde man die Maßnahme beenden oder unterbrechen, stirbt der oder die Betroffene im Normalfall nicht direkt. Irgendwann kann das Untergewicht zwar tödlich werden, weil die Organe versagen und der Körper zu schwach ist, um weiterzukämpfen, aber in dem Fall wird auch eine Magensonde das Problem nicht lösen. Zumindest nicht alleine. Deshalb ist das Wort ‚lebenserhaltend' eventuell etwas übertrieben. Vielleicht passt ‚lebensrettend' oder ‚lebensverlängernd' besser. Aber die Zwangsernährung kann keine Therapie ersetzen und sie hilft auch nicht heilen.«

17. Zwangsmaßnahmen

»Was erreicht man denn *dann* durch die Zwangsernährung?«, fragte ich skeptisch nach.

»Ganz simpel ausgedrückt, sie verschafft allen Beteiligten Zeit. Indem man dem Betroffenen über eine Sonde Kalorien und Nährstoffe zuführt, stabilisiert man ihn. Der Allgemeinzustand verbessert sich, das Wohlbefinden kann steigen und das Gehirn hat wieder genügend Energie, um klar zu denken. Das kann dazu führen, dass sich der oder die Betroffene wieder dessen entsinnt, dass das Leben nicht immer dunkel und grau war, sondern dass es auch gute Zeiten gab. Das kann einen Anstoß zum Kämpfen geben. Außerdem wirkt die Sondennahrung wie ein Energieschub. Man gewinnt an Kraft und Durchhaltevermögen. Trotz allem ist es keine Dauerlösung. Es ist egal, ob man als Betroffener die Magensonde akzeptiert und sie als Unterstützung ansieht oder ob man fixiert werden muss, bevor man die Sonde toleriert – irgendwann kommt die Maßnahme an ihre Grenzen. Irgendwann muss man sich freiwillig dafür entscheiden, wieder zu essen. Eine Magensonde kann die Starthilfe zurück ins Leben sein, aber nach einer Weile muss man alleine weiterkämpfen. Es ist keine Option, den Rest seines Lebens mit einem Schlauch in der Nase herumzulaufen.«

Verstehend nickte ich. »Gibt es Leute, die sich freiwillig eine Magensonde legen lassen?«

»Ja, die gibt es. Für mich persönlich kam das nie in Frage, aber ich kenne Leute, die sich bewusst für diese Maßnahme entschieden haben.«

»Warum?«, wollte ich weiter ins Thema einsteigen.

»Es geht um Verantwortung. Wenn ich selbst esse, bin ich diejenige, die daran schuld ist, dass ich zunehme. Mit dieser ‚Schuld' muss ich leben. Ich muss mich alleine vor der Magersucht rechtfertigen. Für jeden Bissen muss ich kämpfen. Gibt es jedoch einen Arzt, der mich dazu zwingt, zuzunehmen, gebe ich diese Verantwortung ab. Ich kann mir einreden, dass es nicht mehr in meinen Händen liegt, was ich zu mir nehme. Der Mediziner beschließt, was, wann und wie viel ich als Sondennahrung bekomme. Für manche ist das entlastend. Sie schaffen es, die Verantwortung abzugeben und zu vertrauen. Sie nehmen es als entlastend wahr, nicht bei jedem Bissen kämpfen und sich vor der Magersucht rechtfertigen zu müssen, sondern nur die Sondennahrung über den Schlauch direkt in den Magen zu bekommen.«

»Du hattest nie eine Magensonde?«, stellte ich eine Vermutung auf. Ich spürte, dass sie mit etwas Abstand über dieses Thema sprach, weshalb ich davon ausging, dass sie nicht aus eigener Erfahrung erzählte.

»Oh doch, ich hatte eine Magensonde!«, zerschlug sie meine Behauptung. »Allerdings habe ich nicht zu den Leuten gehört, die sich mit dem Schlauch in ihrer Nase anfreunden konnten. Für mich war das Legen der Sonde wie eine Entmündigung. Ich fühlte mich wie eine Versagerin. Ich wollte das nicht. Ich wollte es alleine schaffen, ich wollte mich selbstständig da hindurchkämpfen. Ich hatte das Gefühl, dass die Anordnung einer Magensonde einer Niederlage gleichkam. Ich fühlte mich, als hätte ich verloren … Dabei hat diese Maßnahme gar nichts mit Versagen zu tun. Es ist keine Schwäche, wenn man es alleine nicht schafft, sondern es zeugt von Stärke, wenn man selbst erkennt, dass man Unterstützung braucht. Es ist in Ordnung, sich Hilfen zu suchen, die einen zeitweise entlasten und einem eine Atempause ermöglichen. Man muss nicht immer stark sein. Man darf auch mal schwach sein. Außerdem ist es stark, zu wissen, wo die eigenen Grenzen liegen.«

»Das heißt, die Zwangsernährung lief bei dir wirklich unter Zwang ab?«, hakte ich nach.

»Du willst wirklich eine meiner dunkelsten Geschichten hören«, stellte sie seufzend fest. »Ich bin kein positives Beispiel. Ich glaube nicht, dass ich dir damit Mut machen kann.«

»Doch, das glaube ich«, wies ich sie auf eine andere Sichtweise hin. »Du lebst, du hast es geschafft. Das macht Hoffnung. Selbst wenn deine Geschichte dunkel ist, hast du wieder den Ausweg in Richtung Licht gefunden.«

Anna holte tief Luft und begann dann wieder zu sprechen: »Man sieht es mir nicht mehr an, doch ich hatte eine Phase, in der ich dem Tod näher war als dem Leben. Ich hatte mit allem abgeschlossen. Mir fehlten die Kraft und der Mut zum Kämpfen. Die

Magersucht hatte mich zu einhundert Prozent im Griff und ich glaubte, ihr nur entkommen zu können, wenn ich sterbe. Also beschloss ich, mich zu Tode zu hungern oder mir mit einem scharfen Gegenstand die Pulsadern zu durchtrennen. Zu diesem Zeitpunkt befand ich mich bereits in stationärer Behandlung. Um vor mir selbst und meinen Gedanken geschützt zu werden, kam ich in ein Beobachtungszimmer. Es gab keinen Schlupfwinkel, wo ich mich verstecken konnte, ich wurde vierundzwanzig Stunden dauerüberwacht. Da ich mich jedoch weiterhin weigerte zu essen und zu trinken, musste nach anderen, zusätzlichen Wegen gesucht werden. Überwachung allein reichte nicht aus, um mich zu stabilisieren. Mir wurde angeboten, dass ich mir freiwillig eine Magensonde und/ oder Infusionen legen lasse, doch dagegen sträubte sich die Magersucht in mir. Auf keinen Fall wollte ich zunehmen. Lieber war ich dünn und tot als lebendig und dick. Mein Gehirn war vollkommen Matsch, ich bekam keinen gesunden Gedanken mehr zustande. Das führte dazu, dass eine Fixierung bei mir angeordnet wurde. Mehrere starke Männer hielten mich fest und fixierten meine Arme, Beine und meinen Bauch an einem speziell dafür hergerichteten Bett.«

Ich vernahm, wie sie schluckte.

»Ich verurteile die Ärzte, die diese Entscheidung getroffen haben, nicht. Sie haben das Richtige getan. Sie wollten mich am Leben halten. Doch danach kam es zu Komplikationen. Sie hatten mich an das Bett gebunden und ich bekam Infusionen. Doch sobald sie mich losbanden, standen wir wieder am Anfang. Wir drehten uns im Kreis. Solange ich fixiert war, war alles gut, aber irgendwann musste ich ja losgemacht werden und dann stellte sich heraus, dass sich nichts geändert hatte. Denn sobald ich frei war, machte ich dort weiter, wo ich zuvor aufgehört hatte. In meinem Kopf hatte kein Umdenken stattgefunden. Und bei den Ärzten fand ebenfalls kein Umdenken statt. Wochen, nein, am Ende waren es sogar Monate, steckten wir in diesem Teufelskreis zwischen Fixieren, Losbinden und wieder Fixieren fest.«

»Das klingt grauenhaft.« Die Geschichte schockierte mich. Ich wusste gar nicht, was ich dazu sagen sollte. Konnte man dazu überhaupt irgendetwas sagen? Außer, dass man das niemandem wünschte?

»Ja, es war grauenhaft, es war unfair und am Ende wahrscheinlich auch falsch. Doch dieses Negativbeispiel zeigt zwei wichtige Dinge auf.

Erstens: Auch Fachpersonal kann an seine Grenzen kommen. Ich denke nicht, dass diese Maßnahmen angeordnet wurden, weil der Arzt ein Sadist war und mich gerne quälen wollte. Er war überfordert. Er hat den klaren Blick für die Situation verloren und mit mehr Gewalt agierte als eigentlich nötig war. Nicht bewusst, sondern aus einem Impuls heraus. Wahrscheinlich war sehr viel Frust im Spiel und eventuell auch Verzweiflung. Die Fronten zwischen mir und dem Personal waren verhärtet. Wir sahen einander nicht mehr als Verbündete an, die zusammenarbeiten und gemeinsam denselben Feind – die Essstörung – bekämpfen, sondern wir bekriegten uns gegenseitig. Wer damit angefangen hatte und wer die Schuld an der

Lage trug, ist nicht klar zu sagen. Ich denke, es war eine Verkettung von unglücklichen Umständen, die sich zu einem Selbstläufer entwickelten. Alle haben Fehler gemacht.

Womit wir zu der zweiten wichtigen Lektion aus diesem Negativbeispiel kommen. Es kann aus den unterschiedlichsten Gründen zu Reibungen zwischen Therapeuten und Patienten kommen. Bis zu einem gewissen Punkt ist das normal und notwendig. Denn nur wenn der Therapeut den Patienten mit seinen Problemen konfrontiert, was natürlich unangenehm und zum Teil schmerzhaft ist, kann man gemeinsam daran arbeiten. Wenn es allerdings zu starken negativen Reibungen kommt und man den Therapeuten allgemein hasst – und das nicht allein, weil ein Gespräch super emotional geendet hat und er etwas angesprochen hat, was man nicht hören wollte, sondern dauerhaft – oder wenn der Hass in Verachtung umschlägt, dann steht man vor einer Mauer. Wenn es einen Weg gibt, diese Mauer zu umgehen, kann man diesen Weg wählen, aber wenn es keine Möglichkeit gibt, bleibt nur eine Lösung: ein Therapeutenwechsel.

Das hört sich jedoch einfacher an, als es ist. Dem Betroffenen fällt der Gedanke, noch einmal bei einer neuen Person bei Null anzufangen, noch einmal alles erzählen zu müssen, schwer. Und auch dem Therapeuten fällt es häufig nicht leicht, sich einzugestehen, dass er den Patienten nicht heilen kann. Im Grunde ist es kein Versagen, es ist mehr als fair, wenn man feststellt, dass man an seine Grenzen gelangt ist und es einfach so, unter den aktuellen Umständen, keinen Fortschritt geben kann.

Doch das Wissen und das Fühlen sind hier völlig unterschiedlich. Von außen erkennt man das Problem sofort, man weiß, dass sich etwas ändern muss, doch in der Situation drinnen steckt man so fest, dass man wie gelähmt ist. Man hat sich verknotet und verschlungen, hat sich in etwas hineingezwängt, was überall kneift und drückt – nun ist es so eng, dass man dort nicht mehr herauskommt. Jemand von außen ist nötig, der einem mit einer Schere herausschneidet. Jemand, der das ausspricht, was alle Beteiligten bereits denken: Es hat keinen Sinn mehr. Man hat das ursprüngliche Ziel aus den Augen verloren. Es ist zu einem Krieg gegeneinander gekommen, anstatt dass alle Beteiligten miteinander auf einer Seite stehen. In diesem Krieg kann niemand gewinnen, stattdessen verlieren alle. Wenn das Fachpersonal und der Patient aufeinander schießen, freut sich allein die Krankheit«, fasste Anna ihre Erfahrungen zusammen.

»Also entscheidet der Therapeut, durch seine Persönlichkeit und seine Herangehensweise, mit über die Genesungschancen?«

»Jain. Nehmen wir an, es gäbe einen Therapeuten oder einen Arzt, der weltberühmt ist. Er erzielt super Therapieergebnisse, jeder läuft mit einem Lächeln im Gesicht aus seiner Praxis«, gab sie einen Denkanstoß. »Doch du gehst hin und merkst, es passt nicht. Der Mann erinnert dich an deinen Schwiegervater, mit dem du überhaupt nicht zurechtkommst. Oder seine

Stimme stört dich, die Einrichtung der Räumlichkeiten ... Keine Ahnung, es können Kleinigkeiten sein. Diese Kleinigkeiten können jedoch die Erfolgschancen der Therapie maßgeblich beeinträchtigen. Das bedeutet allerdings nicht, dass der Therapeut schlecht ist oder dass du zu kompliziert für ihn bist. Es hat nichts mit den Personen an sich zu tun, sondern mit der Sympathie, der Verbindung untereinander. Es passt nicht.

Genauso kann es bei Therapieansätzen passieren, dass die Therapiemethode, die standardmäßig angewandt wird, die Symptome nicht verbessert, sondern verschlimmert. Schuld daran sind jedoch ebenfalls weder die Therapiemethode noch der Patient, sondern das Zusammenspiel zwischen beiden. Man kann ja auch keine gleichgerichteten Pole eines Magneten gegeneinanderpressen. Damit zerstört man mehr, als man aufbaut.«

»Puh«, ich schnaufte aus. »Und wie findet man das Passende?«

»Indem man auf sich selbst und sein Bauchgefühl vertraut. Und indem man weiß, dass man *anders sein* darf. Ja, es gibt Standards, die super Ergebnisse erzielt haben. Es gibt Studien, die belegen: Wenn man dieses und jenes tut, verbessert sich in der Regel der Zustand – aber diese Ergebnisse passen nie auf einhundert Prozent der Patienten. Es gibt immer einige wenige Ausreißer, die anders reagieren. Und die darf es geben. Es ist nicht falsch oder verwerflich, wenn man feststellt, dass man mit den gewöhnlichen Dingen nicht zurechtkommt, und sagt, dass man es anders probieren möchte. Man selbst kennt sich am besten. Falsch wäre es, wenn man sich in etwas hineinzwängt, worin man sich absolut unwohl fühlt.«

»Weiß man aber wirklich immer, was das Beste für einen ist?«, gab ich zu bedenken.

»Nein«, sie schüttelte den Kopf. »Das weiß man nicht immer direkt, deshalb ist es wichtig, die Dinge auszuprobieren. Je nachdem, wie lange und wie stark die Magersucht ausgeprägt ist, übernimmt sie große Teile der Wahrnehmung. Sie redet einem ein, dass alles, was sie am Leben erhält, gut ist und alles und jeder, das oder der ihr an den Kragen will, bekämpft werden muss. Deshalb lehnt sie grundsätzlich jede Therapie ab. Das ist dann das, was sie will, aber der oder die Betroffene will vielleicht etwas anderes, nur weiß er oder sie noch nicht, was richtig und was falsch ist.

Hier helfen die Logik und das sachliche Denken. Man kann eine Art Landkarte erstellen. Als Erstes nimmt man sich in einem ruhigen Moment, wenn man alleine ist und gut reflektieren kann, Zeit und schreibt auf, was man möchte. Was sind die Ziele, Wünsche und Träume? Als Zweites kommt die Ist-Situation. Was hat man bereits an Ressourcen, was braucht man noch, was sind Voraussetzungen für das Erreichen des Zieles? Das kann unter Umständen eine relativ lange Liste werden. Doch bei genauerem Betrachten wird man feststellen, dass vieles zusammenhängt. Wenn ich zum Beispiel Energie zum Durchhalten brauche, mehr Konzentration, weniger Müdigkeit, kann ich das unter dem Punkt ‚gesundes Gewicht' zusammenfassen. Mit dem Anstieg des Gewichtes werden sich die Defizite nach und nach auflösen. Und wie erreiche ich ein gesundes Gewicht? Durch regelmäßige Mahlzeiten. Also hängt auch das zusammen.

Am Ende schreibt man alle möglichen Wege auf, die einen zum Ziel führen oder führen könnten. Beim Sammeln ist es erst einmal egal, ob die Wege machbar und zielführend sind oder nicht. Das Sortieren folgt erst, wenn man alle Optionen aufgelistet hat. Dann beginnt man nach dem Ausschlussverfahren die Liste auszudünnen. Was ist nicht machbar? Was passt nicht? Was ist nicht effizient genug? Das macht man, bis am Ende eine Option übrig bleibt, die am sinnvollsten und vielversprechendsten erscheint.«

Der Vorschlag klang gut. Ich konnte mir vorstellen, dass das funktionierte. Jedoch hatte ich trotzdem noch einen letzten Einwand. »Wenn man als Betroffener etwas ändern möchte, kann ich mir vorstellen, dass der Plan einen weiterbringt. Aber was ist, wenn jemand nichts an seiner Lage verändern will?«

»Nichts, dann passiert wortwörtlich nichts«, antwortete sie in einer kühlen, fast gleichgültigen Tonlage. »Wie schon mehrfach angedeutet, ist man als betroffene Person selbst der Motor. Man kann nur gerettet werden, wenn man gerettet werden will. Das ist, wie wenn ein Mann oder eine Frau auf hoher See über Bord geht. Die Besatzung des Schiffs kann einen Rettungsring hinauswerfen, aber wenn die Person nicht nach dem Ring greifen will oder kann, wird man sie nicht retten können. Selbst wenn man waghalsig ebenfalls ins Wasser springt, wird die Wahrscheinlichkeit, sie zu retten, gering bleiben. Stattdessen steigt das Risiko, dass man selbst mit untergeht. Als Helfer darf man sich niemals selbstmörderisch ins Gefecht stürzen. Man kann den Kampf nicht für jemand anderen austragen. Man ist vielmehr eine Stütze, ein Ankerpunkt, ein Wegweiser. Ein Fels in der Brandung, ein Besatzungsmitglied auf dem Schiff, das den Rettungsring wirft. Und um diesen Job zu machen, muss man darauf achten, dass man selbst einen stabilen Stand auf einem festen Untergrund hat, anderenfalls verliert man ebenfalls das Gleichgewicht und stürzt ab. Ein instabiler Helfer kann nicht mehr helfen, denn er benötigt selbst Hilfe.«

Ich lachte gekünstelt. »Das ist leicht gesagt. Zuschauen und Abwarten ist in manchen Momenten verdammt schwer.«

»Klar«, bestätigte Anna. »Es ist gegen die menschliche Natur. Wir halten Situationen nicht gerne aus. Im Normalfall wollen wir jemandem, der leidet – besonders jemandem, den wir kennen – helfen. Aber manchmal können wir das nicht. Manchmal sind wir machtlos.«

18. Überforderung für Angehörige

»Das habe ich schon erlebt«, gestand ich. »Ich stehe da und kann nur zuschauen, wie meine Nichte zunehmend weniger wird. Sobald ich etwas sage, schnauzt sie mich an, dass ich mich nicht einmischen soll; sage ich nichts, fühle ich mich schuldig. Ich muss ihr doch irgendwie helfen können. Es macht mich wahnsinnig, nichts zu unternehmen, beziehungsweise immer nur das Falsche zu tun.«

»Weißt du, was dagegen hilft?«, erkundigte sich Anna.

»Nein.«

»Es gibt zwei Dinge. Beide haben mit Reden zu tun. Als Erstes kannst du mit deiner Nichte reden. Frage sie, was sie sich wünscht, was ihr helfen könnte und ja, sage ihr auch, wie du dich fühlst. Das soll kein Vorwurf sein, sondern sei ehrlich. Am besten betonst du, dass nicht sie, sondern die Krankheit der Ballast ist. Dass du dir Sorgen machst, dass du nach Möglichkeiten der Unterstützung suchst, dass du ratlos bist. Wenn sie dir sagt, dass du dich nicht einmischen sollst, dann akzeptiere es. Dann ist sie noch nicht dazu bereit, Hilfe anzunehmen. Treibst du sie in die Enge, wird der Abstand zwischen dir und ihr wachsen. Lässt du ihr hingegen Freiraum, hat sie die Möglichkeit, auf dich zuzukommen. Das wird vielleicht eine Weile dauern, aber sei einfach da. Jemand, der reden will, wird irgendwann reden. Du musst nur zuhören. Es fällt dir eventuell schwer, aber wenn du ein stiller Fels bist, der Ruhe ausstrahlt, wird sie zu dir kommen. Du musst dir keine Gedanken darüber machen, was du ihr sagst, denn wenn du zuhörst, wird sie dir Anweisungen geben.«

»Wie soll das gehen?« Ich fragte fast vorwurfsvoll.

Sie lächelte. »Schweige. Probiere es aus. Wenn das Gespräch nicht in Gang kommt, schweige. Atme tief und gleichmäßig durch. Wenn jemand Probleme, Sorgen oder Ängste hat, ist es laut in ihm drinnen. Solange die Umwelt ebenfalls laut ist, ist er oder sie von dem inneren Trubel abgelenkt. Wird es jedoch außen still, wird die Geräuschkulisse im Innern unaushaltbar. Es ist, als würde im eigenen Kopf eine ganze Horde Kinder Party feiern, nebenan ist ein Technokonzert und die Feuerwehr fährt mit Pressluft vorbei. Man hat das Gefühl, durchzudrehen. Der Druck will aus einem heraus, also durchbricht man selbst die äußere Stille, indem man anfängt zu reden.«

Diese Erklärung löste in meinen Gedanken ein kleines Aha-Erlebnis aus: Mein Vater hatte immer sehr gut schweigen können. Wenn ich als Kind etwas ausgefressen hatte, erzählte ich das zuhause natürlich nicht. Doch meine Eltern ahnten meistens, dass etwas im Busch war. Meine Mutter bohrte mit Fragen nach, doch ich blieb eisern. Sie konnte ich recht gut anlügen. Doch wenn mein Vater ins Zimmer kam, sich stumm auf den Stuhl setzte und einfach nur ruhig atmete und mich anschaute … dann hielt ich das nicht lange aus.

Als ob mich eine unsichtbare Kraft dazu zwingen würde, begann ich schließlich, ihm alles zu beichten …

»Das Zweite, wobei du nicht schweigen, sondern reden solltest, ist bei deinen Gedanken und Erfahrungen. Als Angehöriger ist es vollkommen normal, dass man Phasen hat, in denen man denkt, selbst psychisch krank zu werden. Man glaubt, den Ballast nicht mehr tragen zu können, die eigene Welt scheint in Trümmer zu zerfallen, man möchte den Grund für die Erkrankung wissen. Man fragt sich, was man falsch gemacht hat. Wo hat man versagt? Ist man ein schlechter Vater, Opa, Onkel, eine schlechte Mutter, Oma oder Tante? Man weiß nicht mehr, woher man die Kraft nehmen soll, um weiter stark zu sein. Eventuell fühlt man sich sogar selbst reif für eine Therapie.

Auch Freunde und Angehörige sind nur Menschen, denen die Erkrankung natürlich nahegeht. Es ist bedenklicher, wenn jemand sagt: ‚Ich stehe da absolut drüber, emotional geht mir das überhaupt nicht nahe‘, als wenn jemand sagt: ‚Ich bin gerade selbst mit mir überfordert‘. Auch das Umfeld darf mal einen Durchhänger haben. Ob man als Freund oder Angehöriger so stark belastet ist, dass man eine Therapie benötigt, ist von Einzelfall zu Einzelfall unterschiedlich. Was aber definitiv hilft und Unterstützung bringt, sind Austauschgruppen mit anderen Angehörigen. Es tut nicht nur Betroffenen, sondern auch Angehörigen unwahrscheinlich gut, jemanden zu haben, der das Gleiche oder zumindest Ähnliches durchlebt hat. Man hat dort jemanden, der nicht nur sagt ‚Ich verstehe dich‘, sondern der das *wirklich* tut. Das gibt einem das Gefühl, nicht alleine zu sein, man kann sich austauschen, den anderen um Rat fragen, man weiß, was eventuell noch auf einen zukommt. Man hat einfach selbst einen Rückhalt.«

Da konnte ich nur zustimmen. Das klang hilfreich. Ich fühlte mich nicht krank, ich glaubte nicht, dass mir ein Arzttermin bei meinen Problemen helfen konnte, aber ein Gespräch mit anderen Angehörigen, das konnte mir vermutlich helfen, meine Gedanken zu ordnen. Das klang gut.

19. Selbstmord auf Raten

»Magersucht ist eine sadistische Krankheit, sie lässt dich leiden und genießt es. Aber gleichzeitig schafft sie es, deine beste Freundin zu sein«, wechselte Anna das Thema. »Sie steht über dir wie ein Dämon und saugt ganz langsam das Leben aus deinem Körper und du himmelst sie dabei an, weil du glaubst, dass sie dir nur helfen will.

Ich zeige dir etwas.«

Sie griff nach meiner Hand. Inzwischen wusste ich, was passierte, doch ganz wohl war mir bei dieser Art von Reisen weiterhin nicht.

Der nächste Schauplatz war ein großer Saal. Es sah dort aus wie in einem Besprechungszimmer von Ärzten. An den Wänden hingen die Kästen, an denen Röntgenbilder aufgehängt wurden, um sie zu begutachten, solche Boxen, die von innen beleuchtet wurden. Jedoch waren daran keine Röntgenbilder befestigt, sondern normale, weiße DIN-A4-Papiere. Auf jedem Blatt Papier stand etwas. Es waren unzählig viele. Ich drehte mich um die eigene Achse, um das gesamte Ausmaß zu sehen. Es wirkte fast, als seien die Wände des Raumes mit den beschrifteten Blättern tapeziert. Nur hier und da lugte ein Stück der Wand hervor.

Ich trat einen Schritt näher heran, um die Aufschrift lesen zu können. *Haarausfall* stand auf einem Blatt, auf dem nächsten stand *Elektrolyteverschiebung,* daneben *Unfruchtbarkeit, Herzrhythmusstörungen* ...

»Was ist das?«, fragte ich nach.

»Das sind die Nebenwirkungen, die einem die Magersucht zufügt.«

Noch einmal drehte ich mich im Kreis. »So viele?« Ich war verunsichert.

»Ja«, nahm mir Anna meine Zweifel. »So viele. Wer denkt, dass Magersucht einfach nur tödlich ist, der irrt sich. Es wäre schön, wenn man einfach eines Morgens nicht mehr aufwacht und alles vorbei ist. Doch die Wahrheit ist qualvoller. Der Körper kämpft bis zum Schluss. Die Magersucht tötet ihn nicht mit einem gezielten Stich ins Herz, sondern sie fängt harmlos an und steigert ihre Symptome nach und nach.«

Ich war schockiert. Klar hatte ich mir den Tod durch freiwillig zugefügtes Verhungern nicht schön vorgestellt, aber diese Menge an Nebenwirkungen, auf einen Schlag zu sehen, raubte mir die Worte.

»Es ist schockierend«, fasste die junge Frau meine Gedanken zusammen. »Aber vielleicht hilft der Schock, noch die Reißleine zu ziehen. Wenn man einem Betroffenen erzählt, dass die Erkrankung irgendwann tödlich enden kann, zuckt er oder sie meist nur belanglos mit den Schultern. ‚Okay, dann ist alles vorbei, das ist nicht schlimm‘, sind die Gedanken. Doch in Realität wird es schlimm, es wird die Hölle sein.«

Sie holte tief Luft. Das zu erzählen, war nicht einfach für sie.

»Erst hungert man sich die Fettpolster weg. Das ist noch relativ harmlos. Unangenehm wird es erst, wenn die Knochen nicht mehr geschützt sind. Wenn man abends im Bett nicht mehr weiß, wie man sich hinlegen soll, ohne Schmerzen zu haben. Wenn man ein Kissen zwischen beide Knie legen muss, damit die Gelenke nicht aufeinander scheuern und keine unangenehmen blauen Flecken entstehen.

Wenn das Fettgewebe weitestgehend weggehungert ist, baut der Körper Muskeln ab. Man wird schwächer. Das Leben wird anstrengender. Doch auch das verdrängt man. Wenn man seine Haare bürstet, bleiben zunehmend mehr Haare in der Bürste hängen. Allgemein wird das Kopfhaar spröder und glanzloser. Dafür wächst aber auf den Armen und dem Rücken eine Art Fell. Das ist Lanugobehaarung, die eigentlich nur Babys im Mutterleib haben, um vorm Fruchtwasser geschützt zu sein. Der Körper versucht alles, um stabil zu bleiben.

Eine innere Kälte macht sich in einem breit. Egal, wie dick man sich anzieht, einem wird nicht mehr warm. Selbst im Hochsommer friert man. Der Winter wird die Hölle. Der Körper schafft es nicht mehr, eine konstante Körpertemperatur zu halten. Sie sinkt ab, genauso wie der Blutdruck und die Herzfrequenz.

Gefühle werden abgestellt, denn sie werden nicht als überlebenswichtig angesehen. Später beginnt das Herz, hin und wieder zu stolpern. Es ist, als würde es erst stehenbleiben und dann kurz darauf rasen, weil es die vergessenen Schläge nachholen will. Bei Mädchen und Frauen bleibt die Periode aus.

Besonders morgens wird einem häufig schwindelig. Manchmal findet man sich danach am Boden wieder und weiß nicht, wie man dorthin gelangt ist. Wahrscheinlich hat man nur zu wenig getrunken, redet man sich ein, am Essen kann es nicht liegen. Ja, man belügt sich immer noch selbst! Trotz der offensichtlichen Symptome.

Freunde hat man zu dieser Zeit nicht mehr. Entweder hat man sie weggestoßen oder sie haben sich entfernt, weil sie sich mit der Lage überfordert gefühlt haben. Da der Körper leben will, provoziert er Fressanfälle, die man entweder mit Sport bis zur völligen Erschöpfung ausgleicht oder nach denen man sich übergibt und das aufgenommene Essen erbricht.

Schulische oder berufliche Leistungen lassen massiv nach, doch die Zukunft wird einem ohnehin egal. Man ahnt, dass man keine Zukunft mehr hat.

Der eigene Körper spielt verrückt, die Verdauung schläft ein, der Magen wehrt sich gegen jeden Bissen, es ist, als würde er einen beim Verhungern noch unterstützen wollen. Doch in Wahrheit fehlt ihm die Energie, um die Nahrung zu verdauen.

Langsam wird es gruselig. Die Ausreden und die Verteidigung für die Magersucht dünnen aus. In dieser Phase begreift man, dass man krank ist und dass diese Krankheit tödlich enden wird, wenn man nicht das Ruder herumreißt. Wenn man als Jugendliche oder junge Erwachsene morgens aufwacht und die Hose ist nass, weil die Blasenmuskulatur versagt hat, dann ist das beschämend. Der Körper will aus allem Energie machen, also hungert er Fettschichten zwischen den Organen weg, die die Organe eigentlich schützen sollen. Des Weiteren greift er jeden Muskel an. Selbst das Herz, einer unserer wichtigsten Muskeln, ist davor nicht geschützt. Es beginnt zu schwächeln. Bei der Blase, die auch durch einen Muskel gehalten wird, führt das Schwinden der Muskelmasse zu Inkontinenz. Es ist absolut entwürdigend, wenn man jeden Morgen eingenässt hat; wenn man sich ohne Unterstützung nicht mehr auf den Beinen halten kann; wenn sich selbst der eigene Magen gegen einen verschwört … Wenn man begreift: Man ist zu weit gegangen und das Leben nur hängt noch an einem hauchdünnen Faden. Wenn man sich in diesem Moment das erste Mal wahrhaftig mit dem eigenen Tod und den Folgen auseinandersetzt und es einem dämmert, was man sich und seinem Umfeld angetan hat …«

Ich war sprachlos. Der Schatten, das Wissen über das, was aus einer harmlos beginnenden Erkrankung werden konnte, war immer da gewesen. Irgendwo tief im Unterbewusstsein kannte ich die Schilderungen von Extremfällen, doch ich merkte, dass ich nicht damit gerechnet hatte, dass meine Angehörigen davon betroffen sein könnten. Es war immer eine unsichtbare Grenze zwischen denen und der eigenen Familie gewesen. Ich hatte mich irgendwie geschützt gefühlt und eingeredete, dass ich niemals vor solch einer Katastrophe stehen würde … Und offenbar musste man das auch. Es war eine Form von Selbstschutz. Man brauchte ihn, um die Hoffnung nicht zu verlieren. Doch durch Annas Worte wurde mir bewusst, dass dieser Schutz nur ein Schein war. Es gab ihn nicht wirklich. Man redete ihn sich ein, doch im Realen war die Gefahr nicht weit weg, sondern sie stand direkt hinter einem. Wer gab mir die Garantie, dass es meine Nichte aus der Essstörung herausschaffte? Psychische Erkrankungen waren nichts, vor dem man sich schützen konnte, es konnte jeden treffen.

»Es ist krass, mir fehlen die Worte«, drückte ich meinen Schock aus.

»Das ist normal. Weil jeder denkt: ‚Mich kann es nicht treffen. Ich bin viel zu vorsichtig, so weit werde ich nie abrutschen.‘ Das habe ich übrigens auch gedacht …«

Sie seufzte.

»Wäre ich damals auf jemanden getroffen, der mir aus eigener Erfahrung erzählt hätte, wie tückisch die Krankheit ist und was ich mir und meinem Umfeld damit antue, hätte ich vielleicht noch das größte Tief abwenden können. Vielleicht hätte ich jemandem, der die Erkrankung selbst durchlebt hat, mehr Glauben geschenkt als einem studierten Arzt, der noch nie wirkliche Probleme im Leben hatte und mir erzählen wollte, dass er weiß, wie ich mich fühle.«

20. Die richtigen Worte

»Wie hast du es geschafft, wieder zurück ins Leben zu gehen?«, wollte ich wieder zu einem optimistischeren Thema zurückkehren.

»Puh, eine schwierige Frage«, gestand sie. »Während der Erkrankung und während der Therapien gab es zahlreiche Punkte, an denen ich mich fürs Kämpfen entschied. Allerdings währten diese Momente alle nicht sonderlich lange. Es gab nie einen dauerhaften Erfolg. Es ging bergauf und genauso schnell – meist sogar noch schneller – wieder bergab. Ich fühlte mich wie an ein Bungeeseil gebunden. Ich verfügte über einen gewissen Bewegungsradius, in dem ich mich bewegen konnte. Versuchte ich daraus jedoch auszubrechen und das Seil spannte sich zu sehr, wurde ich mit Schwung wieder zu meinem Ausgangspunkt zurückgezogen. Ich konnte nicht von der Essstörung wegkommen. Zumindest nicht dauerhaft. Ich landete immer wieder im Sumpf des Verderbens, was sogar irgendwie klar ist, solange man sich an einem Seil befindet, das einen dort anbindet.«

Zustimmend nickte ich.

»Ich weiß auch nicht, wieso ich es nicht schaffte, dieses Seil durchzuschneiden. Es gab mir auf irgendeine Art Halt. Das ist wie bei einem Tier, das ewig an Ketten gelegen hat. Wenn man es losbindet, fühlt es sich ebenfalls verloren. Man gewöhnt sich so an die

Situation, dass sie einem vertraut wird. Es macht mehr Angst, plötzlich frei zu sein, als ein Leben lang an Ketten zu leben. Man sagt zwar, dass man endlich frei sein will, doch wenn man die Chance dazu erhält, wählt man trotzdem lieber die Gefangenschaft.«

Sie lachte. Jedoch nicht aus Freude, sondern aus Verzweiflung. »Weißt du, was ich dachte? Ich hatte Angst zu scheitern. Ich fürchtete mich so vor einem Misserfolg, dass ich mir einredete, die sicherste Methode, um nicht zu scheitern, sei, es erst gar nicht zu versuchen. Wenn ich nicht kämpfe, kann ich nicht verlieren. Wenn ich immer in meinem Loch sitzen bleibe, kann ich nicht noch tiefer abstürzen.

Ich hatte Angst, Hoffnungen zu entwickeln, weil ich wusste, dass ich den Schmerz einer Enttäuschung nicht aushalten würde. Ich wollte nicht, dass es mir besser ginge, weil ich vermeiden wollte, dass es mir danach wieder schlechter ginge. Das ist absolut verrückt! Oder nein, eigentlich ist es traurig. Ich hatte so wenig Vertrauen in mich und so große Panik, noch einmal enttäuscht zu werden, dass ich mich mit meinem traurigen, dunklen Leben abfand. Ich wollte mich daran gewöhnen, wollte nicht, dass es mir besser ginge, weil ich sonst erfahren könnte, welches Leben ich außerhalb der Essstörung verpasst hatte. Wenn ich weiß, was ich vermisse, kann ich mich danach sehnen. Wenn ich nicht weiß, was ich verpasse, ist es mir egal. Ich lebe ruhiger und schmerzärmer. Jemand, der aufsteht, kann erneut hinfallen; jemand, der am Boden liegt, kann nicht abstürzen.«

Ich verstand, was sie sagen wollte. Ich konnte die Gedanken nachempfinden. Und doch schrie etwas in mir, dass diese Einstellung falsch war. So durfte man nicht denken, man musste es immer weiter versuchen! Aufzugeben war keine Option. Wer aufgibt, stirbt.

»So lag ich also am Boden«, setzte sie die Schilderung fort. »Ich lebte in meiner eigenen Welt. Ab und zu schaute ich aus meiner Welt hinüber in die Welt der anderen, der normalen Menschen. Ich schaute anderen in meinem Alter zu, wie sie das erste Mal eine Disko besuchten, wie sie ihren ersten Freund kennenlernten, das erste Mal verliebt waren, eine Ausbildung starteten, begannen zu leben … Und dann schaute ich mich an: das Mädchen, das schon über ein Jahr stationär in einer Psychiatrie war, das Fixierungen überstehen musste, das davon redete, sterben zu wollen, das keine Hoffnung mehr hatte.

Ich dachte, ich hätte aufgegeben. Schließlich wurde mir zudem von allen Seiten ständig und überall prophezeit, dass ich nicht mehr lange leben würde. Selbst wenn ich es aus der Klinik herausschaffte, was wartete auf mich? Eine betreute Wohngruppe, in der ich geringfügig mehr Rechte hatte als in der Klinik. Wenn ich mich dort bewährte, würde ich eventuell in eine ambulant betreute Wohnung ziehen können. Aber die Wahrscheinlichkeit, dass ich irgendwann ein völlig normales Leben, ohne Unterstützung, ohne Therapeuten, ohne Essstörung würde führen können, lag bei Null. Zumindest wurde mir das gesagt und ich glaubte ebenfalls daran – bis ich jemanden kennenlernte, der weder mich kannte noch sich mit meinen Diagnosen auskannte.

Der Mann war Internist. Ich lernte ihn kennen, als es wieder einmal ziemlich kritisch um mich stand und die Psychiatrie Angst hatte, mich aufzunehmen. Meine Vital- und Blutwerte waren zu schlecht. Tote Patienten wollte niemand auf Station haben, deshalb schob man mich auf die internistische Station im Krankenhaus ab. Dort wäre man besser ausgerüstet, falls mein Herz seine Arbeit einstellte oder meine Organe versagten. Die Ärzte dieser Station hatten normalerweise mit Menschen zu tun, die freiwillig zu ihnen kamen, die dankbar waren, wenn ihnen geholfen wurde, die sich nicht selbst und *freiwillig* – soweit man es als freiwillig bezeichnen kann – in ihre Lage hineingebracht hatten. Sie waren es gewohnt, dass die Patienten krank auf die Station kamen, dort Medikamente erhielten oder operiert wurden und dann wenige Tage oder maximal ein paar Wochen später, mit einem deutlichen Erfolg oder sogar vollständig genesen entlassen werden konnten.

So jemanden wie mich kannten sie nicht. Mein Verhalten sorgte bei ihnen für Verwirrung. Sie wollten mir helfen und ich lehnte ihre Hilfe ab. Sie gaben mir Essen und ich gab es ihnen zurück. Was war ich für eine seltsame Patientin? Manche Schwestern und Pfleger versuchten es mit Geduld. Sie redeten auf mich ein, versuchten mich zu überreden, wenigstens ein bisschen mitzuarbeiten; andere wählten Vorwürfe, um mich zur Vernunft zu bringen. Sie sagten dann zum Beispiel, dass ich ein Bett belegt hielte, in dem ein anderer liegen könnte, der wirklich Hilfe brauchte. Oder ich wurde mit der Frage konfrontiert, warum ich das alles täte? Was liefe in meinem Gehirn falsch?

Und dann gab es noch diesen einen besagten Arzt ... Ich weiß nicht, ob er mich mochte oder hasste. Vermutlich beides zugleich. Ich glaube, er wusste nicht, was er tat, das gab er sogar offen zu. Bereits nach der Aufnahme stellte er ein paar Regeln klar. Regel eins lautete, ich hätte gefälligst nicht zu sterben. Das sei ein Gesetz. Denn tote Patienten seien doofe Patienten. Würde ich sterben, müsste er mich reanimieren, das täte er nicht gerne und es bedeutete immer so viel Papierkram. Also Gesetz eins: Ich sterbe nicht. Punkt. Regel Nummer zwei verhieß, dass er keine Ahnung von Essstörungen hatte. Das letzte Mal hätte er sich mit diesem Thema in seinem Studium beschäftigt. Das sei schon Jahrzehnte her. Seitdem habe er das Thema gemieden. Psychologie zählte nicht zu seinen Stärken – und der soziale Umgang mit Patienten wohl ebenfalls nicht. Zumindest nahm ich das am ersten Tag, nach meiner Aufnahme, an. Als er mich fragte, wie er mir helfen könnte, dachte ich: ‚Der Typ spinnt! Wie hat der sein Studium bestanden? Fragt er andere Patienten auch: *Soll ich Ihnen den Blinddarm herausnehmen oder lieber die Milz?*' Ich war sauer, wütend und verzweifelt. Ich weinte. Doch am zweiten Tag begriff ich, dass er nicht unfair zu mir war, sondern fair. Als einer der ersten log er mich nicht an. Er gestand, dass er mit meinem Fall überfordert war. Er wollte nicht wahllos herumdoktern, sondern einen zielbringenden Fahrplan erarbeiten. Und wer wusste besser, was mir helfen würde, als ich? Niemand konnte besser einschätzen als ich, was mir half und was ich verabscheute.

In jahrelangen Therapien hatte ich Dutzende Erfahrungen gemacht, ich wusste, was mir guttat und ich wusste, was ich hasste. Oder besser gesagt hätte man annehmen sollen, dass ich das wusste. Denn dadurch, dass ich ständig bevormundet worden war und man mich so gut wie nie nach meiner Meinung gefragt hatte, hatte ich verlernt, auf meine eigenen Empfindungen zu hören.

Für mich war es befremdlich, selbst entscheiden zu dürfen. Und noch befremdlicher war es, als diese ‚Vielleicht, eventuell könnte es mir helfen, wenn …'-Forderungen durchgesetzt wurden. Das war unheimlich.

Doch im Nachhinein war es etwas Wertvolles, was der Arzt mir durch seine Vorgehensweise beibrachte: Niemand kann über mich bestimmen. Niemand kann mir sagen: ‚Das muss dir helfen', sondern ich allein bin diejenige, die bestätigen oder verneinen kann, was hilft und was nicht. Und ja, ich habe ein Recht darauf, für mich einzustehen! Auch wenn mir das Gefühl gegeben wird, ich sei aktuell noch zu schwach, um eigene Entscheidungen zu treffen, darf ich dennoch Nein sagen. Ich darf Wünsche formulieren, darf sagen, wie ich mich fühle und ich muss nicht das sagen, was die Ärzte hören wollen.

Damit brachte mich der Arzt dazu, dass ich begann, aktiv an meiner Therapie teilzunehmen. Ich setzte mich nicht mehr hin und sagte innerlich: ‚Macht mal, ich stelle mich zur Verfügung', sondern ich setzte mich hin und begann Dialoge zu führen. Ich half aktiv mit. Und nur so kann eine Therapie wirken. Man kann sich salopp gesagt nicht selbst wie ein Auto in der Werkstatt abgeben und sagen, dass man sich dann abends oder am nächsten Tag, wenn alles wieder repariert ist, abholen wird. Sondern man muss sich selbst die Hände schmutzig machen, sich den Schaden ansehen und sich selbst helfen. Therapeuten und Ärzte können einem das Werkzeug dazu geben, doch anwenden muss man es eigenständig.

Der nächste Satz des Arztes, der eigentlich eine Frage war, beschäftigt mich selbst heute noch. Denn er war so banal und doch so bedeutend. Er veränderte sehr viel für mich. Ich erzählte ihm davon, dass ich kaum noch einen Sinn im Kämpfen sah. Durch meine Krankheit hatte ich so viel aus dem Leben verpasst, ich hatte mich selbst geschädigt, mein Körper war schwach – nie wieder würde ich das, was mich die Magersucht gekostet hatte, wieder aufholen können. Ich wollte sterben. Mehrfach hatte ich schon mit einer Rasierklinge in der Hand im Bad gestanden oder Tabletten gesammelt … doch blöderweise war ich jede Mal zu *dumm* gewesen, um es bis zum Ende durchzuziehen. Ja, ich nutzte in diesem Zusammenhang sogar das Wort Versagerin. Ich versagte noch bei meinem eigenen Suizid! Würde ich mich an einem Baum erhängen, wäre ich davon überzeugt, dass der Ast, an dem ich den Strick festbinde, abbrechen würde …«

Obwohl es sich um ein ernstes Thema handelte, musste ich mir ein Grinsen verkneifen.

»Gott oder das Schicksal schienen mich weder leben noch sterben lassen zu wollen. Ich befand mich in einer Zwischenwelt, aus der ich nicht herauskam. Als ich das dem Arzt erzählte, fragte er mich eiskalt, *ob ich schon einmal versucht hatte zu leben?*

Zuerst entsetzte mich diese Frage. Jeder Psychologe wäre auf die Suizidversuche und Gedanken eingegangen. Er hätte nach Gründen gefragt und versucht, mich davon zu überzeugen, dass das der falsche Weg sei. Doch diesem Arzt waren meine Aussagen offenbar gleichgültig. Als ich ihm nicht antwortete, formulierte er seine Frage etwas weiter aus:

Er erkannte in meinem Lebensweg viele Versuche zu sterben. Ich schien zwanghaft nach einem Ausgang zu suchen, doch ich wollte, konnte oder durfte nicht durch den Notausgang Suizid flüchten. Man oder etwas hielt mich am Leben. Das Sterben funktionierte nicht – *also wäre es doch eine logische Alternative, es einmal mit dem Leben zu versuchen!*

Über diese Aussage konnte ich in jenem Moment nur müde lächeln. Ich fragte mich empört, was er sich einbildete, mir so etwas zu sagen! Als ob ich nicht kämpfen würde? Doch nach einigen Stunden Grübeln begriff ich, worauf er mich hatte aufmerksam machen wollen. Ich entschied mich fürs Leben.

Ich hatte auch vorher schon leben wollen ... Doch sobald auch nur eine kleine Hürde kam, glaubte ich nicht länger an mich und gab erneut auf. Ich verfolgte einen gedanklichen Plan, der nicht umsetzbar war. Bei jedem Anlauf, gesund zu werden, stellte ich mir vor, dass ich wieder so werden würde wie ich vor der Krankheit war. Ich wollte so sein wie Gleichaltrige. Ich wollte die Essstörung abschließen. Diese Einstellung war allerdings naiv. Ich würde nie so sein wie andere. Ich konnte die vergangenen Jahre nicht auslöschen oder nachholen. Selbst wenn ich jetzt alles im Schnelldurchlauf durchleben würde, wäre das nicht das Gleiche. Ich musste mich damit abfinden, dass ein Teil meines Lebens dunkel war und ich musste mich dazu entscheiden, diesen Teil abzuschließen.«

Sie legte ihren Kopf leicht schief. »Ein wenig ist das mit dem Tod eines engen Freundes oder eines Familienmitgliedes vergleichbar. Man befindet sich in einer Trauer. Man hat etwas sehr, sehr Wichtiges verloren, das nicht wiederkommt. Man weiß einerseits, dass das Leben weitergehen muss, ohne diesen Menschen, und andererseits sträubt man sich dagegen. Man will nicht in das neue Leben starten. Die Zwischenwelt, in die man dadurch rutscht, ist zwar nicht perfekt, aber sie ist eine halbe Lösung. Man kämpft nicht und man gibt nicht auf. Es ist eine Illusion, an die man sich klammert. Man wehrt sich gegen die Zeit und verweigert sich gegen die Zukunft. Dabei ist die Zukunft das Einzige, was einem Linderung verschaffen kann. An etwas, das tot ist, kann man sich nicht festhalten. Das zieht einen nur herunter und hält einen in der Trauer gefangen.

Man muss aus der Zwischenwelt heraustreten und in die Zukunft schauen. Ja, diese wird anders sein. Es wird immer etwas fehlen. Das Loch heilt nicht, und je länger man in diesem Loch steckenbleibt, desto größer wird es. Beginnt man nicht, die Ränder abzustützen, brechen die Kanten – das, was eigentlich schön und lebenswert war – nach und nach auch noch ein. Um eine Trauer hinter sich zu lassen, muss man sich bewusst für das Leben entscheiden.«

Ihre Stimme wurde kräftiger und optimistischer.

»Ich schwor mir selbst und dem Arzt, dass ich noch einen Versuch wagen wollte. Einmal wollte ich noch austesten, ob ich es schaffte, mich zurückzukämpfen. Einmal wollte ich der Magersucht noch die Stirn bieten. Einmal wollte ich all meine Kraft aufwenden und es mit ganzem Willen, nicht nur halb, versuchen. Ich legte meine Angst zu scheitern beiseite, weil ich wusste, falls ich es nicht schaffte, würde mir immer noch die Option bleiben, wieder in die Magersucht zurückzukehren. Doch bevor ich aufgab, wollte ich wenigstens *einmal* spüren, wie es sich anfühlte zu leben.

Denn genau das war es, was der Arzt mir in diesem wichtigen Moment meines Lebens mitteilte. So wie man nicht sagen kann ‚Ich mag dieses und jenes nicht‘, obwohl man es noch nie probiert hat, konnte ich nicht sagen: ‚Ich mag das Leben nicht‘, wenn ich es noch nie beziehungsweise schon länger nicht mehr gespürt hatte.«

»Und dadurch ist es dir gelungen, dich zurückzukämpfen?«, fragte ich nach.

Erfreut nickte sie. »Ja, es hat eine Weile gedauert, bis ich begriff, dass ich eigentlich nicht scheitern kann. Ich hatte immer Angst gehabt, es nicht zu schaffen. Aber was bedeutet Scheitern, wenn man am Boden liegt? Wie tief kann man fallen, wenn man nirgendwo hinaufklettert? Klar konnte ich verlieren, aber wohin würde mich meine Niederlage schon bringen? Ich konnte nicht noch tiefer sinken. Meine Angst war unbegründet. Es gab nur die schlechteste Möglichkeit: dass alles unverändert bliebe.«

Verstehend nickte ich. »Es ist zwar ein anderes Thema, aber ich glaube, ich weiß, was du meinst. Ich wollte immer nach Island reisen. Wenn ich darüber sprach, leuchteten meine Augen. Ich spürte eine Sehnsucht nach diesem Land. In Gedanken malte ich mir die komplette Reiseroute aus. Es war alles bombastisch. So ähnlich ging es dir bei deiner Vorstellung daran, dass du irgendwann gesund wärst. Du maltest dir das Leben schön aus. Du wolltest, dass es perfekt ist. Selbst der kleinste Makel sollte nicht sein. Bei meiner Islandtraumreise gab es allerdings immer mindestens ein Problem oder – ich bin jetzt mal ehrlich – im Grunde waren es Ausreden. In jungen Jahren fehlte mir das nötige Geld. Später hatte ich einen festen Job, bei dem ich mir nur maximal zwei Wochen am Stück freinehmen konnte, aber ich wollte mindestens vier Wochen lang reisen. Dann kam der Hausbau, bei dem ich auch nicht abwesend sein wollte oder konnte, dann die kleine Nichte, die ich aufwachsen sehen wollte, meine kranken Eltern … Ich schob es immer vor mir her, weil ich Angst hatte, dass etwas passieren könnte, was meine Reise vermieste. Genauso wie du deinen Schritt Richtung Genesung hinauszögerst, weil du zu viele

Bedenken hattest. Doch das Einzige, was im Laufe der Zeit passiert, ist, dass die Uhr gegen einen läuft. Schließlich wachst du eines Morgens auf und stellst fest, dass es zu spät ist. Du bist zu alt oder zu krank, um dein Vorhaben umzusetzen. Du bist nicht mehr dazu in der Lage, deine Träume auszutesten. Ich bereue, dass ich nicht die zwei Wochen, die möglich waren, gefahren bin. Es war dumm von mir, dass ich nicht mit der kleinen Chance zufrieden war und immer auf das Perfekte gewartet habe, obwohl es nie ein *Perfekt* geben wird.«

»Genau«, bestätigte Anna. »Das Schwierige an dieser Einsicht ist leider, dass man sie immer erst erlangt, wenn etwas Einschneidendes passiert oder wenn es schon fast zu spät ist.«

21. Das Leben danach

Auch dieses Mal konnte ich ihr nicht widersprechen.

»Wie ist das eigentlich …«, mir fiel es schwer, die nächste Frage in Worte zu fassen. »Man ist krank, man geht in Therapie und danach … ist dann alles wieder so wie vorher? Sprich: Kann man an seinem alten Leben anknüpfen?«

»Nein, das ist in den wenigsten Fällen möglich«, klärte mich Anna auf. »In der Zeit, in der man krank ist, bleibt für einen die Zeit stehen. Man hat das Gefühl, dass alles um einen herum einfriert. Man bewegt sich nicht von der Stelle, obwohl man unentwegt kämpft. Es ist seltsam. Von außen muss es aussehen, als ob man einen Krieg gegen seinen eigenen Schatten führt. Man schlägt um sich, um vermeintliche Gegner zu treffen, die niemand anderes außer man selbst sehen kann. Das verstört die meisten Menschen, mit denen man in seinem Umfeld zu tun hat. Sie führen ihr Leben normal fort.

Solange man kämpft, bekommt man diese Abwendung kaum mit. Man spürt, dass man in Vergessenheit gerät, und man ahnt, dass man, wenn man seine Krankheit besiegt hat, sehr wahrscheinlich nicht einfach zurückkehren und sagen kann: ‚Hey Leute, ich bin zurück, weiter geht es!' Man realisiert schon ein Stück weit, dass sich eine Mauer oder ein Graben zwischen dem eigenen Leben und dem der anderen gebildet hat. Wie gigantisch dieser Graben ist, kann man allerdings erst später begreifen, wenn man wieder versucht, dort anzuknüpfen. Dann versteht man, dass nur das eigene Leben stillgestanden hat, aber das Leben der anderen weitergegangen ist.

Zuerst lächelt man noch, wenn man hört, dass die Freundin inzwischen zur coolen Clique gehört und nicht mehr ungeschminkt aus dem Haus geht. Auch wenn man hört, dass die Vorbereitungen für die große Abschlussparty bereits abgeschlossen sind, lächelt man. Doch dieses Lächeln wirkt schon etwas gezwungen. Wenn man dann die Fotos vom letzten Urlaub, bei dem man krankheitsbedingt nicht mitkonnte, gezeigt bekommt, kann man nicht mehr lachen. Es folgen immer mehr Momente, in denen man sich erst leise und dann immer vorwurfsvoller fragt: ‚Verdammt, wo war ich da? Was habe ich alles verpasst?'«

Mitfühlend sah ich sie an. Im kleineren Rahmen hatte ich solche ähnliche Situationen in meiner Jugend nach den Sommerferien erlebt. In meinem Freundeskreis war ich der Einzige gewesen, der vier Wochen lang mit seinen Eltern in den Urlaub fuhr. Die anderen fuhren entweder gar nicht oder maximal zehn Tage fort. Nach den vier Wochen hatte ich auch manchmal das Gefühl gehabt, nicht mehr dazuzugehören, weil ich so lange fort gewesen war und so vieles verpasst hatte. Doch dieses Gefühl legte sich für gewöhnlich nach einer bis zwei Wochen. Wäre ich noch länger nicht da gewesen, hätte das Gefühl sicherlich länger angehalten. Also in diese Situation konnte ich mich einigermaßen einfühlen.

»Man weiß in dieser Situation nicht, ob man traurig oder wütend darüber ist, dass man so viel verpasst hat«, führte sie ihren Bericht weiter. »Man weiß lediglich – und das relativ schnell – dass man das Verpasste nicht nachholen oder aufholen kann. Es gibt keine Brücke, die über den entstandenen Graben hinüberreicht. Zumindest keine, die man in ein paar Tagen oder Wochen errichten kann. Eventuell schafft man es in ein paar Monaten, einen Weg über den Graben zu bauen, aber will man wirklich so lange warten? Hat man so lange Geduld? Meistens nein. Zumal der Gedanke im Kopf herumspukt, dass man nie wieder dazugehören wird. Es kommt einem vor, als hätte die Zeit der Therapie einem eine Art Stempel auf die Stirn gedrückt. Oder besser gesagt ein Tattoo, denn der Stempel lässt sich nicht abwaschen. Je mehr man an ihm reibt und versucht, ihn verschwinden zu lassen, desto prägnanter sticht er hervor. Selbst fremde Menschen auf der Straße scheinen einem ansehen zu können, dass man ‚bekloppt‘, ‚verrückt‘, ‚nicht mehr ganz richtig in der Birne‘ ist.«

Ich musste schmunzeln. Diese Vorstellung kam mir absurd vor. Wie sollte man jemandem ansehen, ob er Therapieerfahrung hatte oder nicht?

»Lachst du mich aus?«, fragte Anna unsicher nach.

»Nein«, stritt ich ab. »Es ist nur … ich kann mir nicht vorstellen, dass man das jemandem ansieht.«

»Ob diese Sorge real oder nur ein Hirngespinst ist, ist zweitrangig. Fakt ist, sie belastet. Die Angst lähmt dich, du fühlst sich unwohl, beobachtet, es schränkt dich ein«, klärte sie mich auf. »Es nützt nichts, wenn dir jemand sachliche Argumente dafür liefert, dass du keinen Stempel auf der Stirn hast. Denn diese Art von Gefühlen kannst du mit Argumenten nicht beeinflussen.«

Ich legte meinen Kopf leicht schief. »Ich kann nicht meine Gedanken und Gefühle in den Kopf eines anderen einpflanzen, das ist mir klar – doch wie soll ich denjenigen unterstützen?«

»Das ist schwer«, gab die junge Frau zu. »Du kannst einem Menschen deine Sicht der Dinge mitteilen, du kannst ihm Mut zusprechen, ihm Rückhalt geben und hoffen, dass deine Worte die richtigen Hebel in seinen Gedanken in Bewegung setzen, sodass der- oder diejenige eigenständig zu dem Schluss kommt, dass er oder sie keinen Stempel auf der Stirn trägt. Im allerbesten Fall erreichst du, dass es für diese Person sogar scheißegal wird, ob jemand weiß, dass sie in Therapie war. Wenn man psychologische Unterstützung braucht oder gebraucht hat, ist das keine Schande. Die Welt dreht sich danach weiter. Man verliert dadurch nicht seinen Wert.«

Ein Lächeln zeichnete sich auf ihren Lippen ab. Ich ahnte, dass eine Erinnerung aus ihrem Gedächtnis aufgeflammt war. Und tatsächlich begann sie zu berichten: »Ich habe einen älteren Mann gekannt. Er hat auf einer Behörde gearbeitet. Seine Ausstrahlung wirkte auf mich einschüchternd. Er kam mir vor, als würde er alles an mir akribisch begutachten und bewerten. Ich musste ihm einen Lebenslauf vorlegen. Da ich einige Male stationär in Kliniken war, weist mein Lebenslauf Lücken auf. Für diese Löcher muss ich mich nicht rechtfertigen, deshalb steht als Begründung hinter dem Zeitraum nichts. Ich sah, wie seine Augen auf dem Papier hin- und herwanderten. Er las. Doch dann stoppten die Augenbewegungen und er zog seine Augenbrauen nach oben. Ich schluckte. Ich ahnte, dass er ein paar Fragen hatte.

‚Was haben Sie in diesem Zeitraum gemacht?', formulierte er die von mir gefürchtete Frage. Ich bekam einen Schweißausbruch. Im Laufe der Zeit habe ich mir angewöhnt, auf seltsame oder gar dumme Fragen ebenso seltsam und dumm zu antworten. Deshalb behauptete ich, dass ich mir in diesen Monaten eine kreative Auszeit vom Leben genommen hätte, um zurück zu mir selbst zu finden. Im Grunde war diese Behauptung noch nicht einmal gelogen, denn ja, ich hatte die Zeit genutzt, um wieder zu mir selbst zu finden, und ja, es war eine Auszeit vom Leben gewesen. Der Mann schmunzelte daraufhin lediglich. Er schien die Botschaft dahinter nicht zu verstehen. ‚Waren Sie im Knast oder was?', hakte er nach. Diese zweite Frage brachte mich aus dem Konzept. Empört entgegnete ich, dass ich nicht im Gefängnis gewesen war.

‚Um Gottes Willen, nein, ich war *nur* in der Psychiatrie!', brach es aus mir heraus. Noch während ich den Satz sagte, begriff ich, was ich da sagte. Ich war ‚nur' in der Psychiatrie – na ja, ‚nur'. Für manche Personen war ein Psychiatrieaufenthalt schlimmer als ein Aufenthalt im Gefängnis. Es war in den Augen vieler Menschen weniger schlimm, eine Straftäterin zu sein als eine Verrückte. Zumindest wurde einem das Gefühl vermittelt.

Zuerst spannte sich die Miene des Behördenmitarbeiters an. Ich rechnete schon mit einer Standpauke oder mit dummen Kommentaren, doch dann entgegnete er vollkommen lässig: ‚Sie haben Schwierigkeiten mit dem Leben, ich habe auch Schwierigkeiten mit dem Leben. Ihre Schwierigkeiten sind anders als meine. Wenn ich fünf Personen hier in den Raum einlade, wird Ihnen jeder von anderen Problemen und Sorgen erzählen – aber wissen Sie, was uns allen gemeinsam ist? Wir sind Menschen und Menschen machen nun mal Fehler, kommen vom Weg ab, verirren sich und finden wieder alleine oder durch professionelle Unterstützung auf den rechten Weg zurück. Dafür muss man sich nicht schämen.‘

Diese Formulierung machte mich sprachlos. Er brachte es auf den Punkt. Wir alle waren Menschen. Wir waren nicht dazu geboren worden, um perfekt zu sein. Jeder konnte mal ins Straucheln kommen. Weder Geld noch sozialer Stand oder Bildung schützten davor, psychisch krank zu werden. Es konnte jeden treffen – also weshalb sollte man sich deswegen schämen oder gar verstecken müssen?«

Bestätigend nickte ich. »Ja, es ist menschlich, auch mal schwach zu sein und sich zu verirren. Jeder hat schon einmal Probleme gehabt. Der eine spricht darüber, der andere nicht. Der eine findet einen Weg, alleine wieder aus dem Loch herauszukriechen, der andere nicht.« Ich überlegte. »Im Grunde ist es wie mit Autounfällen. Gleichgültig, welches Fahrzeug man fährt, es kann jeden treffen. Natürlich kann man aufpassen und auf alles achten, immer alles im Blick behalten, aber selbst das ist keine Garantie dafür, dass man unfallfrei bleibt. Wenn es dumm läuft, steht man am Ende eines Staus und ein anderes Fahrzeug rast ungebremst in das Stauende. Das Leben ist gefährlich. Manchmal fügen wir uns nur kleine Verletzungen zu, die ohne medizinische Versorgung schnell abheilen, und manchmal schaltet es uns komplett aus. Dann dauert die Genesungszeit länger und es müssen andere Therapien angewandt werden.«

Ich machte eine kurze Pause, bevor ich auf meine ursprüngliche Frage zurückkam.

»Trotzdem oder besser gesagt, weiterhin, würde mich interessieren, ob die Erkrankung das weitere L – ben beeinflusst – oder genauer formuliert: Kann man das Loch, das durch sie entsteht, wieder füllen? Also kann man wieder zu seinem alten Ich zurückkehren?«

Anna kratzte sich an ihrem Nacken. Sie wirkte nachdenklich. »Die Essstörung oder auch jede andere psychische oder physische Erkrankung reißt ein Loch in den Lebensverlauf. Plötzlich steht man vor einem Abgrund. Man wird dort hineingeworfen und muss sich auf der anderen Seite wieder herauskämpfen. Blickt man zurück, wird man dieses Loch immer wieder sehen. Es verschwindet nicht. Es wirkt wie ein Mahnmal. Man weiß, jeder Schritt in die falsche Richtung kann einen wieder in dieses Loch hineinziehen. Es klafft bedrohlich. Doch ein Loch ist nichts Negatives. Rutscht man hinein, ist es unschön, das ist klar. Aber man muss es ja nicht offenstehen lassen. Wenn ich in meinem Garten ein tiefes Loch habe, kann ich es entweder so lassen und mir bei jedem Gang fast den Knöchel brechen – oder ich nutze es auf positive Weise.

Ich könnte zum Beispiel einen Baum hineinpflanzen. Damit ist das Loch verschlossen und gleichzeitig kann aus dem bedrohlichen Abgrund etwas Neues wachsen. Wie mehrfach gesagt, kann ich meine Vergangenheit nicht ändern. Es ist passiert. Der Graben ist da. Ich kann ihn nicht einfach auffüllen und so tun, als hätte es ihn nie gegeben. Diese Lüge funktioniert nicht, denn die Essstörung hat mich, meine Gedanken, Emotionen und meine Lebenseinstellung geändert. Allerdings muss diese Veränderung nicht zwangsläufig negativ sein.«

Sie schaute mich an.

»Bitte, verstehe mich nicht falsch. Eine Essstörung oder eine andere psychische Erkrankung ist nichts Erstrebenswertes. Es ist nichts, was man unbedingt erleben muss, aber wenn es dich trifft, kannst du daran wachsen. Zuerst ist das meiste negativ. Du musst kämpfen und verfluchst alles, doch wenn du das dunkle Loch überwunden hast, kannst du dich dazu entscheiden, das Positive darin zu sehen. Alles, was du erlebst, ist wie eine Münze, alles hat zwei Seiten. Jemand, der eine Krise meistert, ist vom Leben gezeichnet, aber dafür bekommt er oder sie auch ,Zusatzqualifikationen'.

Man lernt, wie viel Stärke in einem steckt, man lernt, wie mutig man ist, man lernt, das Leid anderer Menschen zu sehen. Denn nur jemand, der selbst schon einmal am Boden lag, beherrscht das nötige Wissen, um wirklich nachzuempfinden, wie sich diese Lebenssituation anfühlt. Wer Krisen meistert, wird wachsamer. Man lernt, Katastrophen zu erkennen, bevor sie eintreten, weil man die Warnzeichen kennt. Die Fähigkeit, mit Stress umgehen zu können, wird verstärkt. Man lernt, sich selbst zu schützen …

Natürlich ist jeder Mensch individuell, jeder wird einen anderen Schwerpunkt bei sich entdecken. Der eine Baum wächst schneller, der andere langsamer, manch einer möchte lieber den Schatten des Baumes nutzen und ein anderer freut sich, ein Baumhaus bauen zu können. Doch was bei jedem gleich bleibt, ist: Wenn man den Mut hat, aus dem Loch etwas Neues wachsen zu lassen, verändert sich nicht die Vergangenheit, sondern die Zukunft. Das Loch, die Erkrankung, bleibt, die Erinnerungen verschwinden nicht, aber das Dunkle und Bedrohliche wird von etwas Neuem ausgefüllt. Man gibt sich selbst die Chance, an den vergangenen Erfahrungen zu wachsen.«

22. Die Sache mit den Spiegeln

Bewundernd sah ich die junge Frau an. »Wenn man an diesem Punkt anlangt, dann hat man es geschafft.«

»Geschafft hat man es nie«, verbesserte sie mich. »Du musst immer wachsam bleiben. Die Essstörung ist wie ein schlafender Hund, der in einem Kerker eingesperrt ist. Im Normalfall ist die Gefahr unter Kontrolle. Jedoch darfst du dich nie zu sehr in Sicherheit wiegen. Regelmäßige Kontrollgänge und Funktionsprüfungen der Schlösser sind Pflicht. Wer meint, man könnte den schlafenden Hund einfach eingesperrt lassen und ihn vergessen, der irrt sich. Denn wenn der Hund aufwacht und bemerkt, dass er vergessen wurde, kann er sich klammheimlich von seinen Fesseln befreien und aus dem Kerker türmen. In einem unpassenden Moment steht er plötzlich hinter dir. Er bleckt die Zähne und Speichel läuft aus seinem Mund. Die Augen funkeln bedrohlich. Ihm jetzt ein Steak hinzuwerfen und sich für die eigene Unachtsamkeit zu entschuldigen, wird nichts nützen. Der Hund ist sauer. Stinksauer!«

Ich spürte, wie sich eine Gänsehaut über meinen Körper ausbreitete. Ihre Beschreibung klang beängstigend.

Sie lachte. Danach klärte sie auf: »Aber ja, wenn man aufhört, sich für seine Fehler zu hassen, mit der Vergangenheit ins Reine kommt und versucht, aus den

Trümmern, die man hinterlassen hat, wieder etwas Neues zu bauen, dann hat man die größten und schwierigsten Schritte gemeistert. Wenn man wieder zu sich stehen kann, ist man auf dem richtigen Weg.«

»Selbsthass spielt bei der Erkrankung eine wichtige Rolle?«, vergewisserte ich mich. Bei meiner Nichte waren mir besonders in den letzten Wochen vermehrt Kommentare wie ‚Ich bin fett‘, ‚Ich bin hässlich‘, ‚Niemand mag mich‘ und ‚Ich hasse meine fetten Oberschenkel‘ aufgefallen.

»Ausnahmen gibt es überall, aber ja, die meisten Betroffenen können ihr eigenes Ich nicht sonderlich leiden«, bestätigte Anna meine Annahme. »Man wird zu seinem größten Feind. Bei jedem Kilo, das man abnimmt, besiegt man einen Teil von sich selbst. Gegen jede Fettzelle und somit auch gegen den größten Teil des Körpers führt man einen Krieg, wenn man magersüchtig ist.«

Ich schluckte. Diese Formulierung klang krass, doch sie hatte Recht. Etwas anderes als eine schrittweise Selbstvernichtung war Magersucht nicht.

»Man redet sich ein, dass man sich selbst, wenn man nur noch das eine Kilo verliert, endlich besser akzeptieren und lieben könnte, aber das ist eine Lüge. Man gewinnt nicht an Selbstachtung, wenn man noch weiter abnimmt. Im Gegenteil, je weniger Gewicht man hat, desto unglücklicher wird man und desto kritischer beäugt man sich selbst. Erst viel zu spät begreift man, dass es egal ist, wie viel man abnimmt; man wird niemals so dünn sein, dass man damit zufrieden ist. Gleichgültig wie niedrig die Zahl ist, man wird weiterhin Fettpolster im Spiegel entdecken«, berichtete sie von ihren Erfahrungen.

»Selbst wenn man nur noch aus Haut und Knochen besteht, fühlt man sich weiterhin zu dick. Ärzte nennen das eine Körperschemastörung. Der oder die Betroffene verliert den Bezug zu seinem oder ihrem Körper.

Man schaut in den Spiegel und, ganz simpel ausgedrückt, *erkennt* man sich zwar, weil man weiß, dass die Person im Spiegel man selbst sein muss. Und man *sieht* diese Person auch – aber man erkennt nicht die Wahrheit. Der- oder diejenige im Spiegel ist füllig. Der BMI dieser Person im Spiegel liegt schätzungsweise bei 25 oder noch höher – obwohl man in Wahrheit einen krankhaft niedrigen BMI aufweist.«

Sie suchte nach einem Vergleich.

»Hast du schon einmal auf Jahrmärkten oder in Freizeitparks ein Spiegelkabinett besucht? Dort sind verschiedene Spiegel aufgebaut, die unterschiedliche Wölbungen haben. Das sorgt dafür, dass die Körperkonturen verzerrt aussehen. Im einen Spiegel sieht man seinen Körper in die Breite gezogen, im nächsten wirkt man groß und dürr, im dritten hat man lange, schmale Beine, auf denen ein überdimensional breiter Oberkörper sitzt. Man weiß nie, wie man im nachfolgenden Spiegel aussehen wird.«

Ja, ich kannte diese Attraktionen. Besonders Kinder fanden die verschiedenen Spiegelbilder lustig. Sie amüsierten sich über ihr Aussehen. Als ob Anna meine Gedanken gelesen hätte, sprach sie direkt diesen Gedanken als Nächstes an.

»Die meisten finden es lustig, wie der Spiegel ihnen ein falsches Bild zeigt. Sie lachen über sich selbst oder sind überrascht über ihr Aussehen. Kaum jemand kommt auf den Gedanken, dass der Spiegel die Wahrheit zeigen könnte. Es ist klar, dass es sich um eine optische Täuschung handelt. Man weiß das.

Doch *ich* weiß es nicht. Die Magersucht sorgt dafür, dass jeder Spiegel wie der Spiegel eines Spiegelkabinetts wirkt. Ich habe keine Chance, mein wahres Spiegelbild zu sehen. Allerdings weiß ich nicht, oder verstehe nicht, dass der Schein mich trügt. Darüber hat mich in der Anfangszeit der Essstörung niemand aufgeklärt und selbst wenn es mir später jemand sagte, nützte mir das nicht viel, schließlich löste sich dadurch das verzerrte Bild nicht auf. Ich konnte nicht einfach den Spiegel wechseln und so lange suchen, bis ich einen fand, in dem ich mich als ansehnlich empfand. Das Problem lag nämlich nicht an einer verzerrenden Wölbung eines Spiegels, sondern an meinem Kopf. Schaute jemand anderes in den Spiegel, sah er oder sie die Wahrheit, blickte ich hinein, sah ich eine Lüge.«

Verlegen senkte sie ihren Blick. Ich ahnte, dass sich das Problem noch nicht gelöst hatte.

»Ich sehe nicht das abgemagerte, blasse Mädchen, dessen Wangenknochen hervorstehen, dessen Rippen man zählen kann und dessen Schulterblätter sich wie abgebrochene Engelsflügel unter der Haut abzeichnen«, sprang sie wieder in die Gegenwart und bestätigte damit meine zuvor aufgestellte These, dass die Körperschemastörung bis heute bestand. »Ich sehe ein molliges, unansehnliches Mädchen, das dringend abnehmen müsste. Das Einzige, was sich hin und wieder ändert, sind die Proportionen. In dem einem Spiegel finde ich meine Arme zu fett, im nächsten meinen Bauch, im dritten die Oberschenkel – kurz: Eigentlich finde ich alles zu fett.«

»Gibt es keinen Spiegel, in dem du dich normal siehst?«

Im kleineren Rahmen kannte ich dieses Phänomen von meiner Frau. Sie hatte keine Essstörung, doch wenn es um Spiegel ging, hatte sie zu diesen dennoch eine merkwürdige Beziehung.

Einmal hatte ich sie dabei erwischt, wie sie eine Ewigkeit im Bad stand und von allen Seiten ihre Nase betrachtete.

Als ich nachfragte, was sie da tat, antwortete sie, dass ihr Nasenrücken einen Höcker hätte, der unschön aussähe. Daraufhin betrachtete auch ich ihre Nase. Jedoch konnte ich keinen Höcker erkennen. Erst als ich mich anstrengte und meine Fantasie hinzunahm, konnte ich eine minimale Erhebung sehen. Diese war mir zuvor noch nie aufgefallen, zudem konnte ich mir nicht herleiten, was an dieser Erhebung schlimm sein sollte. Jede Nase sah anders aus. In meinen Augen gab es deutlich unschönere Nasen. Als ich das meiner Frau mitteilte, hätte sie mir fast eine Ohrfeige verpasst. Es machte sie wütend, dass ich ihr Problem nicht erkannte.

Zum Glück hatte sich das Nasenproblem nach ein paar Tagen entspannt. Kurzzeitig hatte ich befürchtet, dass sie deswegen noch durchdrehen würde, doch nachdem sie mit ihrer besten Freundin über ihre Nase gesprochen hatte, schien sie sich mit dem Höcker abgefunden zu haben. Stolz verkündete sie mir, dass so gut wie jeder – ich glaube, sie meinte damit vor allem weibliche Personen – ein Körperteil oder eine Stelle am Körper hätte, womit er unzufrieden sei. Diese Erkenntnis, dass sie mit ihrem Problem nicht alleine war, schien sie etwas beruhigt zu haben. Sie schenkte danach dem Höcker auf ihrer Nase wieder weniger Beachtung und hatte dadurch wieder mehr Zeit, um sich mit anderen Dingen zu beschäftigen. Das Problem war in den Hintergrund gerückt.

»Jain. Meine ‚Sehstörung' hängt ja nicht mit dem Spiegel, sondern mit meinem Kopf zusammen«, beantwortete Anna meine Frage. »Das heißt, die Wahl des Spiegels ist nicht entscheidend. Wobei ich gestehen muss, dass Spiegel in Einkaufscentern oder Bekleidungsläden teilweise förmlich Gift für mich sind. Erstens sind sie aufgrund von Verkaufszwecken so angebracht, dass man sich von allen Seiten sieht. So sehe ich alles, was mich an meinem Körper stört, auf einmal. Ich habe keine Möglichkeit, etwas zu verstecken oder auszublenden. Zweitens sind die Spiegel meistens so bearbeitet oder das Licht ist so eingestellt, dass man sich leicht verzerrt sieht. Das Spiegelbild soll dem Kunden schmeicheln, er oder sie soll das Gefühl haben, wunderschön auszusehen, schlank zu sein, etc. Diese Veränderungen sind minimal. Ich glaube, das Bewusstsein bekommt sie kaum mit, es spricht eher das Unterbewusste an. Gesunde Menschen fühlen sich wohl, sie stört es nicht, dass ihre Wahrnehmung beeinflusst wird, doch für mich und andere Essgestörte ist das die Hölle. Die Magersucht bemerkt diese kleinen Veränderungen und schlägt Alarm. Ein unwohles Gefühl breitet sich in der Magengegend und im Brustkorb aus. Ich spüre, dass da etwas – keine Person, sondern vielmehr eine bestimmte Umgebung – ist, das mich manipulieren will. Es ist keine Angst oder Wut, sondern einfach ein Unbehagen. Es fühlt sich beklemmend und falsch an. Einerseits möchte ich vor dem Spiegel stehen bleiben und mich genauer betrachten und auf der anderen Seite flüstert mir das Gewissen zu, dass ich von diesem Ort einfach nur fort möchte.«

Das konnte ich nachvollziehen. Mir behagten die Lichtverhältnisse und Spiegel in manchen Umkleidekabinen ebenfalls nicht. Wenn ich Kleidung in einem Geschäft anprobierte, fühlte sich das Aus- beziehungsweise Umziehen vor einem oder besser gesagt meist mehreren Spiegeln in einem engen Raum auch für mich befremdlich an. Ich mied es in diesen Augenblicken, mich genauer zu betrachten. Erst wenn ich die ausgewählte Kleidung am Körper trug, begutachtete ich mein Ebenbild. Dieses kurzzeitige Ausblenden der Spiegelbilder schien Anna jedoch nicht möglich zu sein.

»Bei anderen, gewöhnlichen Spiegeln, gibt es diesen Bann auch«, sprach sie weiter. »Allerdings ist er dort schwächer ausgeprägt. Ich hasse sie, aber kann nicht ohne – wie bei der Waage. ,Nimm sie mir weg – aber wehe, sie ist fort.'«

Mit diesem Satz brachte sie den Sachverhalt auf den Punkt. Sie wollte *ohne,* doch konnte es nicht. Sie befand sich in einem Irrkreis.

»Mir selbst fällt es schwer, mein Spiegelbild klar zu sehen. Alleine bekomme ich das nur schwer hin«, kam sie auf die Körperschemastörung zurück. »Teilweise hängt die krankhafte Wahrnehmung mit meiner allgemeinen Tagesverfassung zusammen. Es gibt Tage, da sehe ich annähernd die Wahrheit, und es gibt Tage, da sehe ich ein Monster im Spiegel. Wann ich was sehe, bekomme ich erst mit, wenn ich hineinschaue. Da das Problem in meinem Kopf entsteht, bin ich die Einzige, die es beeinflussen kann. Wenn mir jemand von außen sagt, dass ich mich falsch wahrnehme, erzeugt das Groll in mir. Es macht mich zornig, wenn mir jemand seine Sicht der Dinge aufdrücken möchte. Tief in meinem Inneren weiß ich zwar, dass derjenige Recht hat, aber seine Aussage widerspricht meiner persönlichen Wahrnehmung. Das ist, wie wenn man einen pinken Elefanten sieht und jeder einem erklärt, dass es keine pinken Elefanten gibt. Man denkt sich: ‚Ja, das weiß ich auch, aber trotzdem habe ich einen gesehen!'.

Man möchte sich der Meinung des anderen nicht beugen, weil man ja weiß, was man gesehen hat. Das ist kompliziert und sorgt für Gedankenchaos. Deshalb ist es wichtig, zu einem Betroffenen nicht hinzugehen und zu sagen: ‚Du liegst falsch, das ist nicht so, wie du es wahrnimmst', sondern denjenigen bildlich gesprochen an der Hand zu nehmen und mit ihm gemeinsam seine Annahme zu überprüfen. Um auf das Beispiel mit dem Elefanten zurückzukommen, könnte man dem Betroffenen anbieten, noch einmal mit ihm gemeinsam an die Stelle zurückzukehren, wo er den Elefanten gesehen hat. Vielleicht sieht er ihn noch einmal und kann sich somit von der Farbe überzeugen. Um im Kopf umdenken zu können, muss man wissen, dass die eigene Wahrnehmung falsch ist. Und dieses Wissen erlangt man nicht, indem es einem jemand erzählt, sondern man muss es selbst erfahren, es eigenständig überprüfen. Man kann mit seinem Feind erst Freundschaft oder vielleicht auch im ersten Moment ‚nur' einen Waffenstillstand vereinbaren, indem man mit ihm kommuniziert und feststellt, dass er gar nicht so übel ist, wie er aussieht.«

»Das kostet Mut«, warf ich ein.

Sie nickte. »Ja, aber alles, was Mut erfordert, kann einen weiterbringen. Man bricht aus seinen alten Gedanken aus und kann in etwas Neues, eventuell Besseres starten. Es erweitert den Handlungsspielraum, den Horizont, und somit gibt es einem meistens ein Stück Freiheit zurück.«

Ich nickte vorsichtig. Das klang logisch – auch wenn ich mir noch nicht sicher war, wie man diesen Schritt schaffte. Aber das würde sie mir sicherlich gleich erläutern.

»Und wie gelangt man an diesen Punkt?«

»Dafür gibt es, wie bei vielen Dingen, leider keine Universallösung«, gestand Anna. »Fakt ist, jede Körperschema-Störung hat eine Schwachstelle. Bei manchen ist es die Begleitperson beim Spiegel. Sprich, wenn eine Fachperson oder eine enge Vertrauensperson mit einem zusammen in den Spiegel schaut und Denkanstöße gibt, kann das das verzerrte Bild entzerren. Diese Denkanstöße können zum Beispiel die Frage nach den Problemstellen sein. Wenn jemand das Gefühl hat, dass zum Beispiel der Bauch hervorsteht, kann man sich seitlich hinstellen und gemeinsam überprüfen, ob das wirklich so ist. Oder derjenige kann behutsam nachfragen, ob der oder die Betroffene erkennt, dass seine oder ihre Rippen- oder Wangenknochen hervorstehen. Zu Beginn wird die Magersucht dafür sorgen, dass man es nicht sieht. Stattdessen fallen einem nicht vorhandene Fettpolster auf. Doch wenn man mit seinen Händen über die entsprechenden Stellen fasst, merkt man, dass die Augen einen täuschen. Oder wenn man die Blutergüsse an den Innenseiten seiner Knie sieht, weiß man, dass diese entstanden sind, weil das Fett zwischen den Gelenken fehlt und dadurch die Knochen ungeschützt aneinander reiben.

Manchen Betroffenen fällt der Blick in den Spiegel schwer. Sie schaffen es nicht, mit ihren Gedanken gegen die Gedanken der Essstörung anzukämpfen. Für sie ist es zum Beispiel leichter, Fotos von sich zu sehen oder Videoaufnahmen. In einer Klinik hatte ich eine Therapeutin, die mich erst in Kleidung und danach in Unterwäsche fotografiert hat. Zu Beginn war ich dem Vorhaben gegenüber skeptisch eingestellt. Ich hasste Fotografien von mir genauso wie mein Spiegelbild. Ich konnte mir nicht vorstellen, dass ich auf den Bildern etwas anderes erkennen sollte.«

Sie schwieg einen Augenblick. Ich wurde ungeduldig.

»Hat es etwas verändert?«

»Ja, hat es«, bestätigte sie. »Als ich die Bilder in den Händen hielt, war das ein Schock für mich. Die Therapeutin hatte bei den Aufnahmen ihren Schwerpunkt auf die Körperstellen gelegt, die besonders dürr aussahen. Im Spiegel sah ich eine andere Person. Mein Spiegelbild war wohlgenährt, doch auf den Bildern sah ich eine Leiche. Das konnte nicht ich sein! Meine erste Aussage war, dass die Bilder bearbeitet worden sein mussten. So dünn, hässlich und abgemagert konnte ich nicht sein! Der Anblick fühlte sich für mich an, als würde mir jemand einen Dolch ins Herz bohren. Die schützende Blase der Magersucht, die mir einredete, das alles halb so schlimm sei, war geplatzt. Ich wurde mit der Realität konfrontiert. Das riss mir den Boden unter den Füßen fort. Ich fand keine Argumente mehr, die Essstörung zu verteidigen. Ich war schockiert, wie weit ich es hatte kommen lassen. Das Bild begleitete mich von diesem Tag an in der Therapie. Jedes Mal, wenn mich das Gefühl überkam, fett zu sein, schaute ich mir die Fotografie an. Sie erinnerte mich daran, wie kritisch es wirklich um mich stand.

Zusätzlich gibt es noch einen einfachen, jedoch sehr wirkungsvollen Trick, um seine Wahrnehmung zu überprüfen.«

Suchend schaute sie sich um. In einer Ecke des Raumes lag ein Seil. Sie ging darauf zu, hob es auf und warf es mir zu.

»Was soll ich damit tun?«, fragte ich unwissend nach.

»Auf wie viele Zentimeter schätzt du deinen Bauchumfang?«

Ich kratzte mich am Nacken. Darüber hatte ich mir noch nie Gedanken gemacht.

»Puh.«

Mit der rechten Hand hielt ich das Seil nach oben, sodass die Länge nach unten, Richtung Boden fiel. Dann legte ich meinen Kopf leicht schief.

»Hier, so lang ungefähr?«

Mit zwei Fingern der linken Hand teilte ich das Seil. Meine Aussage klang eher wie eine Frage. Ich fühlte mich bei meiner Einschätzung unsicher.

»Gut, dann mache dort einen Knoten«, forderte Anna mich auf.

Ich tat wie mir geheißen.

»Und jetzt legst du das Seil um deinen Bauch, um den geschätzten Umfang zu überprüfen«, gab sie die nächste Anweisung.

Auch diese führte ich aus. Mit einem Schmunzeln stellte ich fest, dass ich mich um ungefähr zehn Zentimeter zu schlank eingeschätzt hatte. Offenbar hatte ich doch zwei oder drei Kilo mehr auf den Rippen, als ich dachte.

»Das ist gut«, lobte Anna. »Kleine Abweichungen sind völlig normal. Jetzt mal zum Vergleich: Als *ich* das erste Mal meinen Umfang einschätzen sollte, verschätzte ich mich meilenweit. Als ich zur Kontrolle das Seil um meinen Rumpf legte, konnte ich es fast zweimal um mich herumwickeln.«

Ich staunte. So krass konnten sich Körperschema-störungen ausprägen?

Als ob sie meine Gedanken gelesen hätte, entgegnete sie:

»Diese einfache Übung hilft beiden Seiten. Für Nicht-Betroffene ist es eine Möglichkeit, die Intensität der Körperschemastörung zu erkennen, und der oder die Betroffene begreift, dass seine oder ihre Annahmen vom eigenen Umfang nicht der Realität entsprechen. Nach Belieben kann man mit dem Seil auch noch den Umfang des Oberschenkels schätzen oder den von anderen Körperpartien, je nachdem, was einem die größte Sorge bereitet.«

23. Langsam zunehmen

»Wie ist es eigentlich, wenn man in der Therapie an Gewicht zunimmt?«, stellte ich die nächste Frage. »Ist es schwer, die Zunahme zu akzeptieren, oder freut man sich darüber?«

»Das ist individuell und hängt mit der Einstellung des Betroffenen zusammen«, gab Anna zu. »Ich denke, wenn man sich freiwillig in Therapie begibt und etwas an seinem Essverhalten ändern möchte, sind sowohl Freude als auch Hass dabei.«

Ich runzelte die Stirn. Diese Aussage empfand ich als widersprüchlich. Wenn jemand gesund werden wollte, sollte er oder sie sich doch über die Zunahme freuen, oder?

»Das Thema Gewichtszunahme ist recht komplex«, begann sie mit der Aufklärung.

»Zuallererst: Es hört sich einfach an, an Gewicht zuzunehmen. Jemand, der keine Ahnung von Magersucht hat, kann sich nicht vorstellen, wie schwer so etwas sein kann. Deshalb wird man oft Aussagen wie ‚Dann iss einfach ein bisschen mehr Schokolade‘ oder ‚Überbacke alles mit Käse‘ hören. Wenn es ganz krass wird, hat man manchmal das Gefühl, dass der andere fast schon neidisch auf die Magersucht ist. Man bekommt zu hören, dass es richtig cool ist, sich zehn Kilo oder noch mehr Gewicht ‚anfressen‘ zu dürfen. Doch jemand, der die Erkrankung näher kennt, weiß, dass das ganz und gar nicht toll ist und dass man auf diese Erfahrungen in seinem Leben gut und gerne verzichten kann. Außerdem sollte man nicht rein durch Süßigkeiten oder fettreiche Nahrung zunehmen. Der Gewichtsaufbau sollte gesund stattfinden und nicht wie bei einer Mast. Bei einer stationären Therapie wird in der Regel eine Gewichtszunahme von 700 Gramm pro Woche vereinbart. Das hört sich im ersten Moment – vor allem für Betroffene – viel an. In Gedanken rechnet man hoch, eine Woche – 700 Gramm, ein Monat – 2,8 Kilo! Zehn Wochen – 7 Kilo! Für jemanden, bei dem bei einer Gewichtszunahme von 200 Gramm schon die Welt zusammenstürzt, erscheinen diese Zahlen gigantisch. Sie machen Angst, wenn nicht sogar Panik. Schon vor der ersten Gewichtszunahme fragt man sich, was passiert, wenn man nach seinem gesetzten Zielgewicht nicht mehr aufhören kann zu essen? Nach spätestes sechs Monaten wäre man eindeutig im Übergewicht! Das wäre eine Katastrophe!

Mit vernünftigen Begründungen, dass das Ziel der Gewichtszunahme ein rasches Entkommen aus dem kritischen Untergewichtsbereich ist oder dass bei einer Zunahme von 200 Gramm pro Woche die Therapiezeit deutlich länger wäre oder dass man zunehmen *muss* – egal ob langsam oder schnell – kommt man nicht weit. Das Gehirn des Betroffenen hört zwar diese Aussagen, doch zwischen Hören, Verstehen und Annehmen ist eine Mauer, die nicht zu durchbrechen ist. Wie bei einem kleinen Kind, das jeden Tag fragt, ob die Herdplatte heiß ist, muss man sich ständig wiederholen. Zusätzlich stellt sich wie bei dem Kind die Frage, wie man etwas verstehen soll, von dem man nicht weiß, was es bedeutet. Wer noch nie auf eine Herdplatte gefasst hat, weiß nicht, was heiß ist; wer das Gefühl von Hitze nicht kennt, wird davor keinen Respekt haben. Im umgekehrten Sinne: Wer nicht weiß, dass der Körper, wenn er sein individuelles Normalgewicht erreicht hat, aufhört zuzunehmen, wird nicht daran glauben, dass die Gewichtszunahme stoppt. Zu Beginn wird man etwas mehr zunehmen, bis der Körper versteht, dass er erstens regelmäßig und zweitens ausreichend mit Energie versorgt wird. Doch dann wird er sich nicht mehr auf jede einzelne Kalorie stürzen und sie direkt in eine Fettzelle umwandeln – bildlich gesprochen. Man wird niemals jeden Tag dasselbe Gewicht auf der Waage haben, das haben gesunde Menschen auch nicht, das Gewicht wird immer mal um ein bis zwei Kilo nach unten oder nach oben schwanken, aber es pendelt sich ein.«

»Heißt es nicht, dass Magersüchtige nie ins Übergewicht rutschen werden?«, erkundigte ich mich. Ich meinte, so etwas gehört zu haben.

Anna lachte scherzhaft. »Ja, das erzählen Ärzte und Therapeuten gerne. Sie wollen damit Ängste nehmen; doch leider weist diese Behauptung Lücken auf. Ich möchte mit meinen Erfahrungen niemandem Angst machen oder ihn oder sie entmutigen, aber ich denke, es ist am besten, ehrlich zu sein. Ich persönlich habe mich vom Fachpersonal ziemlich veräppelt gefühlt, als ich, nachdem ich das Normalgewicht erreicht hatte, weiter zugenommen habe. Eine Weile hatte ich mein Gewicht noch im unteren Normalbereich gehalten. Zu

dem Zeitpunkt hatte ich noch auf meine Nahrungs-
menge geachtet, ich habe noch Kalorien gezählt und
mich viel, nicht mehr so übertrieben viel wie in der
akuten Phase der Essstörung, aber dennoch deutlich
mehr als normale Menschen, mit dem Thema Essen
beschäftigt. Je weiter ich jedoch ins normale Leben
zurückkehrte und je normaler mein Alltag wurde,
desto weniger wurden die Gedanken über das Essen.
Mehr und mehr ließ ich mich von meinen Vorlieben
treiben.

Zum Teil hatte das auch damit zu tun, dass ich
zwischen meinen Mitmenschen nicht mehr auffallen
wollte. Ich strebte endlich nach Unabhängigkeit. Ich
wollte ernst genommen werden und Teil der Gemeinschaft sein, ich hatte die Schnauze voll davon, ständig
erklären zu müssen, weshalb ich das zubereitete Essen
nicht mochte oder wieso ich ausschließlich Lightpro-
dukte zu mir nahm. Deshalb passte ich mich an. Mein
Körper war diese übermäßige, eigentlich normale,
Kalorienzufuhr allerdings nicht gewöhnt. Deshalb
nahm ich zu. Zusätzlich hatte ich, je gesünder ich wurde, zunehmend größere Angst vor dem Hungergefühl.
Ich aß, obwohl ich keinen Appetit hatte, rein als
Vorsichtsmaßnahme. Keine Ahnung, was in meinem
Gehirn ablief. Sobald ich auch nur einen Hauch von
Appetit verspürte, stopfte ich mir den Magen voll. Ich
wollte nie wieder diesen extremen Hunger der Ma-
gersucht spüren. Ich hatte Angst vor den Bauchschmerzen, obwohl es zu diesem Zeitpunkt keinen
Grund mehr dafür gab. Vielleicht war ein Faktor auch,
dass man, wenn man einmal essgestört war, immer

eine besondere Verbindung zum Thema Essen hat? Ich denke, dass durch die Erkrankung eine Programmierung im Kopf stattgefunden hat, die man niemals komplett auflösen kann. Egal, wie lange man schon gesund ist. Es ist wie eine Schwachstelle, eine Narbe, eine Verletzung, die zwar verschlossen ist, aber niemals vollständig heilt. Diese Stelle der Psyche ist immer verwundbarer als der Rest.

Das bedeutet nicht, dass man bei jedem Schicksalsschlag direkt einen Rückschlag erleidet, sondern es ist anders. Wenn das Leben aus den Fugen zu geraten droht, man Stress oder intensiven Gefühlen ausgesetzt ist, braucht man ein Ventil, um damit zurechtzukommen. Bei Menschen, die mit einer Essstörung gekämpft haben, ist dieses Ventil meistens Essen oder Nicht-Essen. Die Psyche hatte in der Vergangenheit damit schon positive Erfahrungen gemacht, deshalb wendet sie es wieder an. Nicht ganz so extrem, denn das war wiederum negativ, aber die ungefähre Richtung bleibt gleich.

Da ich keinen Hunger mehr verspüren wollte oder konnte, reagierte ich auf Probleme, Gefühlschaos und Stress mit Heißhunger. Besonders Schokolade schien auf mich eine beruhigende Wirkung zu haben. Von anderen Betroffenen habe ich ähnliche Geschichten gehört. Auch bei ihnen ist das Gewicht in den oberen Normalbereich beziehungsweise ins leichte Übergewicht angestiegen. Wenn man dann eines Morgens auf der Waage steht und diese Zahl sieht, muss man erst einmal schlucken. Es fühlt sich an, als hätte jemand einem in den Magen getreten. Es tut nicht richtig weh, doch es ist äußerst unangenehm.«

Mitfühlend schaute ich sie an. »Kann man dagegen etwas tun?«

»Nein. Es ist ein Teil der Genesung. Ich würde sogar sagen, es ist wie eine Prüfung, ob man gesund sein beziehungsweise gesund bleiben will. Es ist die letzte Prüfung der Magersucht, die sie einem in der Hoffnung stellt, dass man zu ihr zurückkommt.«

Auf meiner Stirn bildeten sich Falten. »Aber jetzt siehst du eher schlank, sogar sehr schlank aus …« Ich wusste nicht, wie ich meine Wahrnehmung in Worte verpacken sollte. Wenn ich ehrlich war, sah Anna noch magersüchtig aus. Ihre Worte und Gedanken klangen zwar klar, deutlich klarer als vorhin, als wir uns kennengelernt hatten, aber ihr Gewicht war definitiv nicht in einem gesunden Bereich. Hatte sie inzwischen einen Rückfall erlitten? Weshalb war ihr die Waage noch so wichtig? Ich erinnerte mich an den klingelnden Wecker, der uns in den Raum der Wahrheit verschlagen hatte.

»Denkst du, dass wir uns hier in der Realität befinden?«, verwirrte sie mich mit einer Gegenfrage, mit der ich nicht gerechnet hatte.

»Ähm …«, ich stotterte. Bevor ich jedoch dazu kam, klar zu antworten, beantwortete sie ihre Frage selbst.

»Nein, wir sind in einer Parallelwelt. Ich habe dich dazu eingeladen, mit in meine Gedankenwelt zu kommen. Dein Körper und dein Geist befinden sich an unterschiedlichen Orten. Es ist wie ein Tagtraum. Du hast dir etwas gewünscht und ich habe dir diesen Wunsch erfüllt.«

Ich überlegte, zu widersprechen. Sicher hatte sie Recht: Das, was ich erlebte, entsprach nicht der gewöhnlichen Welt – aber die Erfahrungen und die Begegnung fühlten sich trotzdem real an.

»Unsere Vorstellungen sind echt, unsere Gedanken sind echt, unsere Unterhaltung, die Erfahrungen, die du gerade machst, das alles ist echt, und doch befinden wir uns in einer Parallelwelt. In unserer gemeinsamen Parallelwelt, in der ich den Raum und die Zeit verändern kann, wie ich es möchte. Die Grundlage dieser Welt besteht aus meinen Erinnerungen und meinen Erfahrungen mit der Diagnose Magersucht. Die Erinnerungen sind während meiner kranken Phase entstanden und haben sich verfestigt, sie haben sich weiterentwickelt und ergänzt, aber sie sind nie verschwunden. Da sie zu meinem Leben, jedoch nicht zu meiner Zukunft gehören, habe ich sie in einem separaten Abteil meines Gehirns abgespeichert. Dadurch ist diese Welt entstanden. Ich bin wieder gesund, mein Leben ist vorangeschritten, auf der Straße würdest du mich vermutlich niemals erkennen, doch ein Teil von mir lebt noch in der kranken Welt, weil ich die Erinnerungen weder loslassen will noch kann. Wenn ich solche Menschen wie dich treffe, die zahlreiche Fragen zum Thema Magersucht haben, an der Diagnose verzweifeln oder Angst vor den Folgen haben, Menschen, die gerade Hoffnung brauchen oder jemanden, der ihnen sagt ‚Hey, wir schauen uns jetzt gemeinsam das Problem und seine Ursache an, vielleicht ist das Chaos gar nicht so chaotisch, wie du glaubst, vielleicht können wir es etwas entwirren', dann bin ich da. Dann stehe ich ihnen gerne mit Rat und Tat zu Seite.«

»Also lässt du mich an einem Teil deines Lebens teilhaben«, stellte ich fest.

Sie nickte. »Genau. Und um auf die Frage mit dem Gewicht zurückzukommen: Tatsächlich pendelt sich das vollkommen von allein ein. Man braucht nur etwas Geduld und starke Nerven. Sobald der Körper verstanden hat, dass keine neue Hungerperiode kommt, stürzt er sich nicht mehr auf jede Kalorie. Das Gewicht pendelt sich ein und ohne dass man großartig sein Essverhalten ändert, rutscht man langsam wieder ins Normalgewicht.«

»Wie viel Bedeutung hat die Zahl auf der Waage noch, wenn man es aus der Essstörung geschafft hat?«, folgte meine nächste Frage.

»Puh«, sie atmete aus. »Stelle dir die Gedanken wie einen Kuchen vor. Wenn man mitten in der Essstörung steckt, besteht dieser Kuchen nur aus essgestörten Gedanken. Je weiter man jedoch wieder zurück ins Leben findet, desto weniger Prozent des Kuchens bestehen aus essgestörten Ansichten. Nach und nach werden einzelne Stücke durch andere Gedanken ausgetauscht. Man beschäftigt sich mit alten Hobbys, mit der weiteren Lebensplanung, man hat wieder Ziele ... je mehr man sich mit ‚normalen' Dingen beschäftigt, desto weniger Platz findet die Essstörung. Sie wird immer einen Teil des Kuchens einnehmen, doch das Stück besteht nur noch aus einer Diätportion. Somit ist es da, aber auf das große Ganze bezogen ist die Bedeutung recht gering. Leben hat nun mal Gewicht.«

Ihre Miene verfinsterte sich. Ich ahnte, dass sie nun wieder in die Vergangenheit abtauchen würde. Der kleine Ausflug in die Zukunft, in das, was sein könnte, wenn man beim Kampf gegen die Magersucht nicht aufgab, war vorbei. Doch der Abstecher hatte gut getan, es war schön gewesen, zu hören, dass es auch positiv enden konnte. Das machte Mut und gab Hoffnung.

»In der akuten Phase vertrat ich die Ansicht ‚Lieber dünn und tot als lebendig und fett‘. Ich wollte lieber sterben als zuzunehmen. Ich redete mir ein, dass ich mich in meinem abgemagerten Körper wohlfühlte. Ich nahm gar nicht wahr, dass er viel zu schwach war, um am Leben teilzunehmen. Ich registrierte nicht, wie meine Muskeln bei jedem Schritt kämpfen mussten, ich verstand nicht, dass es nicht normal war, durchgehend müde zu sein. Für mich war dieser Zustand normal und ich glaubte, nichts zu vermissen. Erst als ich durch die Therapie und die Gewichtszunahme wieder dazu in der Lage war, klar zu denken, als meine Muskeln sich erholten, ich mehr Kraft und dadurch auch mehr Lebensenergie zurückgewann, merkte ich, was mir gefehlt hatte. Um Gefühle wahrzunehmen, genügend Kraft für den Tag zu haben, leistungsstark zu sein, um zu lachen, sich freuen zu können, um leben zu können, braucht man Gewicht. Und ja, Leben hat Gewicht. Manchmal ist es eine Last, sich durch den

Tag kämpfen zu müssen, es ist anstrengend, mit einem Schicksalsschlag zurechtzukommen, es kostet Kraft, alles auszuhalten, aber wenn man stark ist – und das ist man nun einmal nur, wenn der Körper ausreichend Energie bekommt – hält man das aus. Wenn man gesund ist, kann man einen schweren Rucksack tragen, ohne aus dem Gleichgewicht zu kommen; ist man zu schwach, bricht man unter der Last zusammen.«

Ich spürte, wie sich ein Kloß in meinem Hals bildete. »Lieber dünn und tot als lebendig und fett ...« Das war eine extreme Aussage. Anhand der Aussprache dieses Satzes konnte ich spüren, dass sie ihn nicht einfach so dahingesagt, sondern dass sie zeitweise wahrhaftig dahintergestanden hatte.

24. Eine unterschätzte Gefahr

»Ich weiß, das klingt extrem«, rechtfertigte sich Anna. »Aber um ehrlich zu sein, war das noch einer der harmloseren der Glaubenssätze, die ich damals befolgte.«

Fragend zog ich die Augenbrauen nach oben.

Beschämt senkte sie den Kopf. Ihr schien die Situation peinlich zu sein.

»Was willst du damit sagen?«, lud ich sie ein, mehr zu erzählen.

»Ich war in einer Pro-Ana-Gruppe ...«, gab sie kleinlaut zu.

»In *was* warst du?«, fragte ich nach. Mir sagte diese Gruppenbezeichnung nichts.

»In einer Pro-Ana-Gruppe«, wiederholte sie. »Das ist eine Bewegung, oder vielmehr eine sektenähnliche Gemeinschaft, die sich mit dem Thema Magersucht auseinandersetzt. In der Gruppe sind Betroffene, die sich zusammenschließen, um gemeinsam an der Erkrankung *festzuhalten*. Es handelt sich also nicht um eine Selbsthilfegruppe, sondern vielmehr um eine gefährliche Vereinigung. Das Ziel ist es nicht, sich gegenseitig darin zu bestärken, die Erkrankung zu besiegen, sondern darin, noch mehr an Gewicht zu verlieren. Die Magersucht wird dort nicht als Erkrankung angesehen, sondern als eine Freundin. Deshalb auch der Name Ana.«

Ich spürte, wie sich eine Gänsehaut über meinen gesamten Körper ausbreitete. Obwohl mir bisher nicht kalt gewesen war, begann ich zu frösteln. Das Thema und die Informationen lösten Unbehagen in mir aus.

»Diese Freundin und zugleich Göttin Ana, eine Kunstfigur, steht in diesen Gruppen über allen«, erzählte sie weiter. »Auf der einen Seite stellt sie sich als Freundin vor, die einem helfen möchte, beliebt zu werden und Bestleistungen zu erbringen. Sie verspricht, dass sie auf einen aufpasst und einem zu einem besseren, erfüllteren Leben verhilft. Sie reicht einem die Hand. Als kleine Gegenleistung für ihre Unterstützung fordert sie Disziplin und Ehrlichkeit. Außerdem möchte sie wie eine Göttin angebetet werden.«

Diese Sätze kamen mir bekannt vor. Genau das hatte mir die junge Frau doch vor einer Weile über den Einstieg in die Magersucht erzählt. Gab es dort einen Zusammenhang?

»Ana nutzt die in ihrer Art üblichen Gedankengänge der Essstörung aus, um die Mitglieder der Gruppe anzusprechen«, erklärte sie die Verbindung. »Irgendwo hat jeder, der in die Magersucht rutscht, dieselbe Basis. Es ist wie ein Grundfundament, das alle Betroffenen besitzen. Ein niedriges Selbstwertgefühl, ein angekratztes Selbstvertrauen, die Suche nach Anerkennung … daran knüpft der erste Brief an. Durch diese Zeilen wird eine Beziehung zu den größtenteils im Teenageralter befindlichen Jugendlichen aufgebaut. Bisher hat man sich mit seinen Gedanken und Problemen alleine gefühlt, es gab niemanden, mit dem man sich darüber austauschen konnte, der einen verstand. Doch dann stößt man auf eine Gruppe, in der es andere gibt, die sich in einer ähnlichen, wenn nicht sogar in derselben Lage befinden. Dadurch entsteht direkt ein Vertrauensverhältnis. Erhält man nun den ersten Brief, in dem gefühlt die eigenen Gedanken niedergeschrieben wurden, in dem das formuliert wird, was man selbst nicht schafft, in Worte zu fassen, verfestigt sich das Vertrauensband. Auf den Gedanken, dass das Gegenüber einem etwas Böses will, kommt man gar nicht. Warum auch? Leidensgenossen sind Freunde und keine Feinde.«

»Stopp«, unterbrach ich sie in ihrer Rede. »Pro Ana bedeutet, für die Magersucht zu sein?«

Sie nickte.

»In Pro-Ana-Gruppen schließen sich Jugendliche zusammen, um weiter an der Erkrankung festzuhalten?«

Sie nickte erneut.

»Und wo gibt es diese Gruppen? Wie kommt man dort hinein? Wie erkennt man Mitglieder?« Mir brannten unzählige Fragen auf der Zunge.

»Entschuldigung«, bat mich Anna um Verzeihung. »Ich muss mich erst daran gewöhnen, dass du keine Ahnung von diesem Thema hast. Ich habe zu viel Hintergrundwissen vorausgesetzt, das du natürlich nicht hast. Pro-Ana-Gruppen ködern neue Mitglieder meist über soziale Netzwerke. Die Gruppen sind geheim. Man bekommt entweder über Kontakte den Zugang gewährt oder man muss sich als würdig erweisen. Das bedeutet, man muss ‚beweisen‘, dass man an der Magersucht festhält. Das kann bei einem schriftlichen Austausch überprüft werden oder man muss Bilder von seinem dünnen Körper posten oder sein Gewicht oder Ähnliches. Jede Gruppe hat andere Aufnahmekriterien. Also, es gibt nicht nur die eine Pro-Ana-Gruppe, sondern es gibt verschiedene, die aber alle dasselbe Ziel verfolgen. Bezüglich Regeln und Vorschriften gibt es kaum Unterschiede zwischen den Gemeinden. Agiert wird, nachdem man der Gruppe beitreten durfte, meist innerhalb versteckter Foren im Internet, oder auch per Mail sowie innerhalb von Messenger-Gruppen auf dem Smartphone.«

Sie atmete durch, um für die nächste Etappe Luft zu holen.

»Besonders durch einen Gruppenchat bei einem Messenger hat man großen Einfluss auf die Mitglieder. Ein Smartphone ist heute ein ständiger Begleiter von Jugendlichen. Sie nehmen sie überall hin mit und schauen regelmäßig, ob neue Nachrichten angekommen sind.

Die Betreiber solcher Gemeinschaften wissen in den meisten Fällen, dass es nicht gutgeheißen wird, was sie tun. Salopp ausgedrückt könnte man sagen, in den Gruppen wird Anstiftung zum Selbstmord betrieben. Um sich vor Verfolgung zu schützen, werden die Gruppen von den Betreibern sehr eng kontrolliert. Wöchentlich oder in einem anderen vereinbarten Rhythmus müssen die Mitglieder Fotos von ihren Körpern und ihrem Gewicht auf der Waage posten. In den meisten Gruppen gibt es die Vereinbarung: Wenn ein Mitglied in eine Woche einmal nicht abnimmt, bekommt es eine gelbe Karte; nimmt es dann in der darauffolgenden Woche ebenfalls nicht oder ‚zu wenig' ab, wird es aus der Gruppe entfernt. Ebenso werden Störenfriede entfernt, also Menschen, die auch nur vage den Gedanken formulieren, dass die Magersucht eventuell doch eine Krankheit ist, die man behandeln muss. Zweifel sind nicht erlaubt. Nach jeder Mahlzeit muss man öffentlich bekanntgeben, was man gegessen hat und wie viel. Dadurch entsteht ein negativer Erwartungsdruck: Wenn man einmal ‚zu viel' gegessen hat, schämt man sich. Verschweigen ist keine Option, schreibt man es in die Gruppe, wird man jedoch niedergemacht ...

Wobei dieses Niedermachen gar nicht als negativ wahrgenommen wird. Es ist seltsam. Man denkt, man hat die negativen Kommentare verdient, weil man eine Regel gebrochen hat. Man zweifelt die Beleidigungen nicht an, sondern sieht sie als eine Lehre an, das nächste Mal stärker zu sein. Zusätzlich erhält man von anderen, schon länger aktiven Mitgliedern Tipps, wie man die Kalorien wieder loswird. Man solle Sport machen oder das Gegessene wieder erbrechen. Wer sich den Finger nicht in den Hals stecken könne, dem würde es vielleicht ‚helfen', selbst gemischtes Salzwasser zu trinken, um einen Würgereiz auszulösen ... Über gesundheitliche Nebenwirkungen oder Gefahren wird nicht aufgeklärt. Im Gegenteil. Mitglieder, die davon berichten, dass sie den gesamten Tag gefastet haben und dass ihnen nun schwindelig sei, werden gefeiert. Über Abführmittel spricht man, als wäre es das Normalste der Welt.«

Geschockt sah ich sie an. Mir fehlten die Worte. Zu was waren Menschen fähig?

Sie trieben sich gegenseitig in den Tod. Hilflose, verzweifelte Jugendliche … ich mochte gar nicht daran denken, dass Celine zu solchen Menschen Kontakt hatte. Auf jeden Fall wollte ich sie vor solchen gefährlichen Gruppierungen bewahren. Andererseits taten mir die Mitglieder leid. Sie brauchten Hilfe. Dringend!

»Wenn man in einer dieser Gruppen ist, ist man wie in einer Art Sekte«, fuhr Anna fort.

»Es wird einem vermittelt, dass man etwas Besonderes ist und dass man zu den Auserwählten gehört. Man ist stolz auf sein niedriges Gewicht. Ein Ausschluss aus der Gruppe ist für die Gesundheit eigentlich das Beste, was passieren kann – doch für den Betroffenen stellt es eine Katastrophe dar. Von der Gemeinschaft verstoßen zu werden, ist das Schlimmste, was passieren kann. Dort fühlt man sich wohl und verstanden. Wenn man Probleme mit Eltern hat, die einen zum Essen ‚zwingen‘ wollen, oder wenn man zu einem Therapeuten ‚muss‘, erhält man Ratschläge, wie man diese Menschen aus seinem Umfeld austricksen kann.

Das Paradoxe oder Unheimliche an diesen Kreisen sind die Administratoren. Als Ahnungsloser oder auch als Betroffener geht man davon aus, dass die Betreiber der Gruppe ebenfalls essgestört sind, aber das sind sie in vielen Fällen nicht! Durch die Anonymität können sie sich eine falsche Identität aufbauen. Im Internet oder bei einem Chat kann niemand überprüfen, ob jemand wirklich derjenige ist, der er vorgibt zu sein. Die Mitglieder werden mit regelmäßigen Bildern überprüft, aber die Administratoren? Die scheinen gegen sämtliche Gesetze und Regeln immun zu sein. Es ist auf keinen Fall die Regel, doch es gab schon Fälle, bei denen die Betreiber als Pädophile enttarnt wurden. Die zarten, zerbrechlich wirkenden Körper waren für sie erregend. Sie genossen das Gefühl, die Mitglieder der Gruppe kontrollieren zu können. Ihre eigenen Bedürfnisse waren ihnen tausendmal wichtiger als die Gesundheit der Betroffenen.«

Ich musste mich schütteln. Einerseits klang das absurd, andererseits konnte ich die Behauptung nachvollziehen. Für jemanden, der auf dünne Mädchenkörper stand, war das die ideale Methode, um an Fotos zu gelangen. Ich hoffte, dass meine Nichte niemals in solch eine Gemeinschaft hineingeriete! In Gedanken machte ich mir eine Notiz, unbedingt mit ihr über dieses Thema und die Gefahren zu sprechen.

»Doch selbst wenn nur ein Bruchteil der Betreiber sexuelle Absichten hinter ihren Forderungen verfolgt, man weiß nie, mit wem man schreibt. Krank sind alle, die solche Gruppen betreiben. Kein gesund und normal denkender Mensch würde es sich zum Ziel setzen, Jugendliche und junge Erwachsene noch tiefer in eine Erkrankung zu treiben, die tödlich enden kann!«, fügte Anna hinzu.

Dem konnte ich nichts ergänzen.

»Okay, jetzt kenne ich die groben Strukturen«, bedankte ich mich. »Vorhin hast du von einem ersten Brief von Ana erzählt. Gibt es noch weitere?«

»Ja«, bestätigte die junge Frau. »Ich kenne drei Briefe. Beim zweiten Brief wird Ana bereits fordernder. Sie fühlt sich nicht mehr ernst genommen. Die ersten Sätze des Briefes sind eine Aneinanderreihung von Beleidigungen. Sie wirft einem vor, dass man den von ihr geschenkten Perfektionismus mit Füßen wegtrete. Sie verlangt, dass man sich zusammenreißen solle und sich mehr anstrengen müsse. Ansonsten, schreibt sie, werde sie einem alles, was man bisher durch sie erreicht hat, nehmen! Sie wird dafür sorgen, dass man noch fetter und noch hässlicher wird, als man es zuvor schon war! Ja, sie droht förmlich. Für jemanden, der die Magersucht anhimmelt, kann das beängstigend wirken. Durch die Gruppendynamik entsteht der Druck, Ana zu gefallen. Für einen Außenstehenden, der nicht mit der Materie vertraut ist, wirken die Zeilen schlichtweg verrückt: Man soll schwören, Sport bis zur völligen Erschöpfung zu treiben und jeden Abend mit einem leeren Magen einzuschlafen, und es wird versprochen, dass man, wenn man sich an die Forderungen hält, zu einem gläsernen Elfen mit eleganter Gestalt und Selbstachtung wird ....«

Ungläubig schüttelte ich den Kopf. »Man ist dazu bereit, zu sterben.«

»Ja!«, antwortete Anna, ohne zu zögern. »Man sieht die Gefahr nicht. Selbst wenn man mitbekommt, dass jemand aus der Gruppe stirbt, belastet einen das nicht lange. Als Erstes sitzt der Schock tief. Man ist sprachlos und erschüttert und fragt sich, ob das einem auch passieren kann. Doch sofort mischen sich die Erfahrenen aus der Gruppe ein und schreiben, dass die Person schwach gewesen sei, dass sie den harten Weg nicht aushalten konnte, dass sie ihren Glauben verloren habe und so weiter. Die eigenen Gedanken werden wie umprogrammiert. Das Entsetzen über den Tod löst sich recht schnell auf und man entwickelt eine Art Gleichgültigkeit. Immerhin ist die Person schlank gestorben ... Man redet sich die absurdesten Dinge ein, um den Tod nicht mehr als negatives Ende zu sehen, sondern als eine Art *Game over* in einem Spiel. Stirbt man, hat man bei dem Level, das man gerade gespielt hat, versagt.«

»Hat man als Eltern, Angehöriger, Lehrkraft oder Freund eine Chance, denjenigen zu retten? Das klingt alles schrecklich. Die negative Gruppendynamik der Vereinigung scheint die Teilnehmer völlig zu vereinnahmen«, formulierte ich meine Gedanken.

»Es ist schwer, den Strudel zu durchbrechen«, gab Anna zu. »Je länger man in einer solchen Vereinigung aktiv ist, desto größer ist die Abhängigkeit. Eigenes Denken und Handeln wird von der Gruppe nicht toleriert, man soll sich der Magersucht unterwerfen. Das Wirksamste gegen solche Gemeinschaften ist wohl die Prävention. Wenn man über die Gefahr und die Folgen solcher Bewegungen aufklärt, kann man verhindern, dass sich junge Menschen aufgrund von Neugierde oder falschen Erwartungen in solche Gruppen integrieren wollen.«

»Hmm ...«, ich stimmte ihr zu, hatte aber leichte Bedenken. »Okay, ja, das ist eine Möglichkeit, aber wenn ich Pro Ana Aufmerksamkeit schenke, könnte es dann nicht passieren, dass sich Menschen, die sich zuvor nicht für dieses Thema interessiert haben, plötzlich doch dafür interessieren? Ich lenke schließlich die Aufmerksamkeit darauf.«

»Klar, das kann passieren«, gab sie zu. »Aber das ist wie bei Drogen oder Alkohol. Über die Gefahren wird in der Schule ebenfalls aufgeklärt. Dadurch könnte man Jugendliche genauso verleiten, es trotzdem auszuprobieren.«

Zaghaft nickte ich. Damit hatte sie Recht.

»Jemand, der es ausprobieren will, wird es tun«, erzählte sie weiter. »Den kann man nicht davon abhalten. Auf jemanden, der noch unsicher ist und zweifelt, kann man jedoch noch einwirken. Man kann ihn oder sie zurück auf den richtigen Weg ziehen. Und jemand, der kein Interesse an Pro Ana hat, wird nach der Behandlung des Themas seine Einstellung nicht ändern. Natürlich kann das Thematisieren der Pro-Magersucht-Bewegung wie ein Tropfen wirken, der das Fass zum Überlaufen bringt. Natürlich kann es etwas auslösen, das sich wie eine Lawine verselbstständigt. Es kann das ‚Zu Viel' sein. Jedoch sollte man sich darüber im Klaren sein, dass es dann dummerweise der eine Tropfen war, der es zum Überlaufen brachte. Davor war das Fass bereits voll.«

Ihr schien ein Vergleich einzufallen.

»Stell dir vor, du stehst vor einer Zeitbombe. Der Countdown läuft ab. Vor dir befinden sich zwei Kabel.

Ein Kabel entschärft die Bombe und verhindert die Explosion, das andere sorgt dafür, dass die Sprengladung sofort explodiert. Was tust du?«

»Auf Unterstützung warten?«, fragte ich vorsichtig.

»Nein, es gibt keine Unterstützung. Dafür fehlt die Zeit. Du musst dich jetzt entscheiden.«

Ich seufzte. »Wenn ich das falsche Kabel durchschneide, explodiert die Bombe, mache ich gar nichts, wird sie ebenfalls explodieren. Treffe ich das richtige Kabel, kann ich den Schaden verhindern. Also werde ich die Gefahr eingehen, weil es meine einzige Chance ist.«

»Genau. Und so ist es auch bei der Prävention. Was passieren soll, wird passieren. Man kann es versuchen zu verhindern. Manchmal hat man damit Erfolg, manchmal nicht. Geht man dem Thema aus dem Weg, wird man definitiv keinen Erfolg haben.«

25. Wenn du zu schwach bist

»Kann man erkennen, ob jemand Pro Ana ist?«

»Nicht immer, aber meistens ja«, klärte sie mich auf. »Es gibt halboffizielle Armbänder, die manche Mitglieder tragen. Diese Armbänder haben fünf Perlen, wovon jede eine bestimmte Bedeutung hat. Jeweils eine steht für Schönheit, Mut, Vollkommenheit, die ganz rechte Perle steht für ‚Ich bin Pro Ana‘ und die mittlere steht für ‚Schmerz ist vergänglich, Stolz bleibt für immer‘. Unterschiedliche Farben signalisieren, ob der- oder diejenige zusätzlich Depressionen oder Borderline hat, in Therapie ist oder gesund werden möchte – obwohl das zugegebenermaßen paradox klingt, wenn man Mitglied in solch einer Gruppe ist. Es ist wie eine Geheimsprache, durch die sich Betroffene erkennen können. Allerdings trägt nicht jeder oder jede solch ein Armband. Ich denke, aussagekräftiger sind Aussagen, die getroffen werden. Spricht der- oder diejenige davon, dass er oder sie nicht gesund werden möchte, verbringt er oder sie mehr Zeit als üblich am PC oder Smartphone, wird von einem Twin berichtet?«

Fragend zog ich die Augenbrauen nach oben.

Anna verstand diesen Hinweis und erläuterte: »Twin ist der englische Begriff für Zwilling. Ein Ana-Twin ist ein anderer Betroffener, mit dem man seine Gedanken und Gefühle teilt. Eine Art bester Freund oder beste Freundin. Gegenseitig macht man sich ‚Mut‘, weiter abzunehmen, man tauscht sich über Tricks aus, die einem dazu verhelfen, weniger essen zu müssen oder weniger Hunger zu verspüren. Einen Ana-Twin kann man ergänzend zu einer Gruppe haben oder ohne Gruppe. Wobei sich die Gefahr ohne Gruppe nicht minimiert. Denn im Grunde reicht diese eine Person dazu aus, einen weiter in die Essstörung zu treiben. Dafür braucht man keine fünf Personen oder noch mehr.«

»Und wenn ich den Verdacht habe oder es bemerke, dass jemand für die Magersucht ist und nicht gesund werden will, was kann ich tun?«, erkundigte ich mich.

Sie lächelte müde. »Nicht viel. Du kannst reden und aufzeigen, wohin derjenige kommt, wenn er sein Leben und vor allem seine Einstellung nicht ändert, aber die Wahrscheinlichkeit, dass der oder die Betroffene abblockt oder erst gar nicht zuhört, ist hoch.

Ich persönlich bin eigentlich jemand, der Gewalt oder harte Maßnahmen nicht mag und diese niemals empfehlen würde. Doch in diesem Fall bleiben einem meist wenig andere Optionen. Wenn der- oder diejenige sich dazu bereiterklärt, einen Schlussstrich zu ziehen, sowohl psychisch als auch körperlich stabil genug ist, einen Ausstieg durchzustehen oder besser gesagt durchstehen zu wollen, kann man es zuhause versuchen. Aus Erfahrung weiß ich aber, dass das hart werden kann. Es gibt Gruppen, die einem die Entscheidung überlassen, ob man gehen will oder nicht, die einen nach einem Ausstieg in Frieden lassen. Wobei auch das nicht einfach ist. Es fühlt sich im ersten Moment an, als würde man all seine Freunde verlieren. Man kämpft gegen ein Gefühl der Einsamkeit an, man fühlt sich unverstanden und am liebsten würde man wieder bettelnd bei der Gruppe angekrochen kommen. Man bereut die Entscheidung. Die ersten Wochen muss man wirklich kämpfen. Doch danach wird es besser. Je mehr Abstand man aufbaut, desto klarer werden die Gedanken. Man beginnt zu verstehen, wie falsch die Ansichten waren und wohin sie einen hätten treiben können. Allgemein verändert sich, wenn man gesünder wird, das Denken. Manchmal fragt man sich, wie man überhaupt auf solch verrückte Gedanken kommen konnte, man schämt sich manchmal sogar dafür. Doch das ist völlig normal. Die Magersucht vernebelt einem das Gehirn und redet einem falsche Behauptungen ein. Solange man in der Krankheit feststeckt, erkennt man das nicht. Die Einsicht kommt erst, wenn man es herausgeschafft hat.

Ist der oder die Betroffene nicht zugänglich, also weigert er oder sie sich, der Gruppe fernzubleiben oder werden von noch aktiven Mitgliedern Drohungen ausgesprochen, welche ihn oder sie an einem Ausstieg hindern sollen, ist es am sinnvollsten, stationär in eine Klinik zu gehen. Dadurch vergrößert sich der Abstand und man hat Zeit, wieder zu sich selbst zurückzufinden.«

Zustimmend nickte ich. Das konnte ich nachvollziehen. Abstand war allgemein etwas, was bei Problemen guttat. Wenn man Dinge aus der Ferne betrachtete, wurden sie oft kleiner oder zumindest klarer. Das Denken fiel einem an einem unbelasteten, neuen Ort oft leichter. Es war, als würde man einen Teil der negativen Emotionen zurücklassen. Das konnte dabei helfen, wieder Herr über die Lage zu werden.

Und auch wenn es bei diesen Gruppen nicht um Drogen ging, klang es für mich rein intuitiv danach, als wenn ein Entzug notwendig war. Den Betroffenen musste der Zugang verwehrt werden, ansonsten war es kaum möglich, aus diesem Strudel herauszukommen.

Nachdem ich die Informationen für mich sortiert hatte, stellte ich die nächste Frage:

»Ist es sinnvoll, die Behandlung stationär in einer Klinik durchzuführen oder kann man Essstörungen auch ambulant behandeln?«

»Das ist von Einzelfall zu Einzelfall unterschiedlich. Fragen, die einem bei dieser Entscheidung helfen können, sind zum Beispiel, ob man es zuhause im gewohnten Umfeld schafft? Oder hat sich zuhause die Situation bereits festgefahren?«, schilderte Anna. »Wenn man so in seiner krankhaften Routine feststeckt, dass man sich wie in einem Hamsterrad fühlt, tut ein Ortswechsel vielleicht ganz gut. Wenn man aus dem Gewohnten herausgerissen wird und sich in einem neuen Umfeld zurechtfinden muss, durchbricht man damit vorerst alte Strukturen. Das verschafft Zeit, die Dinge zu überdenken und einen anderen Weg einzuschlagen.

Natürlich kann man sich auch in der Klinik weiter an den alten Strukturen festklammern, ein stationärer Aufenthalt ist keine Garantie, dass es einem dort direkt besser geht, aber zumindest in den ersten Tagen ist man erfahrungsgemäß noch bemüht sich zu ändern. In diesen Tagen kann man sich nicht um 180 Grad drehen, aber vielleicht um zehn Grad oder auch nur um fünf Grad – man kann zumindest den ersten Schritt in die richtige Richtung gehen. Veränderungen tun bei einer festgefahrenen Situation gut.

Ist das Untergewicht in einem kritischen Bereich, sind schwerwiegende körperliche Symptome erkennbar oder verschlechtert sich die psychische Verfassung des Betroffenen, stellt sich meist nicht die Frage, ob eine ambulante Therapie möglich ist. Es gibt gewisse Kriterien, bei denen einem, wenn sie erfüllt sind, die Entscheidung abgenommen wird.

Andersherum gilt: Ist der oder die Betroffene stabil, hat zuhause eine Aufgabe, etwas, was Halt und Struktur gibt, was sich positiv auswirkt, also keine Pro-Ana-Gruppe, macht es Sinn, die Therapie vorerst ambulant durchzuführen. Denn man muss sich darüber im Klaren sein, dass man, wenn man für mehrere Wochen oder häufig sogar Monate in eine Klinik geht, dort eine andere Tagesstruktur hat. Trotz Therapien gibt es viel Freizeit, in der man nicht selten in ein emotionales Loch fällt. Man verlässt seinen Alltag. Das, was man kennt, was vertraut ist, steht erst einmal auf Pause. Stattdessen beschäftigt man sich mit seinen Problemen und Sorgen. Es ist eine schwierige Gratwanderung, zu entscheiden, was einen besser unterstützt. Zuhause der Alltag und die Ablenkung oder eine Klinik, in der man sich erst einmal mit seinen Hauptproblemen beschäftigt, die man zuhause etwas in den Hintergrund drängen konnte?«

»Du meinst also, dass eine Klinik die Situation unter Umständen verschärfen kann?«, hakte ich nach.

»Jain, bewusster machen trifft es eher. Im normalen Alltag bekommt man manchmal gar nicht mit, wie groß die Probleme sind oder man misst ihnen nicht so viel Bedeutung bei, weil man funktionieren muss. Es fehlt schlichtweg die Zeit, um sich mit ihnen auseinanderzusetzen. In der Klinik verschwindet die Hektik. Man muss sich während des Aufenthaltes um vieles nicht mehr kümmern. Um einen herum und besonders in einem drinnen kehrt Ruhe ein. Zum einen ist die Ruhe wichtig, um die eigenen Probleme zu erkennen, doch zum anderen ist sie auch belastend. Es ist, als würde es einen erdrücken.

Mit einem Schlag wird einem klar, dass die Probleme größer und gewaltiger sind, als man bisher gedacht hat. Verdrängen ist nicht mehr möglich. Bei einigen Betroffenen ist dieses radikale Ausbremsen nötig, sie schaffen es nicht, anders aus der Erkrankung herauszukommen, für andere wiederum ist die Ruhe Gift. Meine persönliche Meinung dazu ist: Wenn man es ambulant versuchen kann, will und stabil genug dafür ist, ist es für einige Diagnosen die bessere Alternative.

Bei einer Essstörung ist jedoch häufig eine intensive Überwachung speziell bei den Mahlzeiten und danach erforderlich. Dies ist im ambulanten Bereich meist nicht möglich. Als Zwischenlösung wäre beispielsweise eine Tagesklinik möglich oder als eine andere Möglichkeit eine betreute Wohngruppe. Es gibt viele Ansätze.

Selbst eine Therapie ist nicht genauso wie die andere. Früher dachte ich, dass mir direkt die erste Therapeutin und der erste Ansatz helfen müssten. Ich setzte mich selbst unter Druck, weil ich glaubte, dass ich einfach zu dumm für das Verfahren wäre und es deshalb keine Erfolge bei mir gäbe. Aber das ist falsch. Heute weiß ich, dass nicht jede Therapie zu jeder Person passt. Jeder Betroffene ist individuell, jeder muss für sich selbst herausfinden, was sich richtig anfühlt.«

»Das kann unter Umständen länger dauern, oder?«, getraute ich mich, nachzufragen.

»Ja, das kann länger dauern«, gestand sie. »Viele Betroffene sieht man auch mehrfach in der Klinik wieder oder sie absolvieren eine ambulante Therapie, gelten als genesen und wenige Wochen oder Monate später erleiden sie einen Rückschlag. Ich will nicht sagen, dass das normal ist, denn das klingt so deprimierend, aber der Weg zurück ist nicht leicht. Fast jeder kommt irgendwann einmal ins Straucheln. Der Weg in die Krankheit hinein ist deutlich einfacher als der Weg hinaus. Gerne glaubt man dann, dass man sich nur im Kreis drehen würde, dass man keine Chance hätte und dass es sich nicht lohnen würde, zu kämpfen, weil man eh bald wieder emotional am Boden liegen wird. Man fragt sich, ob es überhaupt Sinn macht zu kämpfen. Solche Rückschläge tun verdammt weh und frustrieren.«

Ein flüchtiges Lächeln huschte über ihre Lippen.

»Aber das stimmt nicht. Man landet nie an demselben Punkt. Weißt du, wieso?«

Da es sich um eine rhetorische Frage handelte, antwortete ich nicht.

»Man landet vielleicht an derselben Stelle, auf derselben Stufe, doch man selbst hat sich weiterentwickelt. Man macht eventuell kurz den Schritt, den man gerade noch geschafft hatte, wieder rückgängig, aber nicht das Wissen und das Können, um wieder an diesen Punkt zurückzugelangen. Nach jedem Sturz, nach jedem erneuten Aufstehen gewinnt man an Stärke und Selbstsicherheit. Eine Therapeutin hat mir einmal gesagt, ich solle kleinen Kindern bei ihren ersten Gehversuchen zuschauen. Sie wollen auf eigenen Beinen stehen, sie wollen über den Spielplatz rennen und sich ein Stückchen Unabhängigkeit erobern. Zu Beginn können ihre kleinen Beine sie kaum tragen. Bevor sie überhaupt richtig gestanden haben, sitzen sie schon wieder auf dem Hintern. Tage- und wochenlang versuchen sie, sich irgendwo hochzuziehen. Die Stürze verlaufen zum jetzigen Zeitpunkt noch harmlos. Nur manchmal tut es weh. Stellen wir uns als Erwachsene jedoch vor, dass wir etwas unbedingt wollen und wir würden so oft scheitern, würden wir deutlich mehr weinen und mehr Frust empfinden als die kleinen Kinder, die es immer wieder probieren und sich über jeden noch so winzigen Fortschritt freuen.

Können sie endlich stehen, testen sie natürlich das Laufen aus. Stürzen sie jetzt, kann das unter Umständen bereits schmerzhaft werden. Schürfwunden und kleine Blutergüsse gehören zum Laufenlernen dazu. Besonders wenn man immer schneller werden will und auch auf unterschiedlichen Untergründen laufen

möchte. Doch trotzdem wird man keinem Kind be-
gegnen, das nach einem Sturz auf dem Boden liegen
bleibt und sagt: ‚Ich glaube, Laufen ist nichts für mich.
Ich sollte es lieber sein lassen.'«

Ich grinste. Der Vergleich war gut und wahr.

»Diese kindliche Einstellung und diese Willenskraft
muss man sich zurückerobern. Man kann es schaffen
und Rückschläge gehören dazu.«

26. Der Übergang zur Bulimie

Plötzlich schaute Anna mich verwundert an. Ihr Blick wirkte wirr. »Oh, wir sind schon wieder etwas vom Thema abgekommen.«

Ich konnte nicht einschätzen, ob sie sich darüber ärgerte oder ob sie es mit Humor nahm.

»Na ja, Umwege gehören zu meinem Leben dazu. Das wäre das erste Mal, dass ich den kürzesten und direkten Weg nehmen würde«, scherzte sie und klärte damit ihre Empfindung auf.

»Ich fand den kleinen Ausflug interessant. Und man muss nicht immer den schnellsten Weg nehmen. Auf Umwegen entdeckt man oft Dinge, die man auf der regulären Strecke gar nicht gesehen hätte«, unterstützte ich sie.

»Das stimmt. Dennoch möchte ich noch einmal zum Thema Pro Ana zurückkehren. Es gibt nämlich noch einen dritten Brief, der wieder etwas heftiger ist als der zweite. Ana spricht noch mehr Vorwürfe aus. Sie fühlt sich verraten, weil sie spürt, dass man gegen die Essstörung ankämpft. Das gefällt ihr nicht, sie möchte, dass man sich ihr willenlos unterwirft. Für jedes Gramm, das man zunimmt, für jeden Bissen, den man isst, für jede Sporteinheit, die man ausfallen lässt, hasst sie einen. Dass der Körper sich irgendwann gegen das Ausfallen der Mahlzeiten wehrt und

Heißhungerattacken entstehen, hatte ich dir bereits erläutert. Diese Heißhungerattacken sind in Anas Augen ein Zeichen von Schwäche, obwohl der Körper in Wahrheit um sein Überleben kämpft.

Weißt du, was ,interessant' ist? Der erste Brief ist ,Mit freundlichen Grüßen, Ana' unterschrieben, der zweite mit ,Herz, Ana' – und der dritte ist mit ,Deine Schwester Ana' unterzeichnet. Daran sieht man, wie sich die (falsche) Freundschaft entwickelt und die Abhängigkeit aufbaut.«

Diese Information erstaunte mich. Erst schrieb sie harte Vorwürfe und dann kam sie mit ,Freundin' und ,Schwester' an. Das war wie Zuckerbrot und Peitsche, nur dass es erst die Peitsche und am Ende das Zuckerbrot gab. Aber klar, um näher an die Mitglieder heranzukommen, musste sie eine emotionale Bindung auf- und ausbauen.

»Hinzu kommen weitere Texte wie zum Beispiel ein Glaubensbekenntnis. Unter anderem fällt in diesem der Satz ,Ich glaube, dass ich die schlechteste, wertloseste und nutzloseste Person bin, die je auf unserem Planeten gelebt hat und dass ich es absolut nicht wert bin, die Zeit und Achtung von irgendjemandem zu beanspruchen.'«

Ich wollte dazu etwas sagen, doch mir fehlten die Worte. Anna schien diese Reaktion zu bemerken.

»Pro Ana ist aufgebaut wie der Glaube an eine Religion, nur dass es bei dieser Religion nicht um Glauben, Erlösung und Hoffnung geht, sondern um Unterdrückung, Schmerz, Leid und Abhängigkeit. In Gebeten und Psalmen wird um Unterstützung dafür gebeten, den Sünden, also kalorien- und fettreichen Lebensmitteln, widerstehen zu können.«

»Was geschieht, wenn man es nicht schafft?« Ich getraute mich kaum, diese Frage zu stellen, denn ich fürchtete, die Antwort bereits zu kennen.

»Wenn man versagt – oder anders ausgedrückt, wenn der Körper es wagt, um sein Überleben zu kämpfen – muss man die Kalorien wieder loswerden. In Pro-Ana-Gruppen gibt es zwei Druckquellen. Zum einen hasst man sich selbst dafür, und zum anderen zwingt einen die Gemeinschaft dazu, Buße zu tun. Doch auch ohne Gruppenanschluss hat man als Betroffener genügend Druck in sich. Man hat Kalorien zu sich genommen, die man nicht essen wollte und die man schnellstmöglich wieder loswerden will. Hierfür gibt es unterschiedliche Möglichkeiten. Man kann Sport treiben bis zur völligen Erschöpfung, man kann eine Überdosis Abführmittel schlucken oder man macht das Naheliegendste, was allerdings Überwindung kostet: Man steckt sich den Finger in den Hals …«

Ich verzog das Gesicht. Mir gefiel keine der Methoden. »Das soll wirken?«

Entschlossen schüttelte sie den Kopf. »Nein, nicht wirklich.

Stundenlanger Sport ist anstrengend. Man verbrennt zwar Kalorien, aber wirklich besser geht es einem danach nicht. Zumindest nicht dauerhaft. Um eine längerfristige Befriedigung zu erhalten, muss man immer mehr und immer länger trainieren. Irgendwann besteht jede freie Minute des Tages aus

Trainingseinheiten. Über einen bestimmten Zeitraum mag das möglich sein, doch nicht für die Ewigkeit.

Abführmittel verringern das Gewicht, weil man hauptsächlich Wasser verliert. Zu viel gegessene Kalorien wird man dadurch kaum oder nur in geringen Maßen los. Zudem machen sie sehr schnell abhängig. Sie zerstören den Darm und hindern ihn an seiner Arbeit. Durch den Missbrauch von Abführmitteln schafft man sich ein Problem, das man zuvor noch nicht hatte.

Das selbst herbeigeführte Erbrechen macht auch abhängig, denn es hilft. Man glaubt, einen Weg gefunden zu haben, mit dem man seine Fehler rückgängig machen kann. Man denkt, man kann die Essstörung austricksen. Man fühlt sich schlau, doch in Wahrheit rutscht man von einer Erkrankung in die andere. Wie zuvor bei dem Nicht-Essen steigert sich das Erbrechen nach den Mahlzeiten. Man übergibt sich zunehmend häufiger und aus kleinen Essanfällen werden größere. Aus ‚Ich tue es einmal und danach nie wieder‘ wird eine Gewohnheit.«

»Übergeben sich alle Betroffenen von Magersucht irgendwann?«

Ich wusste es nicht, deshalb fragte ich nach.

»Nein«, Anna wirkte überzeugt. »Jeder hat seine eigenen Methoden, wie er damit umgeht, wenn er mehr gegessen hat, als er sich ursprünglich genehmigen wollte. Manche fasten, andere hungern dafür länger, andere machen Sport, nehmen Abführmittel und manchen gelingt es auch, Essanfälle komplett zu verhindern. Ich denke, es hat zum einen mit der inneren

Stärke und zum anderen mit persönlichen Einstellungen zu tun.

Mir persönlich war ab einem gewissen Punkt klar, dass ich es nicht schaffe, weiterzuhungern. Ich hatte mich nicht mehr unter Kontrolle, dadurch rutschte ich immer wieder zeitweise in bulimische Phasen ab, die noch den Rest meines bis dahin sowieso schon zerstörten Lebens niederrissen. Für mich war jeder Fressanfall ein Grund, mich noch mehr zu verabscheuen. Wenn das Leben mich ankotzte, kotzte ich einfach zurück. Irgendwann gab es kein Zurück mehr für mich. Ich steckte so tief in der Essstörung fest, dass ich mein komplettes Leben nach ihr ausrichtete. Ich lebte alleine, um zu hungern, zu fressen und zu kotzen. Ich schämte mich nicht mehr für mein Verhalten und ich hörte auf mich zu verstecken, denn mir war alles egal …«

Mit leiser Stimme sagte ich: »Die Menschen, denen alles egal ist, sind die gefährlichsten. Sie sind zu allem fähig.«

Betroffen blickte die junge Frau zu Boden. »Das ist leider wahr. Ich habe damals einiges getan, was ich heute, bei klarem Verstand, nicht mehr nachvollziehen kann. Ich war wie ein Monster. Um meine Essstörung auszuleben, habe ich viel geopfert. Ich habe Dinge getan, die auch völlig anders hätten ausgehen können. Besonders in den bulimischen Phasen habe ich Lebensmittel nur so in mich hineingestopft. Ich habe gefressen. Anders kann man es nicht nennen. Alles, worauf ich wochenlang verzichtet hatte, habe ich mir innerhalb weniger Stunden in den Mund geschoben.

Wenn mein Magen voll war, ging ich auf Toilette, um mich zu übergeben. Im Anschluss habe ich weitergefressen ... Da das Erbrechen zuhause aufgefallen wäre, nutzte ich öffentliche Toiletten. Das Einkaufen musste ich immer in verschiedenen Lebensmittelmärkten erledigen, da ansonsten aufgefallen wäre, dass ich mehr kaufe als eine vierköpfige Familie innerhalb von drei Tagen verbraucht. Um mal eine Zahl zu nennen: Innerhalb von drei Monaten habe ich das gesamte Geld, das ich für den Führerschein gespart hatte, für Essen, das ich im Anschluss in der Kanalisation versenkte, ausgegeben ...«

Eine Träne rollte über ihre Wange. Eilig wischte sie diese fort.

»Nachdem ich kein Geld mehr zur Verfügung hatte, hätte ich eigentlich merken müssen, dass ich in eine falsche Richtung abrutschte. Allerdings war ich blind. Zuvor hatte ich noch nie ein Gesetz gebrochen, doch die Essstörung brachte mich dazu, Ladendiebstähle zu begehen, um meine Sucht zu befriedigen. Ich rutschte immer tiefer und tiefer in einen Sumpf ab, aus dem ich nicht wieder herauskam.«

»Das tut mir leid«, bekundete ich mein Mitgefühl.

»Das muss es nicht. Erstens war ich selbst an meiner Lage schuld und zweitens rettet Mitleid mich nicht.«

Zaghaft stimmte ich zu. »Okay, was hilft dann?«

Unschlüssig zuckte sie mit den Schultern. »Die Wahrheit? Ein Schock?«

Ihre Aussage klang vielmehr wie eine Frage.

»Mir hat es damals geholfen, als ich erwischt wurde. Ich war natürlich erst einmal wütend und wehrte mich gegen die Polizei, anschließend begann ich zu weinen, weil mir alles so verdammt leidtat. Der Polizist hat sich jedoch nicht erweichen lassen. Er blieb ehrlich zu mir und sagte mir knallhart ins Gesicht, dass ich eine miserable Ladendiebin sei. Erstens sei ich erwischt worden, gut, das konnte jedem passieren. Aber zweitens saß ich wie ein Häufchen Elend vor ihm. Das tat kein Ladendieb. Als Ladendieb durfte man keine Schuldgefühle haben. Man musste kalt wirken und unverwundbar, emotional abgegrenzt – und das sah er bei mir nicht.

Deshalb sollte ich mein Vorgehen noch einmal überdenken. Er war der Meinung, dass nicht ich die Ladendiebstähle beginge, sondern die Essstörung. Aus diesem Grund unterbreitete er mir ein Angebot. Er konnte dafür sorgen, dass ich mir durch die kleinen Verbrechen nicht meine Zukunft verbaute, wenn ich mich im Gegenzug damit einverstanden erklärte, stationär in eine Klinik zu gehen. Er stellte mir sozusagen zwei Wege zur Auswahl. Einen Fluchtweg und einen Weg, der mich weiter ins Verderben führte.«

Ich kratzte mich am Nacken. »Du meinst also, Härte ist manchmal besser als Aufmunterung?«

»Härte nicht, aber Strenge«, berichtigte mich Anna. »Mitleid nützt nichts, Wegsehen ist ebenso giftig, Vorwürfe bringen einen nicht weiter … Man braucht eine Option, einen Ausweg, und um diesen gehen zu können, braucht man hin und wieder jemanden, der einen dazu antreibt. Hätte der Polizist unsicher gewirkt, hätte er ‚vielleicht‘, ‚eventuell‘, ‚wenn du Lust hast und es dir zutraust‘ gesagt, dann hätte ich vermutlich einen Rückzieher gemacht. Doch er ließ mir, obwohl er mir eine Frage stellte, kaum eine andere Möglichkeit. Mit seiner bestimmenden Art gab er mir eine Starthilfe. Wenn der oder die Betroffene zu unsicher ist oder sich selbst im Weg steht, muss man ihm oder ihr manchmal einen Schubs geben. Manchmal muss man, auch wenn es wehtut, den rosaroten Schleier wegreißen und die Realität zeigen.«

27. Wenn der Körper streikt

»Ich könnte noch tiefer auf die Thematik der Bulimie eingehen, allerdings möchte ich das nicht, denn meine Hauptgeschichte soll von Magersucht handeln«, schloss Anna das Gespräch über bulimische Phasen ab und begann im nächsten Satz ein neues Thema.

»Wusstest du, dass es ab einem gewissen Untergewicht leichter ist, abzunehmen, als zuzunehmen?«

Ich versuchte, ein Auflachen zu unterdrücken. Ich wusste, dass die Frage einen ernsten Hintergrund hatte und dass dieser garantiert nicht zum Lachen war, dennoch konnte ich aus gesunder Sicht diese These nicht unterstützen. Mir fiel Zunehmen eindeutig leichter als Abnehmen.

»Selbst wenn der oder die Betroffene das Ruder herumreißen möchte und wieder zu einem gesunden Essverhalten und Gewicht zurückkehren will, heißt das nicht, dass der Körper dabei mitmacht. Als Betroffener sagt man sich oft: ,Falls ich morgen aufwachen und feststellen sollte, dass dünn zu sein doch nicht so erstrebenswert ist, dann breche ich das Fasten ab und esse wieder normal.' Man glaubt daran. Doch wie bereits mehrfach erklärt, macht die Psyche bei dem Plan, ab sofort wieder gesund zu sein, nicht mit. Und auch der Körper schafft es nicht immer.«

Ich runzelte die Stirn. »Aber der- oder diejenige muss doch zunehmen? Also kann Essen nicht falsch sein, oder?«

»Ja und nein«, korrigierte Anna und klärte auf: »Natürlich ist eine Gewichtszunahme das Ziel. Besonders wenn man in einem gefährlichen Bereich des Untergewichtes ist, geht es darum, schnellstmöglich dort herauszukommen. Jedoch muss man bedenken, dass der Körper schon wochen- oder sogar monatelang keine vernünftige Portion Nahrung mehr verarbeitet hat. Zu sagen, er hätte es verlernt, wäre falsch, aber je nach Länge der Hungerphase kann er wirklich nichts mehr mit der Nahrung anfangen. Er reagiert mit Übelkeit, Schmerzen, teilweise Erbrechen oder Verstopfung. Wobei das alles noch die harmlosesten Symptome sind. Im schlimmsten Fall kann man, obwohl man wieder anfängt zu essen, trotzdem noch verhungern oder an einer anderen Komplikation sterben. Der Körper ist unfähig, die aufgenommene Nahrung zu verarbeiten. Durch die extreme Unterernährung haben alle Organe auf Sparflamme geschalten. Wird jetzt wieder ausreichend Nahrung zugeführt, sorgt das für Überforderung. Die Elektrolyten im Blut können entgleisen, es kann zu Wassereinlagerungen kommen, die Organe können versagen ... Diese Komplikationen nennt man *Refeeding Syndrom*.«

»Sind diese Symptome üblich oder eher die Ausnahme?« Ich fand die Schilderungen unheimlich.

»Es müssen gewisse Grundvoraussetzungen gegeben sein, damit es zu einem Refeeding Syndrom kommen kann. Es entsteht nicht, wenn man ein oder zwei

Tage lang nichts isst, sondern es muss mehrere Wochen oder Monate wenig bis gar nichts gegessen worden sein. Der Stoffwechsel muss auf Sparflamme geschaltet haben und der Körper geschwächt sein. Dementsprechend: Nein, nicht jeder besitzt ein Erkrankungsrisiko. Zudem sind die Komplikationen in den meisten Kliniken bekannt. Um ein Refeeding Syndrom zu vermeiden, sollte man die Nahrungsaufnahme langsam beginnen und nach und nach steigern. Das erste Ziel kann so zum Beispiel unter Umständen lauten, das Gewicht zunächst für einige Tage zu halten, anstatt zuzunehmen. Erst wenn der Körper wieder weiß, was er mit der Nahrung anfangen soll und genügend Energie für die Verdauung hat, kann man die Kalorienmenge erhöhen. Unter ärztlicher Aufsicht wird bei untergewichtigen Patienten auf mögliche Komplikationen geachtet, unbehandelt und ohne ärztliche Behandlung kann das Refeeding Syndrom tödlich enden. Wenn man sich zuhause unsicher ist, ob man zu einer möglichen Risikogruppe gehört, sollte eine Rücksprache mit dem Hausarzt oder behandelnden Therapeuten getroffen werden.«

Verstehend nickte ich.

»Der Körper ist also so schwach, dass es ihm nicht mehr oder nicht mehr richtig gelingt, die Nährstoffe und die Energie der Nahrung zu verwerten. Er ist überlastet. Wie ein Computer, bei dem man immer noch mehr und mehr Programme öffnet, obwohl er bereits am Limit ist«, überprüfte ich, ob ich die Erklärung richtig verstanden hatte.

»Genau. Es gibt gefühlt nichts Schlimmeres, als wenn man sich endlich dafür entschieden hat, wieder gesund werden zu wollen, und dann der Körper nicht mehr will. Daran denkt man während der gesamten Essstörung nicht. Man glaubt, seinen Körper so unter Kontrolle zu haben, dass er sich gar nicht widersetzen kann. Aber genau das kann er eben doch und das tut er auch, meistens dann, wenn man es nicht erwartet. Wenn man abnehmen will, nimmt er zu, wenn man zunehmen möchte, nimmt er ab. Er scheint sich wie ein Verräter zu verhalten. Man hasst ihn dafür, doch wenn man genauer darüber nachdenkt, ist er gar nicht der Böse. Er ist schlichtweg am Limit und man sollte ihm dankbar sein, dass er nach all den Quälereien, die man ihm bewusst angetan hat, überhaupt noch arbeitet.«

»Das stimmt.«

Ich hatte noch eine Frage auf dem Herzen. Ich überlegte, ob ich sie überhaupt stellen konnte. Durfte ich fragen, wie sie sich aktuell fühlte, oder ginge ich damit zu weit? Ich wusste es nicht, ich vertrat jedoch die Einstellung, wenn ich es nicht austestete, würde ich die Antwort nie erfahren. Also fragte ich: »Wie geht es dir heute mit deinem Gewicht und deinem Körper allgemein? Hast du gelernt, dich selbst und deinen Körper wieder zu lieben?«

Ich hörte, wie sie scharf Luft einsog. »Lieben ist eindeutig übertrieben. Es gibt Tage, da schaue ich in den Spiegel und denke, ich sehe gar nicht so schlecht aus. An diesen Tagen kann ich mich akzeptieren. Aber dann gibt es auch Tage, an denen ich mein Spiegelbild nach wie vor hasse. An diesen Tagen versuche ich, mir selbst aus dem Weg zu gehen. Vereinfacht ausgedrückt würde ich sagen, ich habe einen Waffenstillstand mit mir selbst geschlossen. Ich schieße nicht mehr auf mich, versuche nicht mehr, mir selbst wehzutun oder mich leiden zu lassen.«

Anerkennend klopfte ich ihr auf die Schulter. »Für jemanden, der nicht das erlebt hat, was du durchgemacht hast, mag das nach nicht viel klingen, doch für dich ist das eine großartige Leistung.«

»Ja, jeden Tag lerne ich mich und meinen Körper neu kennen. Während und nach der Therapie habe ich mich hin und wieder wie ein kleines Kind gefühlt, das alles neu erlernen muss. Das sich selbst entdeckt und seine Gefühle deuten lernen muss. Ich habe mich gefragt, wie ich so dumm sein konnte, dass ich nicht das schaffte, was Kinder schon im Kindergarten können: eine gesunde Menge an Essen zu sich nehmen und ein Hunger- und Sättigungsgefühl empfinden. Ich fühlte mich wie eine Versagerin. Doch nach und nach verstand ich, dass ich mich nicht mit anderen vergleichen durfte. Ich war nicht Person X oder Person Y, sondern ich war ich und ich musste auf mich achten. Je mehr ich mich mit anderen verglich oder mich an ihnen maß, desto schlechter erging es mir und desto weiter entfernte ich mich von mir selbst. Erst als ich umdachte, nicht mehr sagte: ‚Alle schaffen das, also muss ich es ebenfalls können', sondern: ‚Ich kann es nicht, aber ich will es erlernen', machte ich Fortschritte. Es ist okay, etwas nicht zu können, es ist okay, zu zweifeln, aber es ist nicht okay, sich selbst deshalb fertigzumachen.«

28. Wie eine Rettungsweste

»Wieso essen Magersüchtige eigentlich so extrem langsam? Und weshalb wird vor dem Essen alles penibel abgewogen?«, stellte ich eine Frage. Dieses langsame Essverhalten und das Abwiegen der Lebensmittel hatte ich bei meiner Nichte beobachtet und beides machte mich wahnsinnig. Ja, ich fühlte mich durch dieses Benehmen geradezu schon provoziert. Es raubte mir jegliche Geduld.

»Kontrolle«, antwortete Anna kurz und knapp, bevor sie nach einigen Sekunden hinzufügte: »Der Grund ist Kontrolle. Langsames Essen bedeutet kontrolliertes Vorgehen. Wer langsam agiert, macht weniger Fehler. Zudem ist es eine Möglichkeit, um Zeit zu schinden. Wenn die Mahlzeit länger dauert, könnten Außenstehende denken, dass man mehr gegessen hat.

Zudem entsteht die lange Zeitspanne aber auch, weil man bei jedem Bissen kämpft. Bei jedem Abbeißen, bei jeder Bewegung tobt ein Krieg in den Gedanken. Bildlich gesehen könnte man sagen, man hat auf der einen Schulter einen Engel sitzen und auf der anderen einen Teufel.

Der Engel will, dass man die Essstörung loslässt. Er sagt, dass man sich selbst etwas Gutes tun solle und dass man die Energie ja schließlich braucht.

Der Teufel hält an der Essstörung fest. Er schreit, dass man von jedem Bissen dick werde, dass man nichts essen dürfe und stark sein müsse.

Die beiden unterhalten sich jedoch nicht in Zimmerlautstärke oder diskutieren anständig, sondern sie schreien sich an, werfen Granaten aufeinander und schlagen sich. Als Betroffener steht man mitten zwischen diesen Streithähnen und hat keine Ahnung, wem man zuhören soll, geschweige denn, dass man einordnen könnte, wer von beiden Recht hat. Zu gerne möchte man sie nehmen, schütteln und anfauchen, dass sie still sein sollen, doch man hat keine Chance, nach ihnen zu fassen. Sie sind unsichtbar. Gleichzeitig hat man keine Möglichkeit, sie auszublenden. Diese Machtkämpfe in den Gedanken sind anstrengend. Sie zehren an den sowieso schon lädierten Kräften.«

»Und das Abwiegen der Lebensmittel dient ebenfalls der Kontrolle«, stellte ich fest.

»Exakt«, bestätigte sie. »Man will auf keinen Fall auch nur eine einzige Kalorie zu viel essen. Wobei man das Abwiegen auch als eine Art Ritual einstufen könnte. Seltsame Essgewohnheiten wie das chronische Langsam-Essen, das Kleinschneiden von Dingen, das Zählen beim Kauen von Lebensmitteln oder sonstige Angewohnheiten können zu einer Art Ritual werden. Man glaubt, wenn man dieses oder jenes befolgt, ist man sicher. Dann entstehen keine Essanfälle, dann nimmt man nicht zu, man ist sozusagen beschützt.«

»Rituale geben Sicherheit und Halt«, gab ich mein Wissen bekannt. »Besonders für kleine Kinder sind Rituale wichtig, weil sie etwas Berechenbares in einer unberechenbaren Welt darstellen. Man weiß, was passiert, und kann sich darauf einstellen.«

»Ja, im Grunde sind Rituale meist etwas Positives. Bei der Essstörung haben sie jedoch viel mit Kontrolle und der Suche nach einem berechenbaren Faktor zu tun. Bereits das ist schon nicht mehr ganz so positiv. Zudem ist der Übergang zwischen einem Ritual und einer Zwangshandlung bei der Erkrankung äußerst schwammig. Es ist schwer einzuordnen, ob man es tut, weil man es will, oder weil man es gefühlt *muss*. Man klammert sich förmlich an gewisse Verhaltensmuster.«

»Darf ich diese Verhaltensmuster als Außenstehender durchbrechen? Oder richte ich damit Schaden an?«, erkundigte ich mich vorsichtig.

»Das Verhalten an sich ist nur die Spitze des Eisberges«, wich sie einer Antwort aus. »Hinter der Handlung steckt eine Ursache, ein Grund. Man tut es weniger, weil man es will, sondern vielmehr, weil man das Gefühl hat, es tun zu müssen. Falls man es unterlassen würde, so glaubt man, würde etwas Schreckliches geschehen.«

Sie kniff die Augen leicht zusammen. Sie überlegte.

»Du kannst es dir so vorstellen. Der oder die Betroffene ist auf hoher See über Bord gegangen. Er oder sie treibt in einem gigantischen Ozean. Eine Schwimmweste hält ihn oder sie über Wasser. Die Schwimmweste, das sind die Rituale oder Zwangshandlungen. Sie geben Halt und Sicherheit. Will man sie dem oder der Betroffenen entreißen, sorgt man dafür, dass er oder sie untergeht. Wer allerdings schon einmal versucht hat, mit einer Schwimmweste zu schwimmen, weiß, dass diese einem kaum Bewegungsfreiheit ermöglicht. Sie hält einen über Wasser, mehr nicht. Komfort und eigener Bewegungsspielraum? Fehlanzeige. Wenn man probiert zu schwimmen, zwingt einen die Weste in die senkrechte Haltung zurück. Um voranzukommen und sich in Richtung Land oder zurück aufs Schiff zu retten, muss man schwimmen können. Jetzt gibt es zwei Möglichkeiten – nein, eigentlich sind es drei, denn zwei davon sind nicht zielbringend.

Erstens, die Betroffenen halten sich an ihren Ritualen beziehungsweise Zwangshandlungen fest. Das bedeutet, sie fühlen sich sicher und haben etwas, woran sie sich festkrallen können. Nachteil: Es gibt kein Vorankommen. Man geht zwar nicht unter, aber es tut sich auch nichts.

Variante zwei wäre, die Person lernt schwimmen. Wenn man ihr von außen die Schwimmweste entreißt, hat sie nichts mehr, woran sie sich festhalten kann, also lernt sie, zu schwimmen, oder geht alternativ schlicht und einfach unter.«

Ich verzog das Gesicht. Diese Methode klang rabiat.

»Die dritte Option ist ein Mittelweg. Man gibt demoder derjenigen Schwimmunterricht. Die Rettungsweste bleibt vorerst erhalten. Sie dient als Ankerpunkt, den man jedoch nach und nach loslässt. Je stabiler und selbstsicherer man bei seinen Schwimmbewegungen wird, desto weniger ist man auf die Unterstützung der Weste angewiesen. Irgendwann kann man sie loslassen, ohne dass man sie vermisst. Das ist wie beim Fahrradfahren mit Stützrädern. Zu Beginn glaubt man nicht daran, dass man es ohne sie schafft, doch wenn man so weit ist, kann man sich gar nicht mehr vorstellen, wie es einmal mit ihnen war.«

»Und was bedeutet das auf die Magersucht bezogen?«, wollte ich die Übersetzung hören.

»Es bedeutet, dass die Rituale und/ oder Zwangshandlungen Sicherheit geben. Entreißt man sie dem oder der Betroffenen von jetzt auf gleich, kann das ihm oder ihr das Gefühl geben, zu ertrinken. Es ist ja nichts mehr da, woran er oder sie sich festhalten kann. Fraglos ist eine Entwöhnung unbedingt notwendig, um zu genesen, aber in den meisten Therapien wird hier schrittweise vorgegangen. Zum Beispiel wird bei langsamem Essen die maximale Mahlzeitendauer vorgegeben. Anstatt einer Stunde für eine Scheibe Brot wird die Grenze bei einer Hauptmahlzeit auf dreißig Minuten gesetzt. Sprich, man setzt Limits. Solange diese nicht überschritten werden, wird vieles toleriert. Dadurch gibt man der betroffenen Person die Chance, sich alleine über Wasser zu halten, ohne ihr direkt den Halt zu entziehen.«

Verstehend nickte ich. »Also kleine Fortschritte anstreben und keine Wunder erwarten.«

»Genau. Das Verhalten einer Essstörung ist nicht über Nacht entstanden, dementsprechend wird es auch nicht über Nacht verschwinden. Zudem halten kleine Veränderungen meist länger an als eine große, plötzliche Veränderung«, ergänzte Anna.

29. Manipulatives Verhalten

»Sind essgestörte Patienten kooperationsbereit oder sperren sie sich gegen eine Therapie?«

»Das ist unterschiedlich«, sprach Anna. »Damit eine Therapie erfolgreich ist, müssen drei Voraussetzungen erfüllt sein.

Erstens benötigt der oder die Betroffene die Einsicht, dass er oder sie krank ist. Es nützt nichts, wenn man eine Therapie beginnt, weil es jemand anderes so wünscht oder weil man dazu genötigt wird. Solange man selbst nicht davon überzeugt ist, dass man Hilfe braucht, ist jedes Bemühen vergebens. Ausschließlich jemand, der von sich aus die Bereitschaft mitbringt, etwas ändern zu wollen, kann wirklich etwas ändern.

Die zweite Voraussetzung ist Mut. Es kostet Mut, sich jemandem anzuvertrauen, sich zu öffnen und sich verletzbar zu zeigen – und bedarf Mut, die Krankheit loszulassen. Es ist völlig normal, dass man vor einem Therapieantritt Angst hat, denn der Schritt, den man geht, ist gewaltig.

Die dritte Voraussetzung, die man für eine Therapie mitbringen sollte, ist nicht weniger wichtig als die anderen beiden, und auch nicht einfacher. Sie heißt Ausdauer. Man braucht einen langen Atem, um etwas zu verändern. Man muss geduldig und beharrlich sein und man muss Rückschläge einstecken können. Eine Therapie geht mehrere Monate bis Jahre lang. In dieser

Zeit wird man mehr als nur einmal zweifeln und sich fragen, wofür man das alles tut. Man hat das Gefühl, sich selbst zu quälen, und man wird müde. Doch wer die Ausdauer aufbringt, um durchzuhalten, wird erkennen, dass sich der lange Weg und die zahlreichen Kämpfe lohnen.«

»Gibt es gewisse Probleme, auf die man als Angehöriger stößt, außer denen, die du eben genannt hast?«, formulierte ich meine Frage genauer.

Anna grinste. »Du meinst, ob es Tricks gibt oder Manipulationen, die typisch für essgestörte Patienten sind?«

Ich nickte.

»Die gibt es. Ich werde sie dir beschreiben. Aber zuerst hole ich etwas aus, um dir eine Vorstellung davon zu geben, wie man in Kliniken mit Manipulationsversuchen, die das therapeutische Handeln betreffen, umgeht. Danach gebe ich dir einen Einblick in die Manipulation, die Angehörige mit- oder abbekommen, bevor es am Ende wieder zurück zum Thema Manipulationsversuche im therapeutischen Bereich geht. Okay?«

Ich nickte, um ihr zuzustimmen.

Anna holte Luft, bevor sie zu weiterredete: »Wobei ich bei diesem Thema anmerken möchte, dass weniger der oder die Betroffene selbst sein oder ihr Umfeld zu manipulieren versucht, sondern dass es die Essstörung ist, die diese Tricks anwendet. Sie zwingt die Person dazu, so zu handeln. Dementsprechend ist es wenig effizient, Betroffene für diese Verhaltensweisen zu bestrafen. Deutlich zielbringender ist es, diese

Mechanismen zu unterbinden, Schlupflöcher so klein wie möglich zu halten und dem Betroffenen kaum eine Chance für Manipulationen zu geben. Hilfreich ist es, unterstützend einen Belohnungsplan einzuführen. Das kannst du dir so vorstellen:

Gemeinsam erstellt man eine Liste, wofür es sich zu kämpfen lohnt. Belohnungen können zum Beispiel sein: wieder Sport machen zu dürfen, der Besuch in einem Freizeitpark, ein Kinobesuch … Es gibt viele Dinge, die man sich wünscht, die nichts oder nicht viel kosten. Materielle Dinge können auch verwendet werden. Insgesamt ist es hilfreich und auch wichtig, dass man sich bei den Zielen ein Stückchen Unabhängigkeit von der Essstörung erkämpfen kann – wenn man sich also mit etwas belohnt, was die Essstörung einem bisher verboten hatte oder was durch das Untergewicht nicht möglich war. Der Hintergrund dieses Belohnungsplans ist, dass man ein Ziel beziehungsweise mehrere Zwischenziele vor Augen hat, die man erreichen möchte. Man hat somit einen Grund zu kämpfen.

Würde man hier nicht mit Belohnungen, sondern mit Bestrafungen arbeiten, könnte der oder die Betroffene nicht lernen, auf etwas zuzulaufen, sondern im Gegenteil, vor etwas wegzulaufen beziehungsweise sich davor zu verstecken. Durch Bestrafungen lernt man nämlich häufig nicht, etwas nicht mehr zu tun, sondern vielmehr, sich einfach nicht mehr bei dem Brechen einer Regel erwischen zu lassen. Das ist kontraproduktiv. Wer Angst vor Bestrafungen hat, schafft es nicht, eine Vertrauensbasis zu seinem Therapeuten oder dem Fachpersonal aufzubauen. Daher hat sich die Methode mit den Belohnungen durchgesetzt.

Vereinbarte Zwischenziele können je nach Krankheitsschwerpunkt oder aktuellem Problemverhalten unterschiedlich formuliert werden. Für manche ist es ein Ziel, beim Einnehmen der Mahlzeiten nicht mehr zu mogeln, für andere ist ein Gewichtsverstärkerplan passender. Dieser folgt demselben System wie oben beschrieben: Für die Zunahme von zwei oder mehr Kilos wird die erste Belohnung angesetzt. Danach folgt das nächste Ziel. Die Ziele sollten immer erreichbar sein. Sie sollten fordern, aber nicht überfordern. Die Belohnung darf sich von Zwischenziel zu Zwischenziel steigern. Fällt man wieder zurück, sprich, darf man zum Beispiel ab einer Zunahme von zwei Kilos dreißig Minuten alleine spazierengehen, hat das Ziel auch erreicht, fällt jedoch ein paar Tage später wieder zurück, wird dieses Privileg entzogen. Erreicht man die Zunahme wieder, bekommt man es zurück.«

»Das hört sich wie eine spielerische Methode an, die einen zum Durchhalten motiviert«, stellte ich fest.

»Ja, und in den meisten Fällen wirkt sie«, gab Anna bekannt. »Jede Erkrankung hat Stärken. Bei der Magersucht sind es das Manipulieren von Mahlzeiten, das Tricksen bei Kalorien oder das Schummeln auf der Waage. Das alles gehört dem Territorium der Essstörung an.

Nimmst du als Nicht-Essgestörter in diesen Bereichen den Kampf auf, kannst du nur verlieren. Selbst wenn du die Tricks kennst, wird dich die Magersucht übers Ohr hauen. In ihrem Gebiet ist sie eine unschlagbare Meisterin – deshalb musst du das Gebiet wechseln. Das tust du, indem du zusammen mit dem Betroffenen die oben genannten Ziele steckst und ihn für Fehlverhalten nicht bestrafst, sondern für richtiges Verhalten und Ehrlichkeit belohnst. Der Antrieb, die Magersucht besiegen zu wollen, muss von dem Betroffenen ausgehen.«

Nun war ich neugierig. Ich wollte wissen, auf was ich mich gefasst machen musste.

»Welche Tricks der Magersucht sollte ich kennen?«

»Es gibt es einige. Deshalb werde ich nur die häufigsten nennen.

Wenn ein Magersüchtiger keine Chance mehr hat, abzunehmen, wechselt er hin und wieder die Taktik und versucht bewusst oder unbewusst, andere in seiner Umgebung dazu zu bringen, *mehr* zu essen. In dem Sinne: ,Ich esse eine halbe Scheibe Brot, wenn du auch noch eine ganze Scheibe Brot isst.' Unterstützt wird dieses Verhalten von den bereits schon vorhandenen Gedanken des Angehörigen oder der anderen Person, die mit am Tisch sitzt: Man möchte ein gutes Vorbild sein und isst deshalb ausreichend große Portionen. Wenn der oder die Betroffene extrem langsam isst, hat der Tischteilnehmer sogar das Gefühl, noch einen Nachschlag nehmen zu müssen, weil er den Betroffenen nicht alleine essen lassen will.«

Diese Erfahrung hatte ich bereits gemacht. Celine hatte für meine Frau und mich den Tisch mit allen möglichen Speisen gedeckt, doch für sich selbst hatte sie nur eine kleine Portion gerichtet. Hätte ich alleine mit meiner Frau gegessen oder mit meiner Nichte, als sie noch gesund war, hätte ich niemals so viel zu mir genommen. Meine Portion wäre deutlich kleiner ausgefallen.

»Während der Mahlzeiten werden bewusst oder unbewusst Speisen zerbröselt. Das Brötchen oder das Brot wird in Krümel zerlegt. An der Messerunterseite hängt noch die halbe Portion Butter, die andere Hälfte wird unbemerkt mit dem Finger fortgewischt. Der Käse klebt an der Unterseite des Tellers ... Die Magersucht ist erfinderisch. Es gibt nichts, was es nicht gibt. Abhilfe kann man nur mit Kontrolle schaffen, wobei das allein meistens nicht ausreicht.

Magersucht lässt es die Betroffenen immer wieder versuchen, egal, wie ausweglos die Lage scheint. Deshalb muss man die Strategie wechseln. Dies kann man durch den Belohnungsplan tun. Dadurch entwickeln die Betroffenen einen Anreiz, gegen die Manipulationsversuche der Essstörung anzukämpfen.

Auch auf der Waage wird gerne geschummelt. Gewichte in der Unterwäsche, Steine in den Hosentaschen, mehr Kleidung als eigentlich nötig ... schon hundert oder zweihundert Gramm können entscheidend sein. Die Logik im Gehirn schaltet sich aus. Wer logisch denkt, kommt nämlich recht schnell zu dem Schluss, dass diese Schummeleien nicht zielführend sind – im Gegenteil, sie schaffen ein Problem, das man zuvor nicht hatte. Wenn man beim ersten Wiegen hundert Gramm dazuschummelt und bis zum nächsten Wiegen nicht zunimmt, muss man zweihundert Gramm hinzuschummeln, damit der erste Täuschungsversuch nicht auffällt. Beim dritten Mal sind es dann schon dreihundert Gramm oder noch mehr.

Man begibt sich in einen Endloskreis.

Damit man mit zusätzlichen Gewichten oder besonders dicker Kleidung nicht schummeln kann, wird häufig in Unterwäsche gewogen. Beim Wiegen in der immer gleichen Kleidung, oder besser ausgedrückt praktisch ohne Kleidung, erhält man die besten Vergleichswerte. Ebenso wichtig ist es, immer annähernd um dieselbe Uhrzeit zu wiegen. Am besten morgens nach dem Aufstehen und vor dem Frühstück. Dieses Gewicht ist am aussagekräftigsten. Hiermit kann man gut einordnen, ob der Patient oder die Patientin zunimmt oder nicht. Ganz ausschließen kann man einen Täuschungsversuch allerdings immer noch nicht. Trinkt der oder die Betroffene vor dem Wiegen Wasser – hundert Milliliter entsprechen hundert Gramm –, sieht man das dem Körper nicht an, aber die Waage zeigt ein Ergebnis.«

»Aber irgendwann ist der Magen voll, oder?«, widersprach ich. »Man kann keine fünf Kilo hinzumogeln.«

»Genau, dort setzt deine gesunde Logik ein. Du denkst weiter in die Zukunft. Als Betroffener denkt man allerdings nur bis zum nächsten Wiegen. Es ist wie beim Beginn der Essstörung. Man hat nicht vor, dauerhaft vor dem Wiegen Wasser zu trinken, man macht es nur, solange es nötig ist … Aber dann findet man den Ausstieg nicht mehr. Wenn man 500 Milliliter Wasser trinkt, bedeutet das schließlich, dass man 500 Gramm im Minus ist. Um das Wasser wegzulassen, muss man 500 Gramm plus das ohnehin geforderte Gewicht zunehmen. Das ist irgendwann nicht mehr möglich. Zudem sieht man es dem Körper ab einer gewissen Menge an, dass der Magen mit Flüssigkeit gefüllt ist. Wenn der gesamte Körper schlank ist und der Bauch hervorsteht wie bei einer Frau, die im dritten Monat schwanger ist, sieht man das. Bei einer normalgewichtigen Person würde die Menge vermutlich nicht oder nur kaum auffallen, aber bei einem unterernährten Körper sieht man, wie sich die Proportionen verändern. Auf die Idee, dass man es einem ansehen könnte, kommt eine magersüchtige Person allerdings nicht. Die Essstörung ist sich so sicher, dass sie niemals erwischt wird, sie lässt den Betroffenen sich stark und unbesiegbar fühlen.«

»Wie kommt man dort wieder heraus?«, stellte ich die nächste Frage.

»In über neunzig Prozent der Fälle muss man erst an seine Grenzen kommen, um zu verstehen, dass der gewählte Weg in einer Sackgasse endet. Man zwingt sich, zunehmend mehr zu trinken, und gewöhnt sich in gewisser Weise auch daran. Man schafft es, unmöglich geglaubte Mengen zu sich zu nehmen. 2,5 Liter Leitungswasser, sprich 2,5 Kilo Zusatzgewicht sind möglich, wenn man nicht schon vorher enttarnt wird. Dieses Gewicht als Körpergewicht zuzunehmen, den Rückstand auszugleichen, grenzt an ein Ding der Unmöglichkeit. Das wird einem irgendwann bewusst. Außerdem begreift man, dass der Körper die schnelle und hohe Flüssigkeitszufuhr irgendwann entweder wortwörtlich zum Kotzen findet oder damit nicht mehr zurechtkommt. Es belastet den Organismus enorm. Also braucht man eine Lösung. Diese besteht meistens darin, dass man reumütig bei seinem Therapeuten oder demjenigen, der einen wiegt oder das Gewicht überprüft, ankriecht und sein Vergehen gesteht ...«, gab Anna zu.

»In manchen Kliniken wird das Trinken vor dem Wiegen unterbunden oder besser ausgedrückt versucht zu unterbinden. Abends werden die Bäder abgeschlossen, sodass man sich nicht mehr am Wasserhahn Leitungswasser abfüllen kann, und Getränkeflaschen werden aus dem Zimmer entfernt. Aber wo ein Wille ist, ist auch ein Weg. Wenn man genügend Energie einsetzen möchte, findet man immer ein Schlupfloch. Komplett verhindern kann man Mogeleien nie. Doch es wird den Betroffenen zumindest so schwer wie möglich gemacht.«

30. Der Endgegner

Ich runzelte die Stirn. Eine letzte Frage interessierte mich noch. »Wenn man es unter Beobachtung oder während der Therapie schafft, an Gewicht zuzunehmen und es zu halten, ist man dann geheilt? Klar muss auch ein Umdenken stattfinden – aber nehmen wir an, das ist ebenfalls gelungen.«

»Dann hat man die erste Hälfte des Weges geschafft«, entgegnete die junge Frau. »Man steht sozusagen im Finale. Die Vorrunden und Probedurchläufe sind gemeistert. Der Endgegner wartet allerdings zuhause, wenn man für alles alleine verantwortlich ist und niemanden mehr hat, der das eigene Handeln oder das Gewicht überwacht. Im Normalfall wird man nicht ins kalte Wasser geworfen, man wird auf die Zeit nach der Therapie langsam vorbereitet. Man durchläuft Erprobungsphasen, in denen man schaut, wie gut man alleine zurechtkommt und wo noch Schwierigkeiten warten. Man hat noch für eine Weile die Chance, sich Rat zu holen oder notfalls noch einmal einen Schritt zurückzugehen.

Trotzdem muss man irgendwann auf eigenen Beinen stehen. Seit dem ersten Therapietag freut man sich eigentlich darauf, endlich wieder alles alleine machen zu dürfen, keine Kontrolle mehr von außen, niemanden, der einem sagt, was man zu tun oder zu lassen hat. Man fiebert auf diesen Tag hin – aber ist er da, fühlt man sich verloren. Es kommen Zweifel und Ängste hoch – und das ist völlig normal.

Es kostet Überwindung, den Schritt in die Unabhängigkeit zu gehen, aber es lohnt sich. Während der ersten Wochen fühlt man sich sehr wahrscheinlich etwas überfordert und es wird auch nicht alles direkt so funktionieren, wie man es sich erträumt. Leichte Anpassungsschwierigkeiten hat fast jeder. Doch im Normalfall bekommt man das nach einer kurzen Weile in den Griff.«

Sie lächelte. »Es ist wie beim Fallschirmspringen. Zuerst trainierst du am sicheren Boden unter der Aufsicht eines Trainers, danach folgen Übungssprünge und am Ende kommt das große Finale: dein erster Solosprung. Obwohl du von Anfang an darauf hingefiebert hast und genau weißt, dass du das Können für diesen Sprung erworben hast, wird dir auf einmal seltsam zumute. Du realisierst, in welche Gefahr du dich begibst, du weißt, dass ein Fehler zu großem Schaden führen kann. Öfter als nötig kontrollierst du deine Checkliste. Auf keinen Fall willst du etwas vergessen. Dir ist bewusst, dass du es unter normalen Bedingungen problemlos schaffen kannst, vorausgesetzt, du behältst die Nerven. Doch was passiert, wenn Turbulenzen auftreten, wenn etwas nicht direkt auslöst, wenn du ins Schleudern kommst?

Dein Trainer will dich beruhigen. Er glaubt an dich. Doch glaubst du ebenfalls an dich? Die Zeit, bis das Flugzeug auf Absprunghöhe ist, vergeht unwahrscheinlich schnell und zeitgleich hast du das Gefühl, dass du noch nie so viel nachgedacht hast. Bist du eigentlich verrückt, dass du dir vorgenommen hast, aus einem funktionierenden Flugzeug zu springen? Warum tust du das? Wäre es nicht sicherer, am Boden zu bleiben? Du willst nicht springen! Krampfhaft hältst du dich an der inzwischen geöffneten Tür des Flugzeuges fest. Du weigerst dich, auch nur in die Tiefe zu schauen. Allerdings akzeptiert dein Trainer deine Vermeidungsversuche nicht. Für ihn steht fest: Du musst springen. Freiwillig oder gezwungen, das liegt an dir. Weigerst du dich noch länger, wirft er dich mit Gewalt aus dem Flugzeug. Im ersten Augenblick erscheint dir das fies und ungerecht. Du nimmst an, dass er dir Böses will. Kein anständiger Mensch würde einen anderen dazu zwingen, etwas zu tun, was er oder sie sich nicht zutraut!«

Sie atmete tief ein und aus.

»Natürlich kommt es, wie es kommen muss. Du gerätst in Turbulenzen und kommst ins Schleudern. Du verlierst die Orientierung, weißt nicht mehr, wo oben und wo unten ist. Verzweifelt hältst du nach deinem Trainer Ausschau. Du hoffst auf Unterstützung. Aber er ist im sicheren Flugzeug geblieben … Panik steigt in dir auf. Wie sollst du das überleben? Du rast auf den Boden zu und fühlst dich wie gelähmt. Gedanklich bereitest du dich schon auf den Aufprall vor … dann erinnerst du dich jedoch an das, was du im Training gelernt hast. Vorsichtig probierst du, dich zu stabilisieren. Du glaubst nicht wirklich an dein Können, umso mehr überrascht es dich, dass dein Handeln Wirkung zeigt. Langsam kommt das Selbstvertrauen zurück. Du beginnst dich sicherer zu fühlen und nach den Lernschritten, die du zahlreiche Male geübt hast, zu handeln. Die Verzweiflung verschwindet aus deinem Gesicht und stattdessen zeichnet sich ein Lächeln auf deinen Lippen ab. Du genießt die Freiheit, das Gefühl der Schwerelosigkeit. Es ist einfach genial. Dein Traum wird wahr.

In dem Moment, wenn du sicher am Boden landest, bist du auf deinen Trainer nicht mehr wütend – denn ohne seinen Druck hättest du niemals erlebt, zu was du fähig bist.«

»Teilweise kann ich den Vergleich nachvollziehen, jedoch stellt sich mir eine Frage«, gab ich zu bedenken. »Was passiert, wenn man es nicht schafft, sich zu stabilisieren? Bei deinem Vergleich würde solch ein Fehler tödlich enden und das kann der Trainer – ich denke, es handelt sich im übertragenen Sinne um den Therapeuten – nicht wollen, oder?«

»Nein«, gab Anna zu. »Nur weil du glaubst, alleine zu sein, heißt das nicht, dass du auch tatsächlich auf dich allein gestellt bist. Man muss seinen Unterstützer nicht immer sehen, es reicht, wenn er dich sieht.«

Sie sprach in Rätseln.

»Würde ein Therapeut ständig eingreifen, wenn man strauchelt, würde man doch niemals lernen, sich selbst zu stabilisieren. Auch wenn es hart ist, muss man als Lehrer manchmal zurücktreten und schauen, was der Schüler bereits alleine schafft. Zu Beginn springt man nur aus geringen Höhen. Bei den ersten Sprüngen achtet man darauf, dass man immer zur Stelle ist, bevor etwas passiert. Zuerst muss der Schüler Vertrauen in sich und das Material, die Werkzeuge und seine

Fähigkeiten erwerben. Gleichzeitig ist es aber auch wichtig zu erfahren, wie es sich anfühlt, wenn etwas schief geht. Man muss wissen, wie sich ein Rückschritt oder ein unachtsamer Moment auswirkt, um ihn zu fürchten. Hierbei geht es nicht darum, jemandem übertrieben wehzutun oder ihn aus extremer Höhe zu Boden fallen zu lassen, sondern es geht darum zu zeigen, dass es nicht immer perfekte Flüge und perfekte Landungen gibt, sondern dass man sich auch verletzen kann. Ein Mensch, der davon ausgeht, dass er unsterblich ist, wird nie lernen, auf Gefahren zu achten und sich zu schützen, schließlich hält er sich für unsterblich.«

»Die heiße Herdplatte«, spielte ich auf einen anderen, älteren Vergleich an. »Um zu verstehen, warum ich nicht auf eine heiße Herdplatte greifen darf, muss ich wissen, was ‚heiß' bedeutet. Und das lerne ich nur, indem ich mir die Finger verbrenne. Ich brauche keine Brandblasen, aber ich muss spüren, dass Hitze wehtut, anders werde ich die heiße Herdplatte nie als Gefahr einordnen können.«

Zustimmend nickte Anna. »Genau. Schmerz lehrt uns, gewisse Dinge zu meiden. Je mehr Erfahrung der Schüler erwirbt, desto mehr Eigenverantwortung traut der Trainer ihm zu. Irgendwann kommt als Finale der Solosprung, den der Schüler alleine meistern soll. Der Trainer hält sich vollkommen aus den Vorbereitungen und der Durchführung heraus – doch denkst du, dass er es zulassen würde, dass sein Schüler mit einem defekten Fallschirm springt?«

Unschlüssig schüttelte ich den Kopf.

»Nein«, kommentierte die junge Frau entschlossen. »Natürlich würde er das nicht zulassen. Der Schüler soll zwar sein Können beweisen, er soll sich dabei allerdings nicht umbringen. Der Trainer greift vielleicht erst in letzter Sekunde ein, um seinem Schüler die Gelegenheit zu geben, seinen Fehler eigenständig zu erkennen, aber er wird ihn definitiv davon abhalten, sich in Lebensgefahr zu begeben. Bei dem bildlichen Vergleich könnte das wie folgt ablaufen: Fängt sich der Fallschirmspringer nicht und droht, mit voller Geschwindigkeit auf dem Boden aufzuschlagen, schiebt der Ausbilder im letzten Moment ein Sprungkissen zwischen den harten Boden und seinen Schüler. Sanft wird er darauf zwar nicht landen, doch er wird es mit einigen blauen Flecken und Prellungen überleben. Das bedeutet, der Therapeut wird seinen Patienten in letzter Sekunde, bevor er in den Abgrund stürz würde, von diesem zurückziehen. Nach der Rettungsaktion folgt ein Gespräch darüber, weshalb der Versuch gescheitert ist. Nachdem der Betroffene seine Wunden geleckt hat und wenn dann die Ursache des Fehlversuches gefunden und behoben wurde, folgt ein neuer Anlauf – so lange, bis man die Freiheit um sich herum spürt und das Gefühl genießen kann.«

31. Zurück in die Wirklichkeit

»Für mich wäre ein Sprung aus einem sicheren, funktionstüchtigen Flugzeug nichts«, gab ich zu. »Ich hätte davor viel zu viel Angst.«

Anna lächelte. »Angst zu haben ist okay. Ich hatte ebenfalls Angst und ich war lange Zeit auch der Meinung, dass das nichts für mich sei. Doch mein Leben hat auf meine Wünsche keine Rücksicht genommen. Im Nachhinein muss ich sagen, dass der Sprung in meine persönliche Unabhängigkeit das Beste war, was ich je gemacht hatte. Ich habe mich getraut, auf mich selbst, auf meinen Körper zu vertrauen. Ich habe ausgetestet, was passiert, wenn ich normal esse, und festgestellt, dass ich weder aufgehe wie ein Hefekloß noch deswegen sterbe. Ich war mutig, ich habe der Magersucht die Stirn geboten. Ich habe ihr widersprochen Die Freiheit, das Gefühl der Schwerelosigkeit, das Adrenalin, das Gefühl, am Leben zu sein, das ich dadurch entdeckt habe, ist einfach bombastisch. Vielleicht kann ich das Leben mehr schätzen, weil ich es nicht als selbstverständlich erachte. Ich weiß, wie wertvoll Freiheit ist, weil ich jahrelang in der Gefangenschaft der Essstörung gelebt habe.«

»Ja«, bestätigte ich. »Durch deine Erkrankung und das Überstehen der Essstörung haben sich sicherlich dein Blickwinkel auf die Welt und deine Wahrnehmung verändert. Du weißt Dinge, die andere nur erahnen können. Auf der einen Seite bist du durch deine Vergangenheit stärker geworden und auf der anderen Seite empfindsamer. Vielen Dank, dass du mich an deinem Weg, deinen Gedanken und Emotionen teilhaben lassen hast.«

Ich konnte nicht festmachen, woran es lag, doch ich spürte, dass unsere gemeinsame Reise zu Ende ging.

Zufrieden lächelte sie mich an. »Ich hoffe, dass ich dir weiterhelfen konnte und du dich in deine Nichte jetzt etwas besser einfühlen kannst.«

Zum Dank wollte ich ihr die Hand reichen, doch sie wich ihr aus. Stattdessen umarmte sich mich.

Als sie die Umarmung löste, sagte sie: »Wir gehen so oft davon aus, dass wir alleine die Welt nicht ändern können. Was kann einer allein schon erreichen? Was wir dabei allerdings vergessen, ist, dass es unterschiedliche Definitionen von der Welt gibt. Es gibt unseren Planeten. Den kann man alleine wirklich nur schwer verändern – aber dann gibt es da noch unsere Welt, unsere persönliche Welt. *Diese* Welt kann ein Mensch alleine verändern und das in vielen Fällen sogar relativ einfach. Man kann die Welt eines anderen verändern, indem man ihn nicht verurteilt, sondern zuhört; indem man nicht stigmatisiert, sondern Verständnis zeigt. Es ist leicht, etwas Gutes zu tun. Man muss nicht immer die gesamte Menschheit retten, es reicht auch aus, eine einzelne Person zu retten. Und manchmal ist es auch völlig in Ordnung, wenn man nur sich selbst retten kann.«

Ich sah, wie die Umgebung um uns herum verschwamm. Von Sekunde zu Sekunde wurde ihre Stimme undeutlicher. Sie hörte sich an, als würde sie sich entfernen.

»Vergiss nicht, was du von mir gelernt hast. Zeige Verständnis, tue das, was möglich ist und setze dir kleine Zwischenziele ...«

Vor meinen Augen wurde es schwarz. Alle Geräusche verstummten. Dann vernahm ich ein leises Vogelzwitschern.

Ich öffnete meine Augen. Ich saß auf der Parkbank im Stadtpark. Inzwischen hatte es zu dämmern begonnen. Die Temperaturen waren abgesunken. Ich fröstelte. Verschlafen rieb ich mir mit meinen Händen übers Gesicht.

War ich eingeschlafen? Hatte ich alles nur geträumt? Wenn ja, dann war das ein wahrhaft seltsamer Traum gewesen.

Ich brauchte eine Weile, um in der Wirklichkeit anzukommen. Ich fühlte mich verwirrt. Hätte mich jetzt jemand nach dem heutigen Datum gefragt, hätte ich ihm nicht einmal das aktuelle Jahr nennen können. Mein Gehirn hatte Startschwierigkeiten.

Ein kleiner Junge mit blonden, kurzen Haaren und blaue Augen rannte an mir vorbei. Er war ungefähr drei Jahre alt, trug eine etwas zu große Hose und einen roten Pullover. Er wirkte glücklich. Seine Schritte waren altersentsprechend noch etwas tollpatschig.

Ich hielt nach seiner Mutter Ausschau. Auf dem Weg entdeckte ich eine Frau, die einen Kinderwagen schob. Sie war ebenfalls blond. Obwohl sie einige Meter entfernt war, kam mir ihr Gesicht bekannt vor. Ich rieb meine Augen, um eine Verwechslung ausschließen zu können. War das Anna?

Die Frau sah der Erscheinung in meinem Traum – oder was auch immer ich erlebt hatte – ähnlich. Sie wirkte jedoch etwas älter und kräftiger. Nein, keinesfalls dick, sondern normalgewichtig. Das Untergewicht fehlte. Sie sah gesünder und vor allem lebensfroher aus.

Der kleine Junge war vor mir stehen geblieben und starrte mich fasziniert an. Keine Ahnung, was Kinder an mir fanden. Offenbar musste ich interessant für sie aussehen. Es war nicht das erste Mal, dass ich von einem kleinen Menschen so ausführlich gemustert wurde. Ich lächelte ihm entgegen und stand auf.

Seine Mutter rief nach ihm. »Noah, komm her!« Doch der Kleine hörte nicht. Deshalb kam seine Mutter in meine Richtung. Je näher die Frau kam, desto sicherer wurde ich mir, dass es sich um Anna handeln musste. Neugierig suchte ich nach Anzeichen, die mir verrieten, ob sie mich ebenfalls erkannte, allerdings fand ich keine.

»Entschuldigung, Noah ist neugierig und sehr interessiert an anderen Menschen«, entschuldigte sich die Frau, als sie vor mir stand.

Kurz überlegte ich, darauf zu antworten, dass er dieses Verhalten von seiner Mutter geerbt zu haben schien, die sich schließlich ebenfalls sehr für Menschen interessierte. Doch ich entschied mich dagegen. Sie erkannte mich nicht wieder. Mit dieser Aussage hätte ich Verwirrung geschaffen oder sie vielleicht sogar verängstigt. Das wollte ich nicht.

»Einen netten kleinen Jungen haben Sie«, antwortete ich stattdessen. »Kinder sind etwas Tolles, sie strahlen so viel Lebensfreude aus, sind wissbegierig und wollen alles entdecken.«

Zustimmend nickte die Frau. »Ja, sie sind kleine Wunder.«

Sie streichelte ihrem Sohn über den Kopf.

»Besonders Noah ist ein Wunder. Ich war lange Zeit schwer krank. Viele Ärzte haben gar nicht daran geglaubt, dass ich jemals schwanger werden könnte.«

Ich lächelte sie an und sagte: »Nur weil wir eine schwierige Vergangenheit haben, bedeutet das nicht, dass unsere Zukunft ebenfalls dunkel sein muss. Jeder Tag bietet die Chance, ein neues Kapitel aufzuschlagen.«

Ihre Augen weiteten sich. Überrascht schaute sie mich an. »Genau das sage ich auch immer.«

Gemeinsam lachten wir. Noah verstand vermutlich nicht, worüber seine Mutter und ich lachten, doch auch er schloss sich uns an. Sein kindliches Lachen gab mir Hoffnung.

Als ich mich wenig später auf den Weg nach Hause begab, fühlte ich mich zuversichtlich. Ich wusste, dass ich meine Nichte nicht heilen konnte; sie musste sich selbst dazu entschließen, gesund werden zu wollen –

doch ich wusste, dass ich sie auf diesem Weg unterstützen wollte.

Ich würde ihr zuhören, ihr Halt geben und sie begleiten. Durch die Begegnung mit Anna hatte ich gelernt, dass es manchmal das Wichtigste sein konnte, einfach nur da zu sein und gemeinsam die Situation, die Gedanken und Emotionen auszuhalten.

Ich war kein Therapeut, aber ich war ihr Onkel, und als Onkel würde ich für sie da sein.

Weitere Bücher von Laura Adrian

(K)ein Leben mit Borderline und Essstörung

Biografie über das Leben mit den Diagnosen Borderline, Magersucht, Bulimie, Depressionen und PTBS.

ISBN: 978-3-96248-018-9

Borderlinebetroffene sind in erster Linie auch »nur« Menschen. Und ich bin einer von ihnen.

Ich habe die Diagnosen Borderline, Magersucht und Bulimie – aber trotzdem kann ich (zumindest heute) behaupten, dass ich gerne lebe und jeden neuen Tag auf dieser Erde zu schätzen weiß.

In meinem bisherigen Leben musste ich schon mehr als einen Schicksalsschlag einstecken. Ich lag mehrfach am Boden und war auch einige Male kurz davor aufzugeben, doch trotzdem habe ich mich jedes Mal wieder nach oben gekämpft. Fast 10 Jahre lang war mein Leben die reinste Achterbahnfahrt. Ich habe mich fast zu Tode gehungert, mir den Finger in den Hals gesteckt, die Arme zerschnitten, war unzählige Male in Psychiatrien und wurde von Ärzten bereits als hoffnungsloser Fall abgestempelt. Ununterbrochen ging es mit meiner Psyche auf und ab. Jedes Mal, wenn ich mich aus meinem dunklen Loch heraus gekämpft hatte, stürzte ich kurz darauf erneut in die Tiefe ... Doch trotz der vielen Rückschläge und der unzähligen negativen Erfahrungen, die ich in dieser Zeit machen musste, habe ich es geschafft, mich zurück ins Leben zu kämpfen. Dieses Buch ist meine Geschichte!

(M)eine Geschichte von Magersucht, Bulimie, Borderline, Depressionen, Psychiatrie, Wohngruppe ... Oder kurz zusammengefasst: Die Geschichte eines jungen Mädchens, das unerbittlich um ein lebenswertes Leben kämpft.

Die Kunst, ein Stachelschwein zu umarmen

Ratgeber/ biografischer Roman zum Thema Borderline

ISBN: 978-3-96248-017-2

Einen Borderlinebetroffenen zu verstehen ist ein Ding der Unmöglichkeit?!

Ja, das kann sein. Das komplizierte, häufig ambivalente und fast sekündlich wechselnde Gefühls- und Gedankenleben eines Borderlinebetroffenen komplett lückenlos zu verstehen, ist für Nicht-Betroffene vermutlich wirklich unmöglich.

Doch das heißt nicht, dass man deshalb gleich aufgeben sollte und stattdessen lieber weiterhin auf seine Vorurteile gegenüber der Diagnose beharren darf. Denn auch wenn etwas unverständlich erscheint, so kann man dennoch versuchen, es wenigstens ansatzweise nachzuvollziehen.

In diesem Buch wird anhand verschiedener bildlicher Vergleiche, Metaphern und anschaulicher Beschreibungen das Gedanken- und Gefühlsleben einer Borderlinebetroffenen auch für Borderline-unerfahrene-Personen verständlich gemacht.

Auf einer »Traumreise« lernt der eigentlich gefühls-
kalte und sehr vorurteilsbehaftete Stefan die kleine
Bordi kennen, die ihn mit auf eine Reise durch ihre
chaotische, kunterbunte, schwarz-weiße Welt nimmt.
Denn hinter dem paradox wirkenden Verhalten des
Bordis verstecken sich meistens ganz logische Denk-
ansätze und einfache Erklärungen.

Was im ersten Moment wie ein Kinderbuch klingt, ist
in Wirklichkeit ein tiefgründiges Buch, das versucht,
Vorurteile abzubauen, Berührungsängste zu lindern
und für mehr Akzeptanz sorgen will. Das einzige, was
an diesem Buch »kinderleicht« ist, sind die Erklärungen. Fachwörter oder komplizierte Vergleiche
werden Sie in diesem Buch nicht finden. Denn mein
Ziel ist es, keine wissenschaftliche Arbeit zu schreiben,
sondern einen Einblick in meine Welt zu geben. In die
schwarz-weiße, kunterbunte Welt einer Borderlinebetroffenen. Sind Sie dazu bereit mitzukommen? Haben Sie Lust auf ein Abenteuer, das zum Nachdenken
anregt, eventuell Ihre Sichtweise auf die Welt verändert? Besitzen Sie den Mut, hinter Fassaden zu
schauen? Vielleicht auch hinter ihre eigene? Dann sind
Sie auf dieser Traumreise genau richtig!

Das Buch ist sowohl für Betroffene als auch Angehörige, Freunde, Bekannte oder einfach nur Interessierte
geeignet.